Existiríamos el mar

Existiríamos el mar

BELÉN GOPEGUI

LITERATURA RANDOM HOUSE

Penguin
Random House
Grupo Editorial

Primera edición: septiembre de 2021

© 2021, Belén Gopegui
© 2021, Penguin Random House Grupo Editorial, S. A. U.
Travessera de Gràcia, 47-49. 08021 Barcelona

Printed in Spain – Impreso en España

ISBN: 978-84-397-3929-6
Depósito legal: B-9.032-2021

Compuesto en La Nueva Edimac, S. L.
Impreso en Egedsa (Sabadell, Barcelona)

RH39296

Para Pilar de Hoyos y Fernando Guerra-Librero,
porque allí donde están hay cobijo, espacio, y cuentos que
no son de nadie, solo del viento.

PRIMERA PARTE

Las voces narradoras, según se ha confirmado, atraviesan muros, leen los pensamientos, recuerdan al pie de la letra las conversaciones, describen escenarios, muebles, la ruta evanescente de la luz entre las hojas de los árboles. Poseen, además, el don de la recolección.

La voz de cada historia se adelgaza hasta ser una sombra de dos dimensiones, se pega a las paredes, junto con lo dicho escucha lo que se queda dentro. Hace volar la narración o la sumerge. Se disemina lejos, y luego se rehace, guarda el brillo de hoy que ya mañana pasará inadvertido y los trozos rotos. Puede quedarse un rato en una persona cualquiera, de edad media y salario inseguro, nacida en un país de la mitad norte del planeta, alguien, pongamos, con afición por buscar, en el invierno, el resguardo de ese gajo de sol que entre los huecos de las nubes y edificios cubre un trozo de acera.

Para llevar a cabo su tarea se convierte en gato, hogaza de pan, conexión por la que miles de neuronas liberan su carga eléctrica, piedra que, contra los tanques, anhela ser granada, chip luminoso en las zapatillas de una cría de siete años, el tiempo que te roza y no lo ves. Conoce la suciedad de los cristales, quiere barrer ese temblor quieto, contenido, que anuncia la llegada de la desolación. Se desmanda a menudo, entonces finge parecerse a una guerrera ninja de las que saben escalar fachadas verticales, aunque no, claro, porque hayan vencido la ley de la gravedad: llevan en las manos unas cintas metálicas con agarres que pasan inadvertidos. Las ninja anticipan las reacciones ajenas porque miran de frente, a los lados y hacia atrás con atención. Las ninja, exclama quizá la voz, pues lo ha leído, pueden levitar al pensar en los pies de los pájaros o abrir una ventana con solo imaginar abrir una ventana. Estos dos extremos, suspira, no se pueden demostrar.

Observa ahora la voz a la mujer que otea la llegada del autobús en una calle de Madrid. He ahí una peripecia sin incendios, dice y se encamina hacia la libertad de contar series de acontecimientos no suntuosos, no crudos, tramos que median entre las ideas y los actos, entre la furia y la honestidad o, bajo el vuelo circular de los vencejos, el sitio donde se dirimen algunas afirmaciones.

En el piso de una calle del mundo se comparten vidas, grifos, bombillas de luz fría y de luz cálida. Lena, pelo corto, un poco más alta de lo frecuente, cuarenta y dos años, mete la llave en el portal 26 de la calle Martín de Vargas, sube las escaleras hasta el tercero C y deja las dos bolsas, una de naranjas, otra con pan, cebollas y media calabaza. Se quita el abrigo y se sienta.

Hay silencio en la casa. Dentro de un rato llegará Ramiro, tiene cuarenta y tres años, el cuerpo grande, suele vestir de negro; en el pelo, negro también, se abren camino las primeras canas. Ramiro trabaja en una gran cadena especializada en construcción, decoración y bricolaje, hace unas semanas que rompió con su última pareja. Enseguida llegará Camelia, de cuarenta y un años, madre de una hija de nueve que pasa este curso en Valencia con su padre. Camelia, o Camila o Cami, como la llaman a veces, es responsable administrativa en una gran empresa constructora y dedica sus horas sindicales a trabajar dos o tres días a la semana en las oficinas del sindicato. Luego, si no hubiera pasado lo que ha pasado, llegaría Jara, pero Jara se ha ido; y, más tarde, Hugo, desarrollador web, flacucho, cuarenta recién cumplidos. Nunca supuso que a su edad viviría así, en un piso colectivo. Aparte de Raquel, la hija de Camelia, dos sobrinos de Hugo están temporadas con ellos, y también acogen a la sobrina de Lena de vez en cuando. Tienen una especie de hueco-habitación en el salón y camas grandes en sus habitaciones. En el cuarto de Camelia, hay una cama de más para Raquel. El cuarto de Jara está vacío. Ha pasado ya una semana desde que se fue.

Muchas veces Lena ha pensado que le gustaría que su vida fuera emocionante. No como las cosas pequeñas, cotidianas, que a veces la emocionan, sino como esa clase de emoción cercana a la aventura y a lo extraordinario. Y no como los días peores de la epidemia, aquello no fue emocionante, fue difícil para la mayoría, muy difícil para un grupo enorme de gente, y lo sigue siendo. Las cosas emocionantes tienen resultados inciertos con promesas, pero no cualquier promesa: la promesa de que pase algo nuevo, un poco increíble y transformador, seguramente bueno. En una historia, los crímenes también son lo que se suele entender por emocionante, al menos algunos crímenes en algunas historias. Porque hay misterio, supone Lena, en el proceso de averiguar, y hay poder en el hecho de quitar la vida y en el de lograr aunque sea una restitución mínima. Además, hay enfrentamientos acabados, completos, y lo que se consuma es emocionante.

En su vida, sin embargo, y es una descripción más que una queja, hay bruma, complicaciones, las cosas suelen girar en torno a la necesidad de no perder, que no se parece a ganar, sino a mantenerse en esa zona donde no hay victorias ni derrotas absolutas y donde la tensión cansa. Eso no es lo que ella entiende por una promesa.

Y ahora, ¿el que Jara se haya ido, el que no puedan encontrarla y sientan inquietud y miedo por lo que le haya podido pasar es emocionante, o es solo un fallo más entre todos los que aparecen en las vidas de vez en cuando?

Lena creyó que investigar en un laboratorio sería emocionante, que la promesa de descubrir algo, de hacer avanzar la ciencia y la lucha contra la enfermedad la colmaría. Cuando eligió sus estudios tenía un modelo, Jonas Salk, el que donó la vacuna de la polio a la humanidad, y ante la pregunta de por qué no la había patentado, contestó: ¿Acaso se puede patentar el sol? Pero todo eso está tan lejos de lo que ella hace. Tampoco con la epidemia ha podido contribuir en nada. Les obligaron a trabajar más días de lo que hubiera sido prudente y en ningún momento pensaron siquiera en poner ese trabajo al servicio de lo que estaba ocurriendo. No pudo participar entonces, ni puede ahora, en la decisión de lo que van a investigar, apenas tiene autonomía para opinar sobre cómo hacerlo, y no tiene ninguna para elegir a quién beneficiará. Ha trabajado en la universidad y en tres empresas distintas, y eso nunca ha cambiado. Si está pronto en casa es porque ayer pasó la noche en el laboratorio y hoy solo ha ido tres horas por la tarde. Tenía tantas ganas de llegar pronto y darle una sorpresa a Jara, que pasa, pasaba, se corrige, allí sola casi todo el día. Ya no, hace cuatro días que no. Y aún no entiende por qué no se ha despedido. Jara no es su pareja; es su amiga, indecisa, obsesiva, amada.

Ramiro y Camelia habían desayunado con ella. Por la noche, al ver que no volvía ni respondía a las llamadas, aunque no era lo habitual supusieron que estaría con alguien. Pero al día siguiente Ramiro entró en su habitación buscando una grapadora, entonces lo vieron. Jara había dejado su móvil sobre la cama y había borrado el contenido, según comprobarían más tarde. Le había quitado las tarjetas. Las encontraron en la papelera, cortadas. Sobre la mesa había dejado su tarjeta de crédito además de doscientos noventa euros, el precio aproximado de un mes de alquiler de su habitación, pues al estar en paro ella pagaba menos que los demás. Se había llevado algunas cosas. Todo parecía indicar que Jara no solo quería irse; también quería, de algún modo, desaparecer. Se preocuparon. Jara no era la persona más estable del mundo. Pero irse así, de esa manera, sin un motivo. Cuando huyes, dijo Ramiro, es porque alguien te persigue. No siempre, dijo Camelia y sus mejillas, cubiertas a menudo por dos alas de mariposas rosadas, parecieron más rojas, y más brillante su melena de pelo crespo.

Esperan recibir un mensaje en cualquier momento, incluso una carta, o que alguien les vaya a ver y les diga algo. No han avisado a la policía, aunque sí han hablado con su médica pues es también amiga de hace años y, por ese lado, están tranquilos. «Creo que no quiere que la encuentren, ni que la encontremos», dijo Hugo ayer. Lena no contestó. En cierto modo puede que Hugo tenga razón: habría sido tan fácil para Jara dejar una nota. Pero Lena duda: tal vez el motivo de que no haya dejado esa nota no es que no quiera que la busquen; tal vez solo obedezca a que las cosas que son fáciles para muchas personas, para Jara no lo son. Si Jara estuviera oyéndola pensar ahora, sacudiría, piensa Lena, la cabeza. Le gustaba contar la historia de un estudio según el cual las niñas y niños menores de dos años que dormían con luces nocturnas tenían mayor propensión a la miopía. «Sin embargo… —continuaba poniendo voz de gran suspense—, más tarde, otras investigaciones mostraron a su vez que las madres y padres miopes tenían mayor propensión a mantener las luces encendidas durante la noche. De manera que… ¿la propensión a la miopía sucedía por la luz encendida en la noche, por la herencia de los progenitores, por ambas? ¿Tal vez la luz encendida no tenía nada que ver y era solo un factor de confusión? Y Lena, Lena, tú me lo contaste: ¿qué hay de esos miles de personas a quienes les dolía el estómago, les detectaron una úlcera y se sintieron culpables por su estrés o angustiadas por no poder abandonar la situación que, al provocarlo, destruía su estómago? Se guiaban por una explicación equivocada. Después alguien descubre la bacteria causante de la úlcera. Ah, ahora sí que tenemos explicación exacta. Y sin embargo: no. Tenemos una parte, sabemos cómo solucionar los principales inconvenientes. Pero cualquier día se encuentra una explicación que contenga piezas que hoy nos faltan: entonces creeremos que esa sí que es la correcta.»

Solían contestar que la vida era rara en sí misma y a veces hacías algo con un propósito y el resultado era el contrario. Jara entonces fingía ponerse melodramática, gesticulaba y decía cosas como que, claro, como sus vidas se deslizaban con relativa facilidad, no necesitaban entender cuáles eran los factores de confusión. Los aludidos simulaban protestar, se escandalizaban y reían, aunque en el fondo sabían que tenía razón. Los cuatro soportaban presiones duras en sus trabajos y las cosas habían ido a peor por las consecuencias de la pandemia. El supuesto vendaval de sentido común que debería haber soplado después ¿dónde estaba? La crisis, no económica sino de una determinada manera de entender la economía, seguía cobrándose víctimas, más despidos, peores condiciones, más reclamaciones no atendidas. Pero Hugo, Lena, Ramiro y Camelia contaban con algo que a ella le faltaba: un empleo, y la confianza, siquiera relativa, en que no se les iría el carácter de las manos. Tal vez Jara tenía una alteración leve de sus procesos mentales, o tal vez solo una clase de sufrimiento común y diferente del de otras personas, fruto de experiencias acumuladas. Ella no había aceptado nombres, ni diagnósticos, y sus circunstancias le habían permitido vivir sin ellos. A veces pensaba que podría intentar hacerse cargo con más fuerza de su carácter, de su incompetencia para algunas cosas que millones de personas asumían con normalidad. Otras, que no se elige el color de los ojos y que algunos gestos desmañados del ser en el mundo no siempre se podían corregir. Aunque no paraba de intentarlo, había una suerte de hecho estadístico en la alta frecuencia con que no encajaba, con que dejaba todo colgado sin avisar, y decía lo que no debía, con valor o sin querer. Y era, sí, obsesiva como un arma encasquillada, el casquillo de la bala sin disparar seguía en su cabeza: no podía disparar otra y no podía dejar de moverse alrededor de lo no sucedido.

Jara seguía con su declamación: «Cuando los tropiezos son momentáneos y leves, cuando no se toca fondo, entonces no hay más preguntas: la causa de que haya arroz en el plato es que pusisteis arroz a hervir. Si hubierais puesto zanahorias, habría zanahorias. No puede pasar que calentéis arroz y agua en un cazo y el resultado sea un plato de zanahorias. Pero la vida humana es más complicada que un plato de zanahorias,

¿o no? Cuando se trata de las personas los factores de confusión pueden ser casi infinitos. ¿Por qué pasó lo que pasó? No digáis que no vale la pena preguntárselo, no digáis que lo pasado nunca puede evitarse. Seguimos preguntándonos y suponemos que, aunque no podamos cambiar lo que pasó, sí podremos evitar que en el futuro sucedan cosas parecidas. ¡Además! No es una suposición sin fundamento: los errores se corrigen; lo que no se sabía, se aprende. Os perdéis porque tomáis el autobús equivocado. Os bajáis. Retrocedéis hasta llegar a la parada del autobús, esperáis al autobús correcto, os subís y llegáis al lugar elegido. ¿O no?».

Y bromeaban: Sí, oh, te escuchamos, y hacían reverencias. Entonces ella reía pero sin transición bajaba la voz, se sentaba, y concluía ya con normalidad y un ligero deje de angustia: «La vida diaria no es tan regular y previsible como un trayecto de autobús. ¿Con cuántos factores de confusión podemos tratar al mismo tiempo? ¿Cuántos factores de confusión pueden soportar una calamidad, una fiesta, estar en paro, un propósito?».

Lena ha oído los pasos de Ramiro en la escalera. Conoce bien su sonido, Ramiro golpea los peldaños con los pies con una mezcla de alegría y rabia: está cansado del trabajo, ha perdido más tiempo en el metro del que hubiera querido, es tarde y, al mismo tiempo, ya está fuera del trabajo, ha llegado, ya está en casa.

–Hola, Len –dice Ramiro en voz baja, con una timidez que no casa con su cuerpo grande.

Len es como la llamaba Jara, los demás también lo hacían a veces. Ramiro al usarlo quiere entregarle su cercanía y su preocupación, pero no está seguro de que sea la mejor manera. Lena se acerca y le abraza con un poco más de intensidad de la normal.

–Hola, lindo. ¿Cómo estás?

–Cansado. No dormí bien y esta tarde me toca reparto en la cooperativa de consumo. Voy a echarme un rato.

Lena asiente. Después, como le pasa a veces, entra en el cuarto de Jara sin proponerse entrar, ha echado a andar y de pronto está ahí, sentada en la cama de Jara. Apoya sus manos sobre la funda nórdica color cereza. Mira la ventana, el aluminio le resulta tan mustio ahora. Otros días, Lena ha intentado ponerse en el lugar de Jara, reconstruir hacia atrás para encontrar alguna señal que pueda mostrarle cuándo empezó a planear su marcha. Hoy se fija en los libros de la mesilla y escoge el que está encima de todos. Es un libro divulgativo sobre Spinoza, tal vez esté dirigido a adolescentes. Lena se levanta, lo leerá por las noches, quién sabe, tal vez encuentre en un subrayado una señal. Al cogerlo, ve debajo un marcapáginas con la silueta de un edificio en tonos anaranjados. Pertenece a una librería que cerró hace años. Lena le da vuelta y ve algo escrito. Lo lleva a su cuarto.

La funda de su edredón es blanca y negra, Jara y ella fueron juntas a comprar las dos fundas hace tres años, se rieron cumpliendo ritos de la pareja que no eran y recuerda que Jara le dio una charla completamente documentada sobre almohadas. Lena se tumba en la cama, apoya la espalda en una de esas almohadas que también compraron juntas y lee lo que está escrito en el marcapáginas. Es una cita entrecomillada: «Cuidémonos para ser peligrosas juntas». Lena reconoce el texto. Pertenece a una camiseta que les regaló Renata, la madre de Jara, hace unos años. En la camiseta el texto está en inglés: «Take care of each other to be dangerous together». Las hace una editorial de fanzines y libros que se desvían de la norma y que ellas leen a menudo. La camiseta es blanca, de manga corta. Lena supone, o quiere suponer, que el hecho de que no solo copiara el texto sino que lo tuviera tan a mano significa algo; muestra, tal vez, que no se ha limitado a escapar por un brote incontenible de angustia, para vivirlo sin testigos. Sabe que Hugo piensa eso, y que a veces Camelia también. Ramiro es más callado, es difícil saber qué pasa por su cabeza. En cuanto a ella, también a veces lo ha pensado. Tiene su lógica. Jara lleva años rompiéndose y puede haber querido romperse del todo lejos, renunciar por fin a mantener el tipo en una ciudad donde existir resulta cada vez más difícil. Sin embargo, Lena sabe lo mal que Jara se lleva con la resignación; esa frase habla de una actitud distinta.

Suena la llave en la puerta; es Hugo. A un lado la melena castaño rojiza de la mitad izquierda de la cabeza, al otro la mitad que empezó a raparse desde hace un año. Nadie en la casa recuerda ya cómo era antes su aspecto, porque es como si Hugo hubiera encontrado en esa forma de cortarse el pelo la expresión de su manera volátil de ser. Ha visto la luz encendida en el cuarto de Lena y llama a la puerta entreabierta.

Lena, desde la cama, le dice que pase. Hugo entra, se tumba a su lado.

—Mmmm, quédate —dice Lena.

Hugo se levanta, coge la manta que está doblada sobre una silla y los dos se tapan con ella.

—¿Estabas de bajón, aquí metida a esta hora, o es solo una siesta?

—No es siesta, tengo que salir en un rato, pero supongo que un poco de falta de fuerzas sí es. Ya sabes, Jara, esto de no poder hacer nada. ¿Qué tal tu día?

—Intensito. Ahora necesito meterme debajo de una capa de algo y no salir.

—Pues yo soy tu capa —dice Lena y se queda en silencio, abrazada a Hugo, con la libertad que les da un afecto de años.

La tarde se va poniendo oscura y cada vez más fría. Lena acaricia la frente y la cabeza de Hugo; luego, poco a poco, empieza a moverse. Le gustaría quedarse ahí un rato más, leer junto a Hugo o sola. Pero se ha comprometido a ir al centro social del barrio y aunque fuera haga frío y le dé pereza el metro agradece la obligación de salir otra vez. Porque teme a las cajas de cerillas de las habitaciones y su propio y excesivo gusto por el silencio y la soledad. Se levanta y arropa bien a Hugo, que se ha quedado dormido.

En la calle se cruzan Lena y Camelia. Cada una va metida en sus pensamientos y ninguna se detiene, solo rozan las manos y las aprietan un instante. El viento envuelve los cuerpos, junto a la boca de metro las personas parecen apresurar el paso. En el vagón Lena piensa que está harta de algunos comentarios de gente que dice: ¡A los cuarenta años compartiendo piso, qué horror! Porque vale que sí, que comparten piso porque el sueldo no llega, pero no es el único motivo. Para ella, Jara es una hermana aunque no es igual que una hermana, la ausencia de lazos familiares crea un vínculo distinto. Por otro lado, sería tramposo reivindicar la falta de medios o la austeridad cuando no son una elección. De acuerdo, claro, pero ella se alegra de haber tenido que compartir piso; le gustaría poder decirlo y que se entienda que no está apoyando el mercado inmobiliario, ni pagar mal a quienes menos tienen, ni ninguna otra clase de basura.

A la salida, Lena se topa con un hombre de unos setenta años que lleva una muleta en una mano y un bastón en la otra. Arrastra por el suelo un gabán sucio, una mueca en la cara le hace parecer ausente, imprevisible; crea una zona vacía a su alrededor. Aunque Lena sigue su camino, ahora le falta energía, recuerda esa mueca y piensa que cualquiera puede acabar siendo ese hombre, solo tienen que torcerse tres o cuatro cosas a la vez y luego, de improviso, una quinta. Tal vez Jara se ha ido porque un día también se cruzó con ese hombre, se vio en él.

Cuando llega al centro social encuentra a cinco personas. Dos son nuevas, hablan con las demás como si ya se conocieran. Hay una sesión para enseñar a usar algunas herramientas de software libre a las personas que vayan llegando. Lena saca su portátil de la mochila. El local está limpio y ordenado, aunque las paredes necesiten una mano de pintura. Hace unos años, Lena todavía tenía que defenderse en las discusiones cuando la acusaban de rodearse de una estética cutre y siempre provisional. Entonces parecía que había elegido deliberadamente una forma de vida distinta a la de su entorno. Hoy todo eso se ha borrado y ya no tiene que explicar que ella no elegía, sino que se iba moviendo hacia lugares donde vivir no exigiese estar compitiendo todo el rato. Y es que hoy son muchas las personas de su entorno que buscan lugares así para curarse de las presiones y construir algo distinto. Dentro de un mes o de un año les echarán del centro social. Y volverán a empezar. Claro que preferiría consolidar espacios, lugares, grupos. Pero la vida se juega en un periodo de tiempo limitado.

Dos mujeres necesitan software libre para hacer funcionar sus ordenadores sentenciados por Windows y que son los únicos que tienen. Lena se sienta a su lado, les va enseñando lo que aprendió primero con Hugo y luego un poco por su cuenta: instalan un sistema operativo gnu/linux, las ayuda con lo ligeramente complicado, como lograr que funcione el adaptador inalámbrico. Ellas comprueban encantadas que pueden conectarse, navegar y escribir en un aparato que creían destinado al punto limpio. Le preguntan qué hacer si surgen otros problemas. Lena les muestra los foros donde encontrar ayuda.

Cuando llega a casa, ya en las escaleras le llega el olor al guiso de patatas que hace Ramiro. La cocina parece un huerto, pues aún están sin guardar las demás verduras de la cesta del mes. Camelia pone la mesa, Ramiro va a despertar a Hugo. Cenan juntos, hilan conversaciones sobre alguna situación absurda que les hace reír.

Ramiro termina de organizar su pasillo en la multinacional de bricolaje y decoración.«Lleno, limpio, balizado», el mantra de cada mañana. Que toda la mercancía esté colocada, que las estanterías estén limpias, y que estén puestas todas las etiquetas. Quince metros a cada lado, dos metros y medio de altura, un metro lineal de separación. Mantiene una relación cordial con su pasillo, le caen bien las herramientas, le agrada saber que su tarea es concreta, atenerse a su pasillo, que no haya catástrofes en su pasillo, que nadie resbale, que pocos discutan, tener bien localizado el desfibrilador porque un día un hombre se desmayó en su pasillo y lograron sacarle adelante hasta que llegó la ambulancia. Cuanto más se abre su pasillo al mundo, la cordialidad se complica, tratar con los clientes tiene su aquel pero Ramiro se empeña en que le guste y procura ser muy consciente de cómo lo hace, sobre todo cuando hay que cerrar pedidos e instalaciones o reclamar a los proveedores. Preferiría otro mundo con jornadas más cortas y otras opciones, trabaja modestamente para hacerlo posible en la doble jornada de la militancia pero, mientras se construye ese otro mundo, no le pesa ocuparse de un pasillo.

Cuando ya ha pasado el plumero, empieza con el etiquetado. Alguna vez se ha comparado con Lena, ella se propuso desde el principio que su jornada principal fuera también su militancia, hacer algo interesante y que sirviera. Y no es fácil. Pasa muchas noches manteniendo y haciendo crecer células en el laboratorio. Dice que solo es un trámite para poder iniciar un experimento, no descubres nada, no comprendes nada, eres mano de obra en la cadena de montaje de algo con más prestigio que vender herramientas pero que, al final, quizá termine no solo no siendo útil, sino perjudicando a colectivos vulnerables porque los resultados se usarán para especular, para subir precios y presionar a la sanidad pública o quién sabe para qué.

Hay que cambiar muchas cosas, piensa Ramiro, para que cada trabajo tenga sentido. Y no todos los trabajos tienen que ser profundos; la parte material del mundo cuenta. No es colocar herramientas, informar o atender lo que le cansa. No es lo que hace, son las condiciones en que lo hace. Si no fuera por las exigencias desmedidas, el sueldo escaso y la continua presión de los mandos, estaría bastante contento con su oficio. Sería algo parecido a que se pudiera recoger naranjas en el campo o aceitunas con salarios y horarios razonables. Y en espacios razonables, no en los lugares de pesadilla en que se están convirtiendo las granjas intensivas, da igual si son de pollos o de maíz.

Aunque preferiría pasar algún tiempo al aire libre, el encierro diario es algo que puede soportar. Le gusta volver a casa sin nada pendiente, y trata de hacer bien lo que hace. Lo que no aguanta es que le culpen cuando un mes vende menos, como si él fuera el único motivo, como si no dependiera de los clientes, de las demás ofertas, de los productos. O que le cambien de turno sin previo aviso. Que le vigilen todo el tiempo. Que aumenten sus funciones sin que aumente el personal. Que estiren su horario, su cansancio, que enfrenten a los compañeros, el engaño, los derechos pendientes o, como el otro día: ese jefe de sector insinuó que Ramiro se había lesionado los ligamentos aposta para fastidiar. Tampoco aguanta que al final la subida de salario sea arbitraria, que dependa de cómo le hayas caído al jefe de sección y de cuánto le aprieten, o de cómo se levante el director una mañana.

Desde que es delegado sindical las cosas son diferentes. Hay más presiones por un lado, pero ahora tiene instrumentos para que algunas no se produzcan y para frenar muchas de las que reciben sus colegas. Ramiro les llama así, colegas, porque a los mandos les irrita la expresión, pero no olvida y siempre alude a su condición de personas trabajadoras. Aunque es verdad que ahora ve más injusticias y más de cerca, cree en esa lucha y se siente menos solo. Empieza a etiquetar los productos pensando en Jara. Es difícil no acordarse. Está preocupado y la echa de menos. Jara siempre lo preguntaba todo, como si todo pudiera explicarse y tuviera que explicarse. «¿Por qué diste el paso?», Ramiro sonríe al recordar la insistencia obsesiva de Jara. Le desesperaba que Ramiro no tuviera un momento clave, una caída del caballo, un día y una hora exactos en los que la perspectiva cambió, se tambalearon sus ideas preconcebidas, perdió pie y luego, al levantarse, empezó a percibir las cosas de otra forma. «Fue poco a poco —le decía Ramiro—, me impresionaba ver a las mujeres, cada vez había más que parecían haber tomado una resolución y eran capaces de poner en práctica el "si nos tocan a una nos tocan a todas". Pensé que necesitábamos eso en el trabajo. Nos costaba organizarnos pero es que quienes tenían más medios los empleaban para ponérnoslo más difícil: traslados de centro, prohibiciones por contrato de hablar de cuánto se cobra, millones de cosas más. Ver cómo la empresa apoyaba a los sindicatos oficialistas, el tiempo y el dinero que invertía en ellos, me desesperaba. La vez que me amenazaron veladamente si votaba a los otros, me indigné, sí, pero al final lo que hice fue no votar. Yo qué sé, pretexté para mí que los sindicatos en general, no solo los oficialistas, se han ganado su mala fama. El típico perfeccionismo para no hacer nada. Seguí con mi vida. Un día sancionaron a mi compañero de sección porque se le había caído el contenido de una caja con daño para la mercancía. Él insistía en que la caja estaba desfondada y pidió que especificaran la causa de la sanción en el parte. Pero no querían dárselo por escrito. Le acompañé a ver a la única delegada de un sindicato no oficialista, una mujer de mantenimiento, era algo mayor que yo, no solía salir con nosotros, tartamudeaba un poco al hablar. Y ahí estábamos los dos, torpes, atascados, sin saber qué hacer, mientras que ella, a pesar de su tartamudeo, afirmaba con total seguridad que estaban obligados a notificárselo por escrito, e incluso se ofreció a subir y a exigirlo. Luego, cuando bajó con la hoja, no presumía ni buscaba gratitud. Tenía que suponer que ninguno de los dos la habíamos votado, pero ni preguntó, ni nos hizo ningún comentario al respecto. Nos indicó las vías de defensa que tenía mi compañero y...»

Jara le interrumpía: «Entonces ¿fue entonces? ¿Si esa mujer hubiera sido borde, si hubiera sido deshonesta o...?». Ramiro tenía que pararla: «No, Jara, no fue entonces, no hubo un "entonces", creo que fue un cambio lento, progresivo y a la vez contradictorio». Y Jara sonreía: «Mejor, mucho mejor, los procesos complicados nos libran del arrepentimiento. Porque hay un arrepentimiento que no es moral, ¿sabes? No es el de cuando querías hacer una cosa y haces la contraria y te sientes como la mierda. Hay uno que es solo, no sé, como los verbos, un arrepentimiento condicional, cuando te planteas: ¿y si? Casi nadie se libra de pensar que si aquel día a aquella hora hubiera o no hubiera hecho algo su vida sería diferente. Es absurdo, y nada, no consigo quitármelo de la cabeza. Las cadenas de acontecimientos que se cruzan son excesivas y, sin embargo, quiero detectar el punto exacto donde me desvié, donde me equivoqué. Sé que es mentira, el Perú no se jodió en un momento, ni casi nada se ha jodido en un momento. Pero las cosas buenas, ¿sabes?, las decisiones buenas que tomamos, ah, eso sí me gustaría que pudiera estar escrito, perfectamente localizado: mira, colócate aquí, debajo de este árbol o al lado de esa puerta, un sábado a las 18.37 de la tarde y entonces. Pues no hay manera».

Cuando Ramiro termina de preparar el pasillo faltan un par de minutos para que abran la tienda. Se asoma discretamente desde el final y mira las siluetas que esperan. Luego mira el final de los otros pasillos y saluda a quienes están como él, observando el día exterior, el mundo que entrará en la tienda con las personas que, sin darse demasiada cuenta, la harán distinta mediante sus gestos, sus preguntas, se convertirán en parte del clima de ese espacio iluminado con luz artificial. En teoría debe permanecer idéntico a sí mismo, como una bola transparente y suspendida; sin embargo, las personas que entran, las que no llevan uniforme y pueden reír o llorar sin que un mando las vigile, lo cambian, lo funden con su propio clima personal. Supone que a veces ni ellas mismas consiguen librarse de los disgustos que arrastran. En cambio, otras veces, un saludo enérgico y alegre, una mirada cómplice, incluso un amago de tristeza compartida, abre paisajes entre las estanterías.

El mundo de las historias que se cuentan no coincide con el mundo de las historias que suceden. Dicen que a veces unas se superponen sobre las otras. Pero convengamos que entre lo que se vive y lo que se cuenta a través de una historia existe una distancia. El hecho es que el mundo de las historias se inclina en una dirección a menudo distinta de aquella hacia la que se inclina la realidad. En otras palabras: lo concreto resulta deliciosamente impertinente. Querida pareja de baile recién conocida, ¿perteneces por origen o por futuras herencias a la clase media patrimonial? Bailan Hugo, Lena, Camelia, Ramiro y Jara con la historia, y la historia les pregunta no solo su salario, también su patrimonio. Viven en una casa alquilada, ganan, sin contar a Jara, unos mil cuatrocientos euros de media en catorce pagas. No ahorran más allá de procurar mantener un fondo mínimo de seguridad. Sin embargo, ¿qué les respalda?, ¿hay algo que lo haga, que les quite el miedo?

A la madre y al padre de Hugo la separación les empobreció. No habían terminado de pagar la casa cuando además tuvieron que pagar un alquiler y gastos de Hugo y de su hermano. Después de varias pruebas y bandazos Hugo encontró en Martín de Vargas 26 una forma de estar, un campamento base donde no se le pedían definiciones y donde no hacía falta tener una pareja para intentar el futuro acompañado. Tuvo algunas desde allí, aunque nunca dio el paso de mudarse, ni de proponer traer la pareja a casa. Tampoco sabría precisar sus sentimientos acerca de la reproducción. No necesitaba verse reflejado en alguien, y no había encontrado a nadie con quien plantearse la adopción y todo lo que eso implicaba. Al mismo tiempo, le gustaban los críos, disfrutaba con la hija de Camelia y la echaba de menos cuando se iba. A veces soñaba con que Ramiro o Lena se lanzaran y no se fueran, con que trajeran al bebé a la casa desde el principio.

La madre de Lena había sido maestra, y su padre, operario en una fábrica de productos de cuidado personal. Entre los dos, contando con la ayuda de la venta de unas tierras de la familia de él, habían logrado pagar una casa y sacar adelante a sus tres hijas. La muerte de la abuela y el abuelo maternos supuso luego otro incremento patrimonial, permitió mejorar la formación de las hijas. Cuando Lena estaba con Óliver, su última pareja de larga duración, siempre supo que podría haber pedido ayuda para dejar Martín de Vargas. No una gran ayuda, pero sí lo bastante para un primer impulso. La relación se extinguió antes y no llegó a considerarlo en serio. Mejor así, no habría podido pues su hermana y su pareja pidieron dinero para una entrada de un piso que les permitiera hipotecarse menos. Al poco, una de sus dos sobrinas nació con un problema de corazón que requirió varias operaciones, dejar trabajos, apoyo de todo tipo. Desde entonces las cosas se habían estabilizado para su hermana. Lena dependía sobre todo de sí misma pero, si algo pasara, todavía podría contar con eso que llaman un cierto colchón familiar.

A la madre y el padre de Ramiro sus familias no les dejaron nada desde el punto de vista patrimonial, y ellos no dejarían nada, desde el punto de vista patrimonial, a sus dos hijos; los más de cuarenta años de trabajo como empleado en un almacén de muebles y como empleada de hogar habían ido a parar a un pequeño piso que iban a hipotecar para ayudar a costearse la vejez sin tener que pedir ayuda, pues la madre de Ramiro estaba delicada de salud y sus pensiones eran escasas.

La madre y el padre de Camelia tienen casa propia terminada de pagar con la venta de la casa y parte de la tierra que heredaron de las abuelas maternas; además, heredarán la casa del abuelo paterno centenario, si bien está en un pueblo donde venderla no será fácil. ¿Qué ha significado eso en sus relaciones de pareja? ¿Ha hecho como si no pasara nada, como si no fuera igual tener las espaldas de hija única ligeramente cubiertas, bien que a muy largo plazo, que no tenerlas o que, al contrario, tener cierta masa patrimonial? La clase social es concreta, los cuerpos se tantean en el enamoramiento pero después vienen los cálculos. Es sincera esa fase en la que solo cuentan los ademanes, las rememoraciones y una risa callada que aflora sin querer en soledad. ¿Cuándo y cómo se abre paso, entretanto, el juego de las equivalencias?

La muerte prematura del padre de Jara dejó a su madre bastante a la intemperie. Los abuelos paternos quedaron destrozados y se fueron a vivir a Barcelona, donde estaban su otro hijo y sus dos nietos. El abuelo murió pronto, lo poco que tenía quedó para mantener y atender a la abuela y se iba consumiendo. Renata se hizo cargo de Jara, tuvo además que cuidar a su padre con Parkinson, y a su madre cuando enfermó de cáncer de pulmón. La venta de la casa de los padres de Renata ayudó a esta a comprar la pequeña casa que aún pagaba. Así pues, Jara no es un personaje mítico en manos de los injustos mecanismos de, pongamos, el statu quo estadounidense. Graduada en económicas, unos miedos pequeños y torpes que se volvían grandes y generales afilaron la hostilidad del mundo laboral y la llevaron a hacer cosas como aceptar un empleo cuyo horario dependía de los picos de trabajo; no preguntó si había límites y control para ese horario, a nadie le gusta contratar a gente pendiente de no trabajar más horas de la cuenta. Lo aceptó, en fin, sin rechistar, y luego no aguantó esas jornadas sin final y sin saber qué pasaría al día siguiente, y terminó rindiéndose. Fue un episodio más entre mil. Antes había fracasado en su intento de adaptarse a las condiciones de aislamiento, competitividad extrema y obsesión de la investigación universitaria, y había abandonado su tesis a medias. También se presentó a varias entrevistas de trabajo y terminó discutiendo con los entrevistadores. Una vez la contrataron en un colegio privado, pero nunca le renovaron y ella contaba que tampoco lo habría resistido. Tras muchos meses malos vino una época dulce, se retiró a la casa, daba clases particulares, se ofrecía por internet, y corriendo la voz, a realizar quehaceres diversos: cambiar o reparar cremalleras, pergeñar trabajos de fin de máster, revisar la redacción de tesis, ser canguro de niñas y niños con fiebre alta que no podían ir al colegio. No llegaba a pagar todo lo que le correspondía del alquiler y los gastos, pero en la casa todos pensaban que eso formaba parte de vivir en común. La casa no iba a ser una máquina sin excepciones, sino un refugio donde la excepción no se penaliza y un refugio que, quizá, muestra que la regla que rompe no es adecuada. Los meses peores Jara pagaba en especie, arreglándoles a los demás las cremalleras, pintando las ventanas, estudiando tutoriales para aprender a extraer los fragmentos de la lámpara rota de un proyector y poner una nueva, ayudándoles con sus informes y otros restos de trabajo atrasado.

En el tercero C del 26 de Martín de Vargas ha sonado el telefonillo. Lena está sola, tiene turno de noche y le corresponden más horas libres de las que puede tomarse.

—Hola, Renata, te abro.

Hace tiempo que Lena no ve a la madre de Jara. Cuando Jara se fue habló con ella por teléfono. Renata estaba lejos, en un pequeño pueblo de Huesca donde una amiga conserva la casa familiar. La oye subir andando a pesar de sus setenta años y ve por la mirilla su pelo corto teñido de granate, y un vestido verde estampado con pinceladas negras que le llega hasta los pies. En la cara, la misma expresión levemente irónica que Lena recuerda, si bien quebrada por momentos en una mueca de inquietud. Lena duda; Renata siempre ha rehuido el dramatismo y un abrazo en estas circunstancias podría resultarle chocante. En efecto, Renata la saluda con dos besos y se dirige al sofá del salón.

—Siento haber tardado tanto en venir, Len. Creo que esperaba esta llamada suya y por fin ha ocurrido. Llamó desde un número desconocido, solo dijo lo que te he contado por teléfono: que está bien, que no va a volver pero que no nos preocupemos. Y vosotros, ¿cómo estáis?

—Bueno. Aliviados desde que me lo contaste. ¿Tú?

—Estoy, estoy. Mira, cuando venía, en el autobús, se me han sentado enfrente unas chicas jóvenes. Hablaban alto y deprisa, se reían. Me he quedado mirándolas como si pertenecieran a otro planeta. No envidiaba su normalidad. Además, a lo mejor no era normalidad, podían esconder rayos en su cabeza. Ves a alguien, sonríe. Las ocho mil procesiones van por dentro. Te lo cuento porque me ha tranquilizado comprobar que si esas chicas están libres de espectros, yo todavía soy capaz de alegrarme por ellas. ¿Vamos a la cocina? Estoy muerta de sed.

Echan a andar, Renata delante, derecha, con la cabeza alta. El bamboleo de su vestido largo hace que parezca que se desliza sobre el agua.

Renata va directa al armario donde están los vasos.

—¿Quieres?

Llena dos vasos con agua del grifo.

—¿O prefieres de la nevera? —pregunta.

—No, no me gusta tan fría —dice Lena—, gracias.

—Yo he vivido sin espectros bastante tiempo. Ahora lo llamáis boomer, ¿no? Aunque creo que les saco unos cuantos años a los boomers. Pero yo no recuerdo vuestra angustia. Viví hasta más de los treinta con fruición, sensación de sed y calmar la sed, y otra vez sed. La batalla por no caer en el cinismo propio vino más tarde. En cambio, a vuestra edad, incluso antes, ya tenéis que estar con esa batalla, ya habéis visto y padecido tanta mentira, tanta oscuridad, tanta condescendencia, que tenéis que pelear para no querer dejar de pelear.

—Un boomer nunca hablaría así. Ser boomer no tiene que ver solo con la edad.

—Entonces será por Jara. Tan empeñada en que podía seguir. Las cosas pueden ser mejores o peores pero ella encuentra razones, a pesar de sus movidas, para considerarse una privilegiada.

Renata se ha sentado en el sitio que suele ocupar Camelia, al lado de donde estaría sentada Jara. Pasa la mano por el hule de cuadros amarillos y blancos y mira a Lena a los ojos.

—¿Crees que es verdad, que está bien?

—Sí. Si no, no te habría llamado, ya sabes cómo es, no miente.

—Vale, Len. No sé si es porque me conoces, pero gracias por no insistir, por no darme argumentos. Si lo hubieras hecho… —dice Renata y pone cara de zombi y las dos se ríen como una escapatoria, también como un abrazo.

—Ahora me toca —dice Lena—. ¿Por qué se fue así, sin dejar una dirección, borrando huellas? Es como si sintiera que la persiguen.

—¿Perseguirla? No sé, no creo. ¿Tú leíste aquel cuento, «El perseguidor»?

Lena niega con la cabeza.

—Hubo un tiempo en que estuvo muy de moda —sigue Renata—. La vida se dividía entre perseguidores y no perseguidores. Johnny, el saxofonista del cuento, era un perseguidor, buscaba algo especial, ultraterreno, un sentido de la vida que no estaba en ninguna parte; estaba más lejos, y él podía rozarlo mientras tocaba el saxo. A costa, seguramente, de destrozar su vida. Lo de perseguidores era siempre en masculino específico, ahora que lo pienso. Supongo que las mujeres nos colábamos ahí y nos sentíamos perseguidoras, desde luego sin que nadie nos invitara a pasar ni reparase en nosotras. Nos hacíamos nuestro hueco con discreción. Lo cutre, lo peor, era ser no perseguidor, digamos, alguien que se limitaba a vivir. Johnny era un perseguidor, Johnny se autodestruía buscando algo, no le quedaba más remedio que buscarlo, era su destino. Las demás personas, como Bruno, su biógrafo y amigo, el tipo que contaba el cuento, también podían llegar a ser perseguidoras pero de cosas más terrestres: una buena biografía junto con un poco de ayuda para que Johnny llegara a tocar el ultramundo con su música y los demás llegásemos a tener una breve noticia de él, un destello inolvidable al escucharlo. Yo adoré ese cuento, ¿sabes? Ahora, igual no pasaba de la segunda página. Me ha venido a la cabeza por tu pregunta. Ese cuento que adoramos tanta gente de mi generación no hablaba de los perseguidos. Es más, el cuento venía a resumirse en que Bruno, el biógrafo, por fin se daba cuenta de que todo lo que le pasaba a Johnny en la vida era por ser cazador y no un animal acosado.

—¿Te gustaría pensar que Jara también lo es?

—¡No! —Renata sonríe—. No, Len. No me creo ya esas divisiones. Pero si hay que hacerlas, Jara no es ni perseguidora, ni no perseguidora. Jara es una perseguida y le persigue el paro, y le persiguen sus dificultades, y el paro hace que las dificultades crezcan, y los trabajos que ha tenido y que no ha podido soportar, también. Como todo el mundo, Jara persigue cosas. Y me parece que a ratos le gustaría no perseguir ni que la persiguieran.

—Entonces ¿crees que se ha ido por el paro? —dice Lena.

—Sé que la estaba destruyendo, aunque no os lo dijera. Quería algo que no fuera seguir tachando los días y tachándose ella. Yo no podía hacer nada, ¿sabes? No tengo contactos, no conozco a nadie, bueno, eso que llaman «conocer a alguien» con mano, con poder, eso. Sentarme con un individuo así y decirle, a ver, ¿acaso no es cada persona un mundo, cómo podéis quitaros de en medio tan tranquilamente más de tres millones de mundos? Uf, si llega a estar y me oye, ¿te imaginas? «¡Abajo lo dramático!» Una vez quiso llevar esta pancarta a una manifestación.

—Esta historia no la sabía —dice Lena y se levanta, está inquieta, le cuesta tener a Renata delante y seguir hablando, le gustaría salir fuera como en una película, organizar una batida con linternas y preguntar por Jara en cada calle. Le cuesta, en fin, no dejarse llevar por lo dramático—. Cuenta, cuenta —dice.

—Fue hace mucho, tendría dieciocho o diecinueve años. Yo discutí con ella: «No todo puede ser ironía, no todo puede ser divertido: ¿si vivieras en un Chile con desaparecidos también llevarías esa pancarta?», le pregunté. Y me dijo muy seria que sí. Y ha seguido diciéndolo. Que las cosas pueden ser serias y graves pero no dramáticas. Que el drama solo debilita. Que a veces es muy difícil para algunas personas evitarlo, pero que cuando se puede elegir, se es mucho más fuerte con un «Nevermind», y lo dice así, en inglés, supongo que porque le gusta cómo suena, o que el compuesto lleve la palabra nunca. Ladea la cara, con un atisbo de sonrisa, esa expresión suya.

Lena vuelve con una botella de cristal con más agua y se sienta de nuevo.

—No lo entiendo bien.

—Ya, eso también me lo ha contado. Habla de tu racionalidad y de tu literalidad y se ríe. Dice que cuando logres cuadrar el círculo, cuando seas racional y literal y te creas las cosas a la vez que no te las creas, al mismo tiempo, serás la mejor boxeadora del mundo.

Lena sonríe, le hace bien oír hablar de Jara en presente, como si solo estuviera fuera con unos amigos.

—Nada, no lo he cuadrado todavía, sigo siendo absurdamente racional. Supongo que os referís a que el «no importa» va ligado a la expresión con que se dice. Vamos, que no es una afirmación general, no significa que no le afecte, qué sé yo, un problema de Camelia o el estado de la sanidad pública, sino que se niega a dejarse afectar hasta el punto de perder su agudeza.

—Como respuesta provisional, no está mal —dice Renata.

Lena sirve agua y mira los labios pintados de la madre de Jara, su expresión serena y decidida a no dejarse abatir.

«… decidida a no dejarse abatir.» La voz sopesa esa expresión, mira a su alrededor la cuesta de la calle poco transitada ahora, el farol apagado semejante a una cometa en tres dimensiones que alguien ha fijado al suelo. Las coordenadas del caminar humano han sido descritas según multitud de enfoques, algunos dan prioridad a afectos, rasgos de carácter, ideas, pasiones tristes o alegres. La voz un poco ninja de esta historia no analiza, no descompone en partes a fin de llegar a la última, la voz no cree que una última parte sea una explicación. Por eso prefiere juntar un ramo de tres tallos entre otros muchos ramos, o imaginar un río de tres desembocaduras. Con su cuerpo de sombra constata, cuando mira, que existen tres estados, o tal vez condiciones, por donde con frecuencia discurre el caminar humano. Y que no están separados, se cruzan.

Ha llamado al primero la chapuza vital. Es el primero pues lo contiene todo. Afecta a lo que no funciona desde el principio, no por la voluntad deliberada de seres humanos concretos, sino porque la vida es finita, incompleta y grotescamente chapucera: los materiales que tan bien pensados parecían, se estropean; los temperamentos se impacientan a menudo sin pensar, sin aguardar, sin comprender; la fuerza se desmanda, a la razón le pierde la soberbia, la mezquindad se impone un día sobre lo magnánimo, sucede el accidente, la enfermedad, el frío exterior y el interior, la muerte inesperada y la esperada, y el pesar hunde los corazones. Amor o miedo, apetito o dolor o melancolía, todo tiene muescas. La vida no es siempre diligente. Lo ideal necesita de la materia para ejercerse y la materia tiene sus quebraduras, los cuerpos envejecen, tosen, los ánimos oscilan, la superficie de los hechos es rugosa madera sin lijar. El tiempo huye, las ramas de los almendros florecen y se secan, se quiebran o dan fruto, y no hay un estado que sea el verdadero y otro sobre el que pueda pasarse de puntillas, todos cuentan en el viaje de la vida hacia la muerte. La chapuza vital reúne, por ejemplo, las cosas que hubieran sido necesarias pero que no llegan a saberse a tiempo. No es una posición, como un cero o un uno, como el interruptor que deja o impide pasar la luz. La chapuza vital está siempre presente. Aunque hay momentos perfectos, se diría, circunferencias plenas de exactitud, tonadas que parecen remontar el ánimo a los cielos, aquella perfección es, precisamente, memoria de lo efímero, y pensar lo contrario comporta engaño, mientras que conocer la chapuza permite edificar con mayor firmeza recintos, habitáculos, de pasajeras perfecciones y alegrías.

La chapuza vital no es la injusticia, pues la primera seguiría existiendo si fueran justas todas las leyes y las instituciones las hiciesen cumplir, y fueran justas las relaciones entre los seres. El segundo estado, al que la voz ha llamado el impulso de la justicia, no surge para eliminar la chapuza, y es que no hay modo de hacerlo; surge para que sus consecuencias puedan aliviarse, no aplasten: trae el deseo de que no quede nadie a solas, sin amparo. El impulso de la justicia avanza y retrocede, pierde fuerza; aunque no se extingue, puede ser derribado y entonces ha de pasar el tiempo hasta que se restablece y se levanta. No es perfecto, pertenece a este mundo y reúne también los ciclos inexactos, la sequía, lluvias torrenciales, la expresión de quien no acepta y canta mientras aprende junto con otras: no soy hoja que el viento lleve por donde quiera, si quieres detenerme tendrás que golpear.

Como no hay dos sin tres, junto con la chapuza vital y la justicia, la voz percibe la llamada de lo lejano. Ulula, no cuenta nada pero lo evoca todo. Se puede confundir con el canto de las sirenas en la mitología, pero no es igual. No siempre atrae hacia el peligro, a menudo solo provoca desconcierto. Ni quiere siempre lo contrario, la escapatoria, el deseo de apartarse en pos de un lugar con horizonte donde el temor se vaya. En ocasiones puede ofrecer salidas, guiar hacia el portazo al corazón que huye en busca de otro paisaje y otros hábitos, o de un experimento vital. Porque la vida debería ser otra cosa. Porque a veces se necesita que esta vida concreta sea otra cosa. El cuerpo se levanta, respira y, sin embargo, no puede con su estrella: baila pero, a veces, no sabe por qué baila ni por quién. Y la llamada de lo lejano insinúa lugares donde no haría falta una tregua, lugares que son la tregua.

Es sábado, Lena come en casa de su tía, con su madre, que ha venido de Burgos para verla. Ramiro trabaja. En la casa se quedan Hugo y Camelia. Mientras preparan la comida hablan de los pimientos, de un tema de Biznaga y de una prensa de aceitunas cerca del pueblo de Camelia que les gustaría visitar si logran sacar tiempo, coincidir y que una amiga les deje su coche esos días. Durante la comida le toca el turno a la desaparición anunciada de unas playas de Almería, a lo quemado que está Hugo con su trabajo, Camelia dice que prefiere ahora no acordarse del suyo, y de oca a oca terminan llegando al viento que la tarde anterior derribó dos árboles cerca del barrio; una rama cayó por azar sobre un niño que está hospitalizado. Seguro, dicen, que Jara les habría preguntado por qué llaman azar a la caída de esa rama y no al resto de las cosas. Y habrían discutido. Sin enfadarse, pero contundente, Camelia habría dicho que ella o Hugo no están quemados con su trabajo por una cuestión de azar, sino por una suma de decisiones nada azarosas, completamente voluntarias que han tomado personas concretas a lo largo de los años. Jara habría contestado que sí, pero que había que saber cómo funcionaban esas decisiones para intervenir en ellas.

Cambian de tema, recogen los platos, preparan yogur con miel de postre. Camelia está dos veces a punto de contarle a

Hugo lo que le ha pasado en su trabajo. Pero todavía le afecta demasiado. Al final, calla. Recogen juntos, hablan de ese concierto al que les habría gustado ir pero ya no había entradas. Hugo se va a su cuarto un rato. Camelia se pone una chaqueta, abre la ventana del salón y se acoda en ella. El frío le enrojece aún más la piel; no le importa, busca esa sensación de estar a la intemperie y a cubierto. Si se asoma un poco puede llegar a ver el pequeño parque del fondo. Aunque no hay horizonte, le gusta mirar a la gente que pasa y si ve a alguno de los gatos del barrio entre los coches, les baja algo de comer. Sin embargo, ahora solo está viendo el rostro gastado de Valentín; tiene sesenta años pero hoy parecía que tuviera más. Él le ha enseñado todo lo que sabe de sindicalismo; es vendedor en la sección de electrodomésticos y miembro del comité de empresa, pese a que en el gran almacén donde trabaja es casi imposible que no ganen los sindicatos amarillos. Valentín nunca tenía miedo, cuando cualquier persona iba a verle porque la empresa amenazaba con un cambio de turno arbitrario o se negaba a dar los días por la operación de un hijo, o había que denunciar e ir a la inspección y tantas cosas; él siempre contestaba que no estaban solas, que tenían derechos, que lo que pedían no lo pedían solo para sí mismas, sino para algo más grande que cada persona por separado. Valentín el viernes se presentó en el sindicato y pidió a Camelia que bajaran a tomar un café.

—Sé que es mentira —le dijo—. Que luego no le renovarán el contrato o que se inventarán algo. Pero mi chaval está desesperado. Lleva cinco años de reponedor, contratos temporales, paro, cada vez les pagan menos. Ha intentado cambiar y lo que encuentra es parecido. Nunca ha hecho nada que tenga que ver con lo que le gusta, con lo que sabe hacer. Nunca nadie le ha dado una oportunidad. Como muchísimos parados más, ha perdido toda esperanza. Y justo ahora, en la productora que tiene la empresa, me han dicho que van a contratar a gente de fuera. Es para hacer anuncios. Camelia, perdóname.

Camelia, que estaba junto a la barra, se había dado la vuelta un momento, como si hubiera visto a alguien, pero era solo para que Valentín no advirtiera el pesar en su cara. Luego volvió a girarse, dijo que lo entendía y no tuvo fuerzas para abrazarle aunque le apretó la mano y se quedaron mirando hacia la cafetera del bar como si allí estuviera proyectada alguna información de vida o muerte. Valentín se marchó, parecía andar más encorvado, sin fuerzas.

—Te vas a helar —dice Lena detrás de ella.

Camelia no se había dado cuenta de su llegada.

—Es que necesitaba un poco de frío, pero ahora cierro.

No se vuelve. En algún momento les contará a todos la historia de Valentín. Y quizá se atreva a preguntarles si ha hecho bien dándole la mano o si a lo mejor Valentín hubiera preferido que se enfadara, que le dijera que no podía rendirse, que él era un ejemplo y le necesitaban, que aunque su hijo fuera el mejor realizador del mundo en la productora de la empresa no le iban a renovar el contrato porque obedecían órdenes y lo único que la empresa quería era doblegar a Valentín, torcerle el brazo contra la mesa y mostrar su victoria. No se lo dijo porque Valentín ya lo sabía, y porque no hay nadie que esté a salvo del desfallecimiento. Pero ahora piensa que tenía que habérselo dicho, tenía que haberle pedido que no se fuera, y así Valentín habría sabido que era parte de ella, parte del sindicato, parte de una historia. Incluso habría sido una manera mejor de contarle que aunque al final diera, sí, su brazo a torcer, no iba a quedarse solo.

Camelia cierra la ventana. Lena está acurrucada en el sofá mirando el móvil.

—¡Qué ganas de que vuelva el sol! —le dice desde allí.

—Sí, aunque nos mate el calentamiento global. ¡Qué ganas!

Hugo tiene una historia. Suponía que ya no podía pasar, no con esa fuerza. Porque Hugo ha visto el futuro. Ya no quiere fantasear con un horizonte borroso donde todo será posible. Tiene unas condiciones de vida de las que no puede librarse. Claro que le gustaría dejar el trabajo, vivir cerca del mar, pero no él solo, ni siquiera con Chema. No querría hacerlo si los demás tuvieran que quedarse. Es estúpido, le dirían todos, a nosotros nos alegra que estés bien. Y es verdad, pero Hugo lleva consigo un sentimiento que encontró escrito cuando era adolescente; no alude a su catadura moral ni, cree, a su cobardía: solo está ahí, como otras personas prefieren las avellanas a las almendras o tienen más o menos frío. La frase dice: «Puede uno sentir vergüenza de ser el único en ser feliz». Sabe que su gente se la tiraría a la cabeza. Sin embargo, han pasado los años y ha concluido que la frase describe, unido al sentimiento, un pensamiento lógico: para preservar la propia alegría es necesario que el entorno tenga trazas de ser justo; de lo contrario, cuestión de tiempo, algo se desplomará demasiado cerca. Hugo sonríe en el metro porque su pensamiento va a mil kilómetros por hora, porque esa historia que tiene con Chema ni siquiera ha empezado y quizá no empiece nunca. Es algo que le ocupa y le transforma, pero ni el propio Chema lo sabe.

El enamoramiento, piensa, es una bajada de defensas. El enamoramiento no es esa potencia arrolladora o ligera y los colores: es ceder a esa potencia, dejar de resistirla. Creía que ya no podría pasarle, no a él, no así. Empezar relaciones, involucrarse o no, disfrutar más o menos, todo eso vale. En cambio, ¿este cuelgue repentino, ese apasionamiento que le llega hasta los huesos? Y es que, además, no concibe la posibilidad de esquivarlo, de desecharlo como tantas otras ocurrencias y sensaciones. No podría, no sabría: le ha pasado y está lánguido y se siente absurdo, pendiente del menor detalle, capaz de retenerlo.

Escribe notas en el móvil, o sobre papel, en lengua adolescente, y ni siquiera se ruboriza un poco: parece como si rozarse al recoger un objeto entregado fuera un gesto convencional de los que se hacen al día treinta veces. Pero he bebido de tu piel en ese gesto sin que te dieras cuenta, sin que cronometraras la milésima de segundo que robé a la vista de otros, cuando tú debías de estar pensando en la moto, en tu trabajo, en baterías. Y aunque ya no me queda ni un poco de tu olor, preparo mis huestes para el próximo encuentro casual. Después guardaremos el botín en una urna. Luego yo me meteré dentro.

Hugo mira a su izquierda. La chica joven que está a su lado y es bastante más alta que él ha inclinado un poco su cabeza, ¿habrá leído una parte? No le importa. Guarda el móvil, cierra los ojos, piensa en Chema.

Al llegar a casa va a la cocina, se sienta. No se lo dirá a Ramiro, piensa. Ni a Lena ni a Camelia. A lo mejor se habría atrevido a hablar con Jara, porque ella lo habría tomado como una cosa extraordinaria y sorprendente más entre todas las que suceden. No le habría preguntado por sus sentimientos sino que le habría pedido datos, en qué momento empezó, qué señales hubo, le habría hablado como quien observa un fenómeno atmosférico o de otra clase. Se habrían reído y habrían tomado apuntes, el sol salió a tal hora y se puso antes de tiempo lo que probablemente anunciaría, y de hecho anuncia, que Hugo, a pesar del cansancio, va a cambiarse de ropa, va a ponerse unos vaqueros y un jersey granate, el abrigo gris desabrochado, las manos en los bolsillos. Y va a dirigirse hacia ninguna parte pero, por si se diera el encuentro, nada lejos de donde Chema suele ir. Debería quedarme en casa, piensa, podría ser que, lentamente, graduando las coincidencias, tocando la mandolina de las palabras para que suene lejos, como algo de lo que casi no te das cuenta y que te agrada, podría ser que después de algunos meses y algunas lluvias un día me vieras con otros ojos. Podría ser, pero no sé si puedo.

Renata ha llamado a Lena y la ha invitado a su casa. Es un pequeño apartamento. De día la luz de las ventanas lo amplía a su manera. Sin embargo, de noche semeja un mundo en miniatura con cuadros del tamaño de media cuartilla, un sofá de dos plazas verde uva y dos butacas de mimbre. Aun así, Renata sacó un hueco para una mínima habitación de invitados. Pensaba en su hija, en que llegara a necesitar vivir con ella. No podía estar más contenta de que Jara hubiera encontrado un lugar como Martín de Vargas, pero siempre había querido mantener una guarida por si en algún momento la convivencia allí se deshacía por cualquier motivo.

—¿Mesa o sofá? —pregunta Renata.

—Mesa.

—¿Agua, cerveza, vino, café, infusión?

—Cerveza.

Dejan los abrigos, se sientan a la mesa de comedor, también pequeña.

—Me preocupa —dice Renata— que se haya marchado para irse apagando sola y lejos.

Lena empieza a despegar la etiqueta de la botella de cerveza por hacer algo con las manos, para evitar mirar a Renata, porque le parece razonable esa teoría. Quizá no ahora, pero hace años Jara y ella a menudo mencionaban su desolador deseo de esconderse. Por fin se lo dice. Renata contesta:

—Me preocupa y, a la vez, cuando no pienso yo, sino que te lo oigo, sé que no se ha ido para esconderse. Es que tú tenías otras cosas, Lena. Jara solo os tenía a vosotros, y a mí, claro. Es difícil dejarte querer si sientes que no eres. A Jara el paro, como a otras personas les pasará con sus trabajos, no le dejaba ser.

Lena ya ha despegado del todo la etiqueta, ahora la enrolla y la estira hasta formar un pequeño catalejo. Mira a Renata y repite en su interior «sentir que eres». Esa necesidad tan abstracta y tan real, al principio le parecía un capricho de privilegiados, pero hay cientos de miles de personas que arriesgan su vida para cruzar mares sin nada y no es solo por hambre, es también porque quieren sentir que son, que en el corto espacio de una vida han respirado y han tenido su pequeña luz propia, porque desde la condición de sombra la razón se ahoga.

Lena recuerda conversaciones que han tenido las dos, como cuando comentaban esa tendencia a poner el acento en el misterio de la condición humana en singular y no en plural, en las condiciones, que no son misteriosas sino concretas. Y dice:

—No le des más vueltas, Renata. Se ha ido a buscar trabajo, es lo más lógico. Más de una vez dijo que la agobiaba no ayudar, no poner su parte al mes.

Renata asiente, aún se quedan un rato charlando. Lena sabe que la ha llamado para eso, que a Renata le gusta discutir no para pelearse sino para afinar los argumentos y, al mismo tiempo, para dejar de dar vueltas a lo que les está pasando. Se va a eso de las nueve, tiene turno de noche. Debe revisar las cámaras incubadoras, verificar la confluencia de las células y evitar que establezcan contactos entre ellas que impidan su proliferación. Es una operación tediosa y larga. Hay asistentes mecánicos de laboratorio que vigilan las células y avisan cuando la confluencia se acerca, pero en su laboratorio solo disponen de dos y, en cualquier caso, cuando se recibe el mensaje hay que volver, sea la hora que sea, dispersar las células por medios enzimáticos, introducir material genético externo y devolverlas a la incubadora.

Ya no fantasea con que su labor forme parte de un descubrimiento audaz, repentino. No es así, es más modesto y no le importa. Lo que sí le importa es el sentido de pertenencia, carecer de él, no sentirse parte de un proyecto ni sentirse orgullosa de lo que hace. Porque prevé quién lo rentabilizará y cómo. Vuelve a las cámaras, realiza varias veces más un trabajo mecánico y al mismo tiempo minucioso. Revisa una última tanda de células, se despide de las compañeras y regresa a casa; empieza a amanecer.

Tres hombres de aspecto ágil, con cazadoras de cuero negro, se dirigen hacia ella. Se pone en tensión. Sabe que su cuerpo delgado emite una impresión de fragilidad. Levanta la cabeza, les mira para que sepan que está atenta pero sin engancharse a su mirada recíproca. Saca las manos de los bolsillos del abrigo y coloca el cuerpo en actitud de ataque, un movimiento menor que, sin embargo, siempre es percibido; incluso aunque quien lo mira no lo piense, de algún modo lo nota, lo recibe. Se lo enseñó Jara, quien a su vez lo aprendió de una amiga años atrás, porque su estado de ánimo lábil ha aterrizado de un cuerpo de mujer fuerte y exuberante y muchos individuos se consideraban todavía legitimados para violar su espacio, hacerle comentarios y aproximarse a voluntad.

Cuando ya están muy cerca, Lena decide que no hay peligro, parecen personas como ella, como tantas y tantos, humanos no depredadores, humanos que no ven presas donde solo hay cuerpos semejantes prendidos a la vida quién sabe por cuánto tiempo. Se cruzan, después Lena se sume en sus pensamientos.

«Sentir que eres», recuerda. Pero sentir que eres ¿quién? La pregunta se oye alguna vez, alguien se la hace en soledad, la escucha acaso como pronunciada por una voz errante, pasajera: ¿quién eres?, ¿qué te hizo como eres? De lejos, el movimiento de lo pequeño parece adoptar rumbos uniformes, así pasa al mirar la trayectoria de una ola o al oír una misma letra cantada por un coro. A lo largo del día en la ciudad se forman figuras y desplazamientos predecibles: con un pequeño margen de error se puede calcular cuántas personas tomarán el metro y sus itinerarios, cuántas verán cierto programa de televisión, o cuántas consumirán leche de avena en la ciudad.

Solo al aproximarse se detectan los huecos y sus motivos: por qué ella se desvió antes de llegar al final de la línea siete; qué hizo que él se metiera en la cama muy temprano, con las pantallas apagadas; por qué nadie en aquella familia pudo bajar al supermercado; qué voz calló una o más palabras de la letra durante el canto común; qué gran red de causas conocidas y desconocidas hizo a alguien perder eso que llaman una oportunidad, rechazar otra, descolgarse lentamente del destino esperado para una persona de su edad, formación, clase, país de nacimiento. A su modo y en diferentes grados, pero ¿quién no se descuelga? Cabe suponer que pocas vidas cumplen las expectativas de su familia, o quizá las suyas propias. Y que la mayoría se limita a tomar las cosas como vienen.

Algunas personas, sin embargo, se descuelgan más y eso no las hace mejores ni peores. Lena suele preferir sus historias. Es una necesidad de fuego y frío, de pasión y desorden. No menosprecia la temperatura media, lo corriente, ni acepta el hecho hiriente de que en más de un idioma la palabra «ordinario» sea un insulto. Pero cuando cae la noche y se enciende una pantalla o se abre un libro, a menudo quiere que aparezca algo, el acontecimiento extraño, un detective, crímenes, provocación, encanto y desparpajo, espionaje, revelación de secretos, gloria. Dicen que esto sucede porque las narraciones sirven para ejercitar el mecanismo de supervivencia, algo así como un entrenamiento ante lo insólito. O porque se busca en ellas la ilusión de que lo insólito podría suceder, de que no está tan lejos ni es tan inalcanzable. Hoy Lena se pregunta si no se está engañando para compensar lo que ya sabe, que lo difícil será lo sólito, lo conocido, el desconsuelo de las personas amadas. Jara desaparece y sin querer, o tal vez queriendo, trae una historia. Ella misma se convierte, piensa Lena, sin demasiados aspavientos, en la aventura. En la llamada, musita a su lado la voz, de lo lejano.

Camelia pide permiso a Paloma, su compañera, para cerrar la puerta del pequeño y austero despacho del sindicato que usa dos días a la semana. Qué distinto del suyo en la constructora, allí una macedonia de colores se expande por paredes y moquetas, azules, morados, verdes, hay todo tipo de tomas para móviles, portátiles; hay pantallas de muchas pulgadas y demás artefactos necesarios para una eficaz videoconferencia. Pero al menos aquí, Paloma y Camelia están en ángulo, cada una tiene cierta intimidad, mientras que en el despacho de la constructora donde pasa el día resolviendo incidencias de facturas, retrasos, y problemas con el programa de gestión administrativa, el respaldo de su silla está prácticamente pegado al de la silla de su compañero, tanto que cada vez que uno de los dos se mueve, ambos tienen que coordinarse. Camelia repasa el día, las conclusiones de los distintos grupos coinciden; tienen que reagruparse, no pueden dejarse llevar por el desaliento. Deben dar apoyo a todas las personas que están aisladas, y al mismo tiempo lograr entrar en centros donde no les dejan. Una vez más, multiplicarse y conseguir que haya menos empresas blancas, esas donde nunca se han celebrado elecciones sindicales con sindicatos que no sean oficialistas.

Camelia subraya palabras en sus notas; de fondo, la lluvia de las manos de Paloma sobre el teclado. Pone ahora la tapa del marcador azul turquesa y mira hacia la puerta entreabierta mientras piensa que le gustaría dejar el sindicato al menos dos o tres meses. Si pudiera también dejaría su trabajo ese tiempo. Hay mucha leyenda con los representantes de las trabajadoras, que no son liberados, sino que pueden ceder sus horas a unas pocas personas liberadas. Y muchos casos, también. Ella conoce a varias que ponen especial atención en no escaquearse y sacan adelante todo el trabajo que pueden para que las horas sindicales no caigan sobre los demás compañeros mientras no cejan en la lucha de que sea obligatorio para la empresa cubrir esas horas. Sabe que hay otras que se aprovechan, pero de esas ya se habla demasiado. Y muy poco de las que van de un lado a otro, haciendo reclamaciones, supervisando normas, visitando empresas blancas donde nadie conoce sus derechos, intentando ayudar con los cien mil agujeros de la epidemia. Si se apartara dejaría de enterarse, por ejemplo, antes que Hugo, de que su empresa pretende trasladar a más de mil trabajadores a un local en Toledo porque el suelo es más barato, aunque eso traiga consigo un empeoramiento de condiciones de vida y de trabajo.

Vuelve a sus documentos, ya no necesita subrayar, solo repasa por si hay algo que no haya tenido en cuenta. Las reuniones, tan denostadas, tienen cosas buenas. Y también los ratos libres dónde se habla con sindicalistas de otros sectores. El de Hugo es uno de los que peor está. A las grandes empresas donde trabajan cientos de personas desarrolladoras de software, las llaman cárnicas porque van triturando a la mano de obra, tienen un convenio infame, las pausas en el trabajo ni siquiera están reguladas, funcionan casi siempre a base de subcontratas. Cuando desarrollan software para países con otros horarios han de trabajar según esos horarios sin que se les reconozca el esfuerzo. No suelen pagarles si les obligan a estar disponibles un sábado o un domingo por si hay consultas de los clientes. Todo eso que Camelia sabía por Hugo, y otras muchas cosas que le han contado hace un rato y que hoy preferiría no conocer. Pues empieza a pensar que conocerlo puede ser una forma de indefensión aprendida, igual que el típico experimento que le hicieron una vez en clase: a una parte de la clase le ponen dos ejercicios difíciles y a la otra dos fáciles, pero se dice que todo el mundo tiene el mismo. Quienes tienen los fáciles terminan enseguida y levantan la mano. Quienes tienen los difíciles no logran resolverlos y se agobian al ver tantas manos levantadas de quienes sí han podido. Llega el tercer ejercicio, esta vez es fácil para las dos partes: el alumnado que tuvo los fáciles vuelve a hacerlo enseguida. En cambio, quienes tuvieron los difíciles se atascan, les parece que ese tercer ejercicio también es difícil, y fracasan. Es porque les han minado la confianza, porque han aprendido a creer que no podían aunque esta vez sí habrían podido. Cuando Camila ve documentales sobre cómo se ejerce la tortura, cuando le hablan de documentos desclasificados con acciones abyectas y subvencionadas, se pregunta si no están volviendo a hacer con ella otro experimento de indefensión. Al final no se desvelará ningún truco, no se dirá, porque sería falso, que en realidad no hubo acciones abyectas subvencionadas. Camelia, sin embargo, teme un posible efecto más duradero que el conocimiento: la sensación de impotencia y de fracaso al ser tanto y tan ruin lo que no se ha logrado evitar. Por eso a veces prefiere que no le hablen de lo atroz. Venera igual a quienes se acercan a esos lugares, los muestran, no huyen. Pero en los días tristes, o de lasitud y abandono, elige no verlo, pues ella tampoco sabe cómo evitarlo. Tal vez, se dice, solo sea prudencia: conoce sus límites. También cuando sube una pendiente muy empinada o esos túneles casi verticales de escaleras en el metro, procura no mirar demasiado hacia el final, sino solo el tramo siguiente.

Llaman a la puerta y la empujan suavemente.

—Sabía que estarías aquí —dice Ramiro, que ha estado como ella en el encuentro. Luego se dirige a Paloma—: ¿Molesto?

—Para nada, estaba apurando para terminar, pero llego ya tarde a mi reunión. Os dejo.

—No hace falta, Paloma, no vengo ni a hablar, solo quería pediros refugio, para esquivar más encuentros, más conversaciones, más mundo.

Pero Paloma ya se ha puesto de pie y sale de detrás de su mesa.

—Lo que quieras, yo voy a salir igual.

Ramiro pasa detrás de la mesa de Camelia, apoya las dos manos en el canto y se queda entre de pie y sentado, frente a ella. A Camelia, Ramiro no le atrae. La atracción tiene sus caminos. Aunque habría sido fácil para los dos gustarse; en cambio, son excelentes amigos. Ramiro adora a Raquel, la hija de Camelia, y siempre que hace falta se ocupa de ella. Un día le contó que se sentía viejo para tener hijos. Había jugado ya las cartas de la estabilidad, de la pareja, de la reproducción, y la partida había terminado.

—Menudo día, Camila.

Camelia sonríe; Camila es su nombre de guerra.

—Ya, es lo que estaba pensando, que a veces preferiría no saber lo que está pasando en otros sitios. Tener esa vaga idea de que todo va razonablemente bien.

—A mí me agota también el otro lado.

—¿Qué lado?

—El de las diferencias que hay aquí, me da rabia decirlo pero cuando veo a los jetas… No puedo con ellos, y con las jetas tampoco, que las hay. Nunca he podido y menos ahora, con todo lo que se nos ha venido encima…

—Ya, pero el trabajo se amontona, ¿qué vamos a hacer?

—Lo que sea, Camila. No deberían estar aquí.

—¿Ha pasado algo en especial?

—No. Bueno, sí, es que vengo de escuchar hablar a uno, micrófono en mano, encantado de conocerse. Y sabemos, porque hay una compañera en la sección de nóminas, los pluses sin motivo que está recibiendo desde que entró en el sindicato. Más claro, agua. Nos destrozan, diez personas compradas como él se cargan la labor de cien representantes honestos.

—Tampoco exageres. Se la cargan en su empresa, y hacen más difícil la tarea de los demás.

—Ya es bastante, ¿no?

Camelia se levanta, se coloca al lado de Ramiro pero sin sentarse, como él, un poco en el canto, de tal modo que ambos quedan a la misma altura. Entonces pasa la mano por el hombro de Ramiro y él apoya la cabeza.

—Poco a poco, Ramiro, arreglaremos unas cosas, luego otras. Y cuando estemos con las segundas, las primeras volverán a estropearse, aunque ya no se estropearán todas. Solo la mitad.

—¿La mitad? ¿No se estará usted refiriendo al noventa por cien?

Los dos se ríen.

—Bueno, más o menos.

—Sí, más o menos. ¿Te acuerdas de cuando leíamos a Rosa Luxemburgo y del miedo que nos daba terminar sustituyendo los intereses de un grupo específico de trabajadores por el de toda la clase?

—Claro que me acuerdo —dice Camelia—. Ahora las cosas se han puesto tan mal que ese miedo parece hasta pequeño.

—Pero no lo es.

—Bueno, me acuerdo de otras cosas que decía: «El movimiento sindical no es el reflejo de las comprensibles pero erróneas ilusiones de dirigentes sindicales...».

—Me suena, sí, ¿cómo seguía?

—«... sino aquello que vive en la conciencia de las amplias masas de proletarios ganados para la lucha de clases».

—Qué lejos.

—Nunca se sabe, Ramiro. Lo peor es pensar que nos hemos perdido, nos pasamos los días gestionando problemas prácticos, individuales, y hace falta, pero no conseguimos conectarlos.

—Levantar la cabeza y mirar lejos. Adelantarnos a lo que va a pasar. Una mirada política, lo llamábamos.

—Lo llamamos, está ahí.

—La de veces que hemos discutido esto con Jara. Y lo peor es que tiene razón cuando dice que el paro no existe para nosotros. Las asesorías que tenemos para personas paradas son simbólicas.

—Ya, hoy he nombrado el asunto con un par de personas y creo que no habría podido decir nada más incómodo. Al segundo, cambian de conversación.

—Pues no me contabilices. Vamos, que voy a cambiar de conversación, pero no porque lo hayas nombrado. Es que son las seis y todavía me queda una reunión.

—Y a mí, vamos.

Salen del despacho hacia distintas salas.

Hugo no ha encontrado a Chema. En el fondo se alegra. Si se hubieran visto habría constatado que la enajenación es solo suya. Callejea para alargar el regreso; querer a alguien debe de ser distinto y mejor cuando el presente centellea con promesas. Dicen que los obstáculos dan fuego a la pasión, pero Hugo no termina de creérselo. En los primeros días, unos pocos obstáculos y un poco de secreto puede que aviven la hoguera. Pero ¿después? A no ser que quienes hablan así llamen obstáculos a esas vallas de las carreras, todas perfectas, todas de la misma altura, adaptadas a un esfuerzo ya entrenado y con un fin cercano y muy a la vista. Quizá a las condiciones de vida no se las llama obstáculos, sino, solo, condiciones de vida, esas que te llevan a la cama con tanto cansancio y tanto sueño que ni siquiera te queda energía para arder en otro cuerpo. Es posible que el exceso de cenas y paisajes y hoteles con encanto empalague al amor, no lo duda. Pero la complicación diaria, la diaria previsión de presiones para acabar proyectos que no estarán bien hechos, la extensión del horario, la obligación de estar echando cuentas todo el día para asegurarse de que el dinero llegará, todo eso forma parte del sentimiento amoroso, no está fuera. Y a veces lo ahoga y puede apagarlo, como sucede en una hoguera cuando la leña no puede respirar.

Por otro lado, a veces sí surge una llamarada de la presión externa, una especie de intensidad en defensa propia. Hugo lo ha vivido y observado en otras personas. De repente, cuando todas las cosas se van como arrastrando, llega la intensidad con el cometido de borrar las aristas, los pesares, los rencores imposibles de aplacar. Se pregunta si su pasión por Chema no es más que eso, a falta de escapatoria, un proyectil que, al menos, hace un agujero en la pared para que entre la luz. Porque en su vida no hay perspectivas de cambio. O sí, hay una perspectiva de cambio: la crisis que se agrava, nuevas derivaciones posibles de la pandemia. Dicen que una noche juntos, o unas cuantas semanas con sus noches, pueden equilibrar balanzas, ser brasa que no quema, se enciende solo con mirarla, cura los pies y los futuros fríos. Hugo lo duda. Sin embargo, al parecer tampoco puede elegir: cuando ve en el teléfono la señal de que Chema está en línea, tiembla un poco y sin querer se siente rama de un árbol iluminado, en medio de la oscuridad.

Ha llegado al portal. Absorto como está, por la fuerza de la costumbre da por hecho que Jara le abrirá la puerta y que, si no lo hace, él irá a buscarla a la cocina, a su cuarto, se sentará con ella, le contará su absurdo enamoramiento sin dar muchos detalles, y Jara será discreta, entenderá lo que pasa, le hará bromas; luego, de repente, cambiará de tema, dirá que tiene sueño o empezará a cantar sin letra, reproduciendo solo las notas de un bajo, como si él ya no estuviera allí. A Hugo no le importará, al contrario, es lo bueno que tiene conocerse bien, escuchará la música o volverá a sus pensamientos, hasta que, sin decir nada, saldrá del cuarto y Jara le seguirá y se pondrán los dos a cortar las alcachofas de la cena y, tras cocerlas, prensarán las hojas para hacer una salsa con que acompañar los espaguetis de la comida del día siguiente.

No es que Hugo no recuerde los malos momentos con Jara, la angustia sofocada. También tiene claro que Jara no abrirá. Pero así funciona la cabeza y aguarda unos segundos esperando que suceda; Jara suele oír el ascensor y muchas veces abre justo cuando él rebusca en los bolsillos para sacar la llave.

La casa está vacía. Ramiro y Camelia de reuniones, Lena con turno de noche otra vez.

Deja la mochila sobre una silla, saca su móvil y escribe a Chema cosas que no dirá; darle a la manivela y hacerse ilusiones. Imaginar, pongamos, que esto que a mí me pasa también te está pasando. Un poco menos, vale, no es que tú te marees, no es que me pienses despacio todo el rato. Un poco menos: quizá de repente te gustaría contarme algo que has visto, o que nos encontrásemos por casualidad; o te sorprendes teniendo ganas de que llegue ese día en el que vamos a coincidir con otras personas, pero no demasiadas; ese día, miras hacia la puerta porque ves que no llego y cuando al fin aparezco te da gusto. Darle a la manivela y hacerse ilusiones, por ejemplo: estás tardando en dar una señal porque tienes mi mismo propósito de alentar el deseo. Es como emborracharse para que la resaca no nos rompa: hay que saber parar. Sigo bebiendo.

Después Hugo se acuerda de Jordi, con quien estuvo hace unos días, un encuentro sin más, también sin menos, y aún escribe: «Tocarte en otro cuerpo más pendiente que nunca de un placer que podría ser el tuyo».

En el suelo de una calle del mundo se depositan hojas de árboles, pequeños envoltorios, un chicle, una colilla, un papel con algo anotado, un anuncio. Se irán mezclando con otros hasta que el viento se los lleve o alguien limpie por fin. Y quedarán historias no contadas, casos no cerrados que tratarán del día, el miedo y los afectos, de lo que se hace por un motivo y de lo que aún no se ha podido entender.

¿Quién, como nave propulsada por una fuerza que no comprende, no avanzó hacia un lugar que no había previsto? Lo inesperado, el desorden, la mala o buena suerte acaso en realidad no es más que la consecuencia lógica de una condición inicial, tan pequeña y lejana que no se divisa. «No es más que», «no es sino», «nothing more than», «ni más ni menos», he aquí algunas de las fórmulas usadas por el llamado reduccionismo: esa mesa, se dice, «no es más» que un conjunto de atómos, o de partículas más pequeñas, o «no es sino» un ensamblaje de trozos de madera, o... Pero el reduccionismo se suele equivocar. Esa mesa hace saltar los recuerdos de cenas con amigas y amigos. Sobre ella se han escrito cartas en un tiempo en el que ya casi nadie las escribe. Esa mesa acaso siga en pie cuando quienes ahora la usan hayan muerto y otras personas se juntarán alrededor para tomar algo, contar chistes y hablar de ciencia ficción. Esa mesa la hizo alguien: ¿en qué pensaba mientras la hacía? Esa mesa se pagó, la voz lo sabe, con el primer sueldo de Lena. Luego lo celebraron Jara, Ramiro, Camelia, Hugo y Lena bebiendo un vino infame y viendo caer las primeras gotas sobre el tablero sin mantel.

En la realidad hay estratos. A veces no se cruzan. No existen descripciones absolutas. Esa mesa está en la calle Martín de Vargas 26 a cuatro metros de la puerta de la calle el día «x» a la hora «y», ya, pero también está hoy, y no ayer, a treinta centímetros de Hugo. Desde cada distancia se describe algo distinto. La vida sucede en estratos y en otras capas que no son horizontales, a veces son franjas onduladas, a veces se mezclan con otras mediante picos o vetas o causas, la franja del lenguaje, de la biología, de los átomos, de los hechos, del olvido, la de una acción guiada en apariencia por motivos, o en apariencia por el azar y la irracionalidad. ¿Qué les hace seguir?, pregunta la voz. Atravesados por la chapuza y por la maravilla, sacudidos a ratos por la risa posible ante lo que no encaja, los humanos procuran salir de sí hacia una realidad compartida, ponen a prueba lo que piensan, lo que les mueve. No recuerdan lo que no pueden recordar porque no está en su mano, como no pueden tampoco nacer en un lugar ni en un tiempo distintos de aquellos en los que han nacido. Pero son capaces de abrigar, a veces, las sensaciones de los demás y construyen, poco a poco, criterios para entenderse. Sacan, como se dice, fuerzas de flaqueza.

Mientras Ramiro se ocupa de las tostadas, Camelia pone las tazas sobre la mesa, vigila el café. Hugo se despereza acompañado por el borboteo de la cafetera y esa mezcla de olores buenos, a pan tostado, a café recién hecho. Apenas ha podido dormir. No es por Chema, ni por algo a lo que esté dando vueltas que le inquiete sobremanera; a otras personas en su trabajo también les ocurre lo mismo, lo atribuyen a que las largas jornadas pasadas programando apenas dejan tiempo para un cansancio que no sea mental: el cuerpo no se mueve y luego no comprende el reposo. Ya casi no recuerda cómo era el sueño profundo, por eso agradece aún más el olor del desayuno preparado.

Cuando llega a la mesa, Ramiro ha terminado de hacer zumo con las naranjas de la cooperativa. No esperan a Lena, les ha dejado una nota, tuvo turno de noche y se levantará tarde. El aceite sobre el pan, mermeladas caseras. Hugo sirve las medidas de café que conoce de sobra. Luego dice:

—Tengo que encontrar un plan B. Mira que me gusta programar, pero es que estoy llegando al límite. Antes ya estaba cerca, y se han acumulado miles de horas extra. Cada día me agota más ser solo una pieza. Si hay un resultado, aunque sea regulero, vale, a nadie le importa que quieras hacerlo bien. Y cuando no se cumple el plazo dan igual los motivos, los problemas que hayas encontrado y tus propuestas de solución. Somos perfiles, no personas. No me refiero a la mierda de que me pongan un póster con frases motivacionales. Tratarte como persona tiene que ver con las condiciones de trabajo.

Ramiro y Camelia se miran entre sí y muestran las palmas de las manos con risas. Es una conversación que han tenido otras veces. Hugo se ríe también, pero luego dice, ya serio:

—Lo sé, de verdad que lo sé. Tendría que haceros caso, ponerme a intentar reunir las reivindicaciones. A lo mejor así hasta nos respetaban nuestros subcontratadores.

—Ahora es más difícil —contesta Ramiro—. Todo está muy destruido, pero al mismo tiempo hay más gente como tú, las afiliaciones han subido. En las contratas se aprovechan de que no pertenecéis a esas empresas, estáis de paso. Cuando alguien falla o, por supuesto, si se enfrenta, se busca un recambio y listo. Saben que os resulta más difícil organizaros. Si te metes a fondo, Hugo, y entras a formar parte del comité, podrías ayudar a pelear por un buen convenio. Parece que es poco pero es bastante. No digo que no vaya a salir mal o que no vayas a encontrarte con gente que solo quiera prebendas.

Hugo levanta la tapa de la cafetera, aún queda café, ofrece con la mirada y le dicen que se lo sirva. Necesita ese café para compensar su mala noche y también está ganando tiempo, no sabe cómo responder a Ramiro. En realidad sí sabe, es solo que va contra la idea que tiene de sí mismo. Pero mejor reconocerlo.

—Jo, Ramiro. Desde luego que no pienso que sea poco. Y el que pueda salir mal no es excusa. Lo mío es peor. Es que no quiero que esa sea mi batalla. No quiero, me niego. Ya, regañadme todo lo que queráis, con toda la razón del mundo. Lo sé, como si la gente pudiera elegir sus batallas: ni la enfermedad, ni el paro, ni el agobio económico, ni nada: te toca y hay que hacerle frente. Así que supongo que eso es lo que soy, un niño malcriado que desde su pequeño privilegio se quiere permitir el lujo de decir: Esta batalla no me interesa, que me den otra.

Camelia escucha y al mismo tiempo observa el color de la mermelada de naranja sobre el aceite de oliva. Muerde la tostada con placer, le gusta imaginar en el sabor los naranjos, los olivos, el horno del pan, y le gusta no pensar en las relaciones de producción que suele haber detrás, aunque sí imagine unos segundos a las personas que se reirían de que se le esté pasando eso por la cabeza. Si lo dijera en voz alta, ella se reiría también un momento. Luego mantendría su perplejidad ante quienes siempre pueden ver las cosas desconectadas entre sí, como si entre el pan, y quien lo ha hecho, y quien lo vende, y quien lo necesita, no hubiera ninguna relación y los objetos aparecieran sin historia ni trabajo sobre las mesas o en las estanterías.

—No es que seas un malcriado —dice—. Puede que ahora no sea tu momento, a lo mejor estás saturado, lo que sea. No vayas a creer que lo justifico todo, no vale hacer de esquirol en una huelga, ni dejar colgados a los demás, ni utilizarlos olvidando lo que decías, que somos personas. Pero no es tu caso y, de lo demás, prefiero no convencerte y esperar a que tú un día te convenzas. Porque nuestra fuerza viene de ahí, de que el día que te convenzas no habrá quien te pare.

Hugo baja la cabeza, echa hacia atrás su media melena y mira a Camelia, luego a Ramiro, luego otra vez a Camelia. Abraza su taza de café aún caliente con las dos manos.

—Gracias por ser así. No sé qué haré. Nos hemos peleado contra las historias que dicen que el amor funciona por el flechazo, el subidón, todo eso. Porque luego es una tarea, hay que cultivarlo y bla, bla, bla. Seguramente con la solidaridad pase igual, ¿no? Los sentimientos no son solo impulsos como el de comprarte unos calcetines con dibujos, son procesos, se hacen cada día. Y bla, bla, bla —dice con su lado más tímido y se encoge de hombros.

—¡Eh! Que no llegamos.

Camelia se pone de pie, Ramiro también, y comienzan a recoger la mesa.

—Id saliendo —dice Hugo—, hoy entro más tarde, ya recojo yo.

Cuando se van, Hugo se queda mirando el reflejo de la lámpara en el café de su taza. Luego saca el móvil y casi de corrido, sin apenas pensar, escribe:

A estas alturas
cómo no saber que no nos salvaría
ni me salvaría
cómo no saber que los instantes desaparecen
y lo único que queda son los actos
y el tejido de los años uno a uno
cómo no saber que follar
contigo
no sería más que un brindis
al sol
y que en el sexo no hay verdad
sino presente.
A estas alturas
cómo no decirte
que ese presente
sin desesperación
con éxtasis
llena mi vida

imaginaria
y duele
con bastante placer
en mi vida
real.

Lena se despierta sobresaltada, pensando que va a llegar tarde al laboratorio, hasta que comprueba que aún le queda una hora de sueño. Así le dará tiempo a ducharse, leer, y hasta podrá ir andando al menos una parte del camino. No es la primera persona, ni la última, que ha llorado de sueño en el laboratorio. Sin dramas. Se meten un momento en el baño o dicen que van a fumar y lloran de las ganas que tienen de dormir, de la dificultad para seguir soportando el terror a equivocarse y echar a perder todo el experimento, sin contar con las broncas de los jefes que pasan de vez cuando por ahí. Es un momento, cuatro o cinco lágrimas. Luego se suenan y siguen. Alguna persona no ha podido más y se ha ido. Cuentan con que les puede pasar. Y esperan que no les pase.

Cuando se levanta ve que le han dejado puesta la mesa del desayuno: taza, cubiertos, una cafetera preparada, solo queda encender el fuego. Se ducha deprisa, alegre por ese pequeño detalle. Se hace el café mientras piensa que Jara es también una de esas personas que no pudo más. En el laboratorio casi nunca les siguen la pista. Nadie lo hace desde la dirección. Ellas sí llaman, preguntan qué tal, las respuestas no suelen ser buenas. Librarse de la atadura tendría que servir, hay casos en que sí, pero, en otros, la gente va a parar a ataduras mayores, o a depresiones, o se marcha fuera y no siempre para bien. Un buen día se dan cuenta de que llevan seis meses sin noticias de esa persona que se fue. Son Jaras. Desaparecen sin ni siquiera tener que romper la tarjeta del móvil. Ingresan en un mundo clandestino no por prohibición sino por resta, porque van perdiendo la capacidad de emitir señales, o porque esas señales son tan débiles que no se perciben.

Después de desayunar Lena saca la ropa de la lavadora y se la lleva para tenderla. Era algo que solía hacer con Jara. La última vez le propuso salir a la calle con una pequeña pancarta de la liga de pesimistas de Gran Bretaña, esas pancartas dicen cosas como NO ES DIVERTIDO o CONTRA LA OBLIGACIÓN DE SONREÍR. A lo mejor, decía Jara, nos cruzamos con alguien que esté pasando por un rato medio angustioso y le resulta inesperado vernos y sonríe un momento por la absurda contradicción de su sonrisa.

En ese momento, Renata acaba de presentar unos papeles, saca un número para la siguiente gestión y espera. Ya se ha jubilado, aunque, como la pensión es pequeña y siempre ha estado temiendo que Jara pueda necesitar dinero, tiene un empleo en negro en una gestoría donde trabajó algunos años. Termina el último trámite que tiene pendiente y esta vez no pide que le den otros, baja al metro y se dirige a Martín de Vargas.

Se cruza de brazos en el asiento y entorna los ojos, está preocupada. Sabe que no puede manifestarlo. Cuando vea a Lena tendrá que erguirse y fingir ser esa persona segura de sí misma que no es. Quizá por eso le gusta tanto el terror, en los libros, en el cine. El terror que lleva dentro y que allí puede ver fuera, dejar que se expanda sin apenas peligro, el terror, el horror, no cuando estalla sino cuando vagamente se va formando, susurra, aparece en oleadas súbitas que después se retiran. Necesita mirarlo de lejos porque sabe que puede estar cerca, y puede estar dentro y batir las alas con una fuerza con la que no quisiera tener que lidiar. Piensa que una cosa es la madurez, saber que ya se ha vivido y que, por tanto, toca ponerse delante a recibir los golpes dirigidos a las personas aún en formación. Y otra distinta, la obligación de sacarse siempre las castañas del fuego porque así conviene a lo que en sus tiempos llamaban clases dominantes. Lo ha pensado tantas veces, se ha preguntado si en un mundo organizado de otra manera Jara podría ser simplemente una persona. A lo mejor esas reacciones de Jara que hacen más difícil la vida de quienes le rodean y la suya no se producirían con frecuencia si Jara pudiera olvidar por un momento el peso de que funcionar, en esta sociedad, consista en asumir ciertas responsabilidades impuestas por el interés de unos pocos. Seguiría habiendo averías, tal como hay personas que no pueden andar y alguien empuja su silla de ruedas. Pero sería distinto. No habría heroísmo ni sacrificio. Apoyar a quien lo necesita se parecería al mandato interiorizado de la rentabilidad, solo que esta vez el mandato no procedería del poder de la minoría sino de las ganas de vivir del común.

Renata no se da cuenta pero le está llegando el sueño. Descansa la mejilla en la mano mientras un bienestar lento la envuelve, es la estación de lo que no opone resistencia: sus pensamientos sin dirección ahora surcan el espacio, su vuelo cambia, los colores y todo el *collage* que va con ellos: algunos llevan llaves, folios, tenedores, otros agujas de pino, restos de espuma, a veces una o más gotas de sangre, alegres como pétalos diminutos, alegres pero oscuros a la vez porque condensan lo callado, aunque en el sueño son tan ligeros.

Un frenazo algo más brusco la despierta. Por suerte no se ha pasado de estación. Cuando llega a Martín de Vargas, toda la casa huele a café.

—Es mi segundo, ¿quieres? —dice Lena mientras llena de agua la cafetera y comprueba que el agua no rebase el lugar de la válvula de seguridad—. No te esperaba. ¿Qué ha pasado?

Renata mira sus movimientos; con la atención puesta en ellos le es más fácil no pensar. Lena abre la lata del café, pone tres cucharadas. Cierra la parte de arriba apretando bien la rosca. Luego enciende una cerilla para que prenda el gas. Ahí está ahora la cafetera, sobre la llama azul con alguna veta naranja. Lena se queda de pie apoyada en la encimera y parece dispuesta a seguir así hasta que el agua hierva y el café suba. Renata pregunta a bocajarro:

—Necesito saberlo, Lena. ¿La estáis buscando?

—Lo tenemos en la cabeza, pero es que no sabemos por dónde empezar.

—Bueno, ya es algo. Yo ni siquiera sé si debemos hacerlo.

—Ya, al irse así más o menos ha dejado claro que mejor no. Pero yo sí quiero. Por mí, Renata, la echo de menos una barbaridad.

—Si tú te fueras así, no te gustaría que te encontraran.

Lena se ríe.

—Buah, imagina que por casualidad la encontramos a la primera, vaya desastre.

Renata se echa a reír también, al principio despacio, luego cada vez más alto y más fuerte, al final ríe con tantas ganas que se le saltan las lágrimas y deja que sigan y que se mezclen con un sollozo.

—Ay, Len. Ojalá esto fuera un juego del escondite. Hacer como que no la vemos aunque esté detrás de un arbusto y le asome medio zapato y un trozo de anorak. Seamos honestas, queremos buscarla también porque nos da miedo que le pase algo. La echamos de menos pero sabemos lo complicado que puede ser convivir con ella.

Ha subido el café. Lo sirven, las dos beben despacio de las tazas. La cocina se oscurece por una nube que ha cubierto el cielo del patio. A lo lejos se oye la bocina de un coche, una sola vez.

Renata y Lena sonríen al mirarse y Lena dice:

—«Cuando suena el claxon de un coche vacío y quieto o es que el auto se ha vuelto loco o es que se ha muerto un angelito-robot».

—¡Qué tiempos, eh! De pequeñas a Jara y a ti os encantaba, pero si se lo dices ahora a una niña le parecerá una bobada. Te dirá que el software del coche está mal.

—No sé, en esta casa nos sigue gustando. Entonces ¿estás segura de que quiere que la dejemos en paz, que no la busquemos?

—¿Segura? No, qué va. Sobre todo cuando pienso que ha podido irse para no ser un lastre en nuestras vidas, en la mía, en especial.

—Ya, a mí también me pasa. Luego me digo que tiene derecho a no querer ser un lastre. Y luego, que nosotras tenemos derecho a decirle que no lo es porque no tenemos ganas de ir más deprisa o a sitios adonde ella no pueda venir.

—Gracias, Len.

Renata evita su mirada.

—¿Por qué? —dice Lena.

—Porque claro que quiero buscarla, pero me daba miedo no ser respetuosa.

—Anda, venga. No conozco a nadie más respetuoso que tú.

—Me voy ya, niña. La primera que encuentre una pista, que silbe.

Camelia abre la puerta de Martín de Vargas y en uno de sus arranques de sentirse actriz invisible, lanza un zapato por el aire y luego el otro. Va descalza hasta el salón, se tumba en el sofá. A esa hora no hay nadie en casa, ella tampoco debería estar ahí pero le han aplazado una cita con una inspectora de trabajo cuando estaba en el metro y ya no tenía sentido volver al sindicato. Saca el móvil, navega por sus redes, encuentra enmarcado en fondo negro con texto blanco estas palabras: «Llevo más de un año en paro. Tanto tiempo que ya ni he ido a renovarlo. Decía un estudio que se perdía sobre un 25 por ciento de autoestima cada tres meses de desempleo. Hey, fantástico, por fin soy negativo». Le estremece el ingenio que el autor estrella contra sí mismo, pero también contra el mundo, y le parece raro no poder mostrárselo a Jara, aunque a la vez piensa que a lo mejor no se habría atrevido, y sacude la cabeza, inquieta, y cambia de postura. Se sienta a lo indio en el sofá, mira las últimas fotos que le ha mandado Raquel, le hace gracia lo payasa que es. Oye el telefonillo pero le parece que es en otro piso. Luego vuelve a sonar, ahora sí es ahí. Será un cartero comercial. Camelia se levanta para abrir.

No es un cartero sino alguien que quiere ofrecer a los habitantes del edificio cambiar la bañera por un plato de ducha. Camelia duda y por fin abre. Una vez dos personas con otro pretexto llamaron a casa de sus abuelos, subieron y, después de entretener un rato a su abuela, se fueron llevándose el dinero que había en la cartera de su abuelo, que estaba durmiendo la siesta en otra habitación. Solo unos pocos euros, pero su abuela, que había abierto la puerta, no se repuso del sentimiento de inutilidad, de no valer ya para la vida por haberse dejado engañar y haber confiado en aquellos dos jóvenes bien vestidos y tan amables. No obstante, Camelia conoce muchos casos de personas que han trabajado visitando casas con distintos motivos, y sabe lo duro que puede ser. Al mismo tiempo, le preocupa la vecina del segundo, cuyo marido de noventa y un años está perdiendo la cabeza, coge las llaves y baja andando al segundo. Se queda en la mitad de la escalera. Sin ser vista, observa a un chico joven, con corbata y aspecto de no haberse puesto ninguna antes. Aunque le parece imposible que sea un estafador, se queda esperando a ver qué pasa y decide que, si doña Paula abre, ella entrará también. Entonces oye la voz de su vecina detrás de la puerta:

—No, hijo, muchas gracias, no necesito nada.

Camelia ve el gesto de cansancio del chico. Espera a que llame al piso de enfrente. Nadie responde. Y quizá porque tiene presente ese texto en letras blancas sobre fondo negro que acaba de leer, baja un tramo más de escaleras y dice:

—Yo tampoco necesito nada, pero si quieres te invito a un té, o café, lo que tomes.

—¿En serio?

—Sí, es en el tercero, vamos.

Camelia piensa en su abuela ya fallecida, se la imagina mirando la escena y quiere decirle que no se equivocó del todo por confiar. Ese chico también podría haber rechazado el café por miedo, no es más fuerte que Camelia, no sabe si hay alguien más en la casa. Supone que si lo cuenta algunas personas la llamarán imprudente, pero ya lo ha decidido. Abre la puerta e indica al chico donde está la cocina.

—Entonces ¿café o té? Me llamo Camelia, ¿tú?

—Samuel. Si tienes té, perfecto. ¿Puedo sentarme?

—Claro. ¿Verde o negro?

—Verde.

Samuel pone su catálogo en un rincón de la mesa. Mira la cocina y sin querer hace que Camelia la vea a través de sus ojos. Los muebles están viejos, es estrecha pero amplia, tiene luz, hay detalles bonitos que han ido colocando con los años, un cuadro con limones y naranjas pintado por la madre de una amiga, un sitio para colgar cucharas de palo, la cafetera roja, un jarrón con siemprevivas. La mirada de Samuel le hace recordar la suerte que tienen con ese piso. El casero, que les ha cogido cariño, no les hace grandes subidas de alquiler, y les bajó el precio durante la cuarentena. Aunque es irónico tener que llamar suerte a eso cuando lo lógico sería que nadie ganase dinero por ser propietario, que todas las casas fueran para vivir.

—¿Leche?

—No, gracias. Azúcar, si tienes.

—Sí.

—Yo la cojo, dime dónde está. Perdona que me haya sentado, es que he visto la silla y tengo los pies y la espalda…

—No pasa nada, mira, está detrás de ti.

—Me dijeron que serían concertadas, ¿sabes? Las visitas. O sea, que habrían llamado por teléfono, habrían encontrado a alguien que dijera que sí, que quería una visita, y después iría yo con los folletos y toda la historia. Pero no. Son a pelo. La famosa puerta fría, algo que yo ni sabía lo que era. Ya me extrañó que me cogieran, porque pedían tres años de experiencia; yo no tenía ninguno.

—¿Y cómo va la cosa?

—No va. O sea, llevo ocho días y no he conseguido que nadie me abra la puerta. Bueno, una vez. Me abrió un señor mayor. Le expliqué todo, le saqué los folletos. Es obligatorio tutear a todo el mundo, tenga la edad que tenga, ¿sabes? Para no crear distancia. No te imaginas el corte que me da eso. Nada, que miré su bañera, le hice un presupuesto. Pero cuando le di la cifra me dijo que creía que era un servicio del Ayuntamiento, que él no tenía dinero para pagarse el cambio.

¿Y qué le vas a decir? Bueno, pues sí, se supone que en ese momento le tengo que ofrecer financiación para que se endeude. Lo hice, me dijo que no. Además es que, joder, yo tampoco abriría la puerta a gente vendiendo cosas.

Camelia se levanta para buscar unas galletas. Vuelve con ellas y pregunta:

—¿Por qué…?

Samuel, como reanimado por el té y la visión de las galletas, contesta mientras coge una.

—¿Que por qué me dedico a esto, que cómo soy tan triste, vaya?

Los dos se ríen.

—Bueno, sí, eso…

—Me quedé colgado, hice unas prácticas en un restaurante, parecía claro que me iban a contratar, clarísimo. Y no. Un amigo me habló de esto, y mientras sigo buscando trabajos de pinche, lo cogí porque algo he de tener. Soy horriblemente tímido y supongo que por eso me he puesto a hablar ahora como un loco contigo. Todo el mundo te dice que no se te ocurra ser vendedor a puerta fría si eres mazo tímido. Ya, pero como se suponía que las visitas eran concertadas…

—¿Más té? —dice Camelia.

—No, tengo que seguir. —Samuel se levanta y lleva la taza y la tetera al fregadero. Lava la taza mientras dice—: Oye, tía, muchísimas gracias, nunca me había pasado esto.

Toma su catálogo.

—Allá voy.

Ramiro camina por el pasillo de ferretería y seguridad como si una cuerda tirase de su cabeza para, de este modo, paliar un poco las molestias en la espalda; Lena deja su forro polar negro en la taquilla y se pone la bata; Hugo se concentra en el error que da su código y se repite: Tengo que hacer que funcione bien antes de imprimirle velocidad; Camelia espera en la estación de metro mientras una lluvia fina y constante escribe puntos en la arena de la playa de, pongamos, San Lorenzo en Gijón. Dicen que la simultaneidad es una convención, pues no es fácil ponerse de acuerdo en que dos cosas pasan a la vez, dado que la Tierra y el universo conocido están siempre en movimiento. Como ese movimiento, comparado con la velocidad de la luz, es pequeño, casi nunca se tiene en cuenta y se vive como si fuera fácil sincronizar nuestros relojes. Hay quienes prefieren, sin embargo, tenerlo presente, recordar que es difícil saber cuándo dos cosas pasan a la vez. Pensar en ello les ayuda a evadirse; es una prueba real, aunque menor, de que la vida no es como parece.

Conocen y comparten la consigna: vivir es habitar el tiempo. Lo saben, sí, quieren hacerlo: dar a los segundos su sello sin trascendencia, con la luz extraordinaria de lo insignificante. Es lo que toca, en realidad, no tienen más remedio que hacer eso porque los cuerpos se desvanecerán. Pero los bits, dicen entonces, ¿acaso no van a permanecer? Los bits, libres de la gravedad de quienes quisieron dejar su huella en escritos o lienzos o partituras desde una genialidad supuesta o separada de lo común; el líquido amniótico que se expresa ya no en moléculas, sino en signos, la suma casi infinita de palabras, vídeos, audios, confesiones y deseos capturados sin cesar. Se preguntan si eso no podría llegar a ser parte de la vida, al menos mientras quede en el planeta la energía suficiente para hacerlos funcionar. No han cambiado: recuerdan su desconfianza en lo platónico, en lo que solo pasa en la mente; dijeron que no querían morir de dignidad, comer valores, significados, deseos. Lo dicen todavía, y luego cuentan el tiempo que pasan fuera del trabajo y dentro de los bits. Ya no parece tan clara la frontera entre lo que hacen y lo que dicen, entre lo que les pasó y cómo lo retransmitieron.

¿La frontera? Tres mil euros, escucharon una vez: para que el sujeto pueda permitirse el lujo de confundir la realidad con la ficción es preciso ganar más de tres mil al mes con sus dos pagas extraordinarias y la cuota a la Seguridad Social. Y asintieron y aún lo piensan, pero quizá lo que ha pasado es que proponerse confundirlas puede no ser solo, como en el caso del salario elevado, un privilegio. Puede ser el fruto de un desfallecimiento, o de varios; puede también ser todo lo que se tiene, lo que queda, lo único magnífico entre la fruta pocha y el autobús lleno.

Y sueñan con entregarse a los bits, a la ficción de las frases que no se colocan con firmeza dentro de su contexto. Lo dirían: no importa que me quieras si imagino que me quieres, no importa la fatiga si ahora bailo y te lo grabo y nos reímos aunque mañana, pero eso ahora no importa, ¿para quién trabajaré? Sin embargo, todavía no han perdido el instinto de clase. El día en que no sientan su cuerpo estrujado y el cuerpo de su gente, quizá elijan lo interior como un jardín engañoso pero visitable. Hoy se quedan con la certeza exterior de que la tierra se mueve y hay más cosas que se pueden mover.

—¿Tres mil euros? —pregunta Camelia a Hugo.

—Esa era la cifra, sí.

Ya es de noche, son más de las nueve. Han bajado juntos a la tienda de ultramarinos que permanece abierta hasta esas horas. Mientras colocan los productos en la cinta de la caja, intercambian una mirada de entendimiento con la dependienta, como disculpándose por tener que comprar en el último momento.

En la calle, cargados cada uno con dos bolsas, reanudan la conversación.

—Eso, que a partir de tres mil euros te acostumbras a que la vida es así y sigues, como el paquete de macarrones, en una cinta que se mueve por ti. No distingues bien entre lo que te imaginas y la realidad.

—Bueno, supongo que depende. Si la casa es tuya o alquilada, cuánto miedo tienes a que no te renueven, si en la epidemia algo te partió la vida, si no has olvidado de dónde vienes, si tienes familiares enfermos o tú estás enfermo y te suben los gastos.

—Vale, camarada, es una idea, ponle cuatro mil, o tres mil con patrimonio. Y pon el peso de la experiencia y el carácter. La cosa es pensar que, en general, el colchón económico altera la percepción de la realidad.

—¿La altera cómo?

Hugo deja las bolsas en el suelo para sacar la llave del portal. Mientras abre, dice:

—Supongo que la realidad no te ofrece resistencia. Entonces te crees que la eliges. Igual que eliges adónde vas a cenar o adónde vas en verano, o quién te limpia la casa o a qué colegio van tus hijos. Porque a partir de esas cifras también aumentan los contactos, puedes conseguir que te cuelen, o sencillamente pagas.

—Ya, pero eso, no sé, ¿por qué es confundirla con la ficción? Ah, espera: si no te ofrece resistencia es como si la inventaras tú. No es algo contra lo que te toca batallar, que choca contigo y que a veces hasta te impulsa. Es algo que tienes y que llevas por donde quieres.

—Más o menos; aunque no valga para todas las cosas, sí para bastantes.

Entran en el ascensor, Camelia hace un recorrido mental pensando que guardará primero los yogures, luego las cervezas y la fruta y al final el papel higiénico. Hugo vuelve a comprobar que los huevos están arriba de la bolsa, le entra la duda de si al final han comprado o no café y se pregunta si estará completamente vacío el bote viejo de amoniaco para así poder tirarlo y colocar el nuevo. Ambos piensan así en su limitada ficción diaria, menor que la del sueldo de tres mil euros pero aun así ficción en la medida en que bajar y volver con dos bolsas llenas de productos les parece casi natural.

Llaman al timbre, suponen que mientras ellos compraban Ramiro habrá llegado. Lena sigue con turnos de noche. Ramiro les abre, la casa huele a laurel. Ponen la mesa, llevan los restos de un plato que ha recalentado Ramiro. Está buenísimo. Avanzada ya la cena, Camelia y Hugo vuelven al tema de los tres mil euros y le preguntan a Ramiro.

—Encaja, pero no del todo, porque si acabaran confundiendo completamente la realidad con la ficción se distraerían con peligro para sí mismos, y no. Al final siempre acaban sabiendo dónde está la realidad. Por ejemplo, en controlar y dividir a las personas que podrían unirse, y quitarles sus privilegios. Es como quienes descreen de todo, pero nunca es de «todo»: en lo que les puede perjudicar vaya si creen, y como creen se ocupan de que no tenga sitio.

—Vale —dice Hugo—. Entonces hablemos de situaciones y no de personas. Pensad en cualquier situación en la que no se puede hacer como que la realidad se pliega a nuestros deseos, no hablo de miseria, solo de no poder elegir ni siquiera más o menos en qué casa queremos vivir o un trabajo donde no nos traten de pena. Estás ahí, tienes clarísimo que la realidad no la escribes tú sino que es algo que te tiran a la cabeza todos los días, ¿qué pasa si entonces, por agotamiento o por todo lo contrario, por ganas, porque quieres que tu vida sea mejor de lo que es, por lo que sea, decides voluntariamente confundir la realidad con la ficción?

—Da igual que lo decidas —dice Ramiro—, te darás de bruces con la realidad quieras o no. Como diría una amiga sevillana: la realidad es aquello que cuando una deja de creer en ello, no desaparece.

Ramiro se fija en la expresión de Camelia, en la de Hugo, y añade:

—Esperad, esperad. No me miréis así. No soy el típico aguafiestas que nunca se ha dejado llevar por una ilusión absurda. Sé lo que quieres decir. Lo sé porque me ha pasado. Y cuando me pasó comprobé que por ahí se llega al autoodio de clase, a creerte que tú no estás ahí, porque eres distinto, porque eres especial, porque tú no puedes ser «eso», y terminas odiando los gestos y a las personas que te recuerdan lo que eres. Al final, acabas actuando contra tu clase y contra ti.

—¿Dices que te ha pasado? —pregunta Hugo.

—Me ha pasado.

Camelia y Hugo golpean la mesa con las manos mientras piden en voz baja:

—¡Historia, historia, historia!

No suben la voz porque conocen la renuencia de Ramiro a hablar de sus cosas. Ya han terminado de comer. Hugo recoge los platos, Camelia trae un frutero y tres platos pequeños.

—Si quieres, claro —dice Hugo.

—Ya, ya —dice Ramiro.

Mientras hablan pelan mandarinas, el olor se pega a sus manos y sobrevuela la mesa como también hacen a veces las esperanzas.

—Bueno, mi historia empieza con esto que ya os he dicho aunque no os lo creéis mucho: también los hombres tenemos un tiempo para la reproducción. Ya, ya; no es igual, es menos perentorio, algo más tardío, y nunca se nos acaba del todo la posibilidad. Pero un día te ves con más de cuarenta años, sin pareja ni siquiera a la vista, y empiezas una relación con una mujer. Y quieres que sea algo más, y te sorprendes pensando si ella podría tener hijos todavía, si querría. Luego, según me cuentan algunos amigos, es peor. Rondan los cincuenta años, saben que por narices si quieren tener descendencia van a tener que buscar a una chica mucho más joven. Porque rechazan comprar bebés, y adoptar a esas edades es bastante difícil. Diréis que por lo menos tienen la posibilidad. No a todos los tíos nos apetece estar con alguien veinte años más joven. ¿Una noche, un mes? Vale, a lo mejor a muchos sí. Pero meterte en una relación con alguien tan diferente se te hace cuesta arriba. Además, a las chicas de esa edad no les interesas. La mayoría pasa, lógicamente, de ti. Así que lo vas dejando y un buen día te dices que serás alguien sin hijos, tiene sus ventajas, no pasa nada, y que nunca te has muerto por tenerlos.

—Y entonces aparece ella —dice Hugo.

—Entonces aparece. Beatriz. No es mucho más joven. Y tiene un hijo de ocho años de un tipo que pasó de ella por completo, se largó, no quiso saber nada cuando se enteró de que estaba embarazada. A ver, Beatriz es de familia ¿«acomodada»?, sus padres tienen piso grande aquí, una casa cerca del mar, ella ha hecho un máster en Estados Unidos, ahora trabaja en un buen despacho de abogados. El caso es que sin que acabe de entender muy bien por qué, nos gustamos. De pronto me creo otra vez lo de la pasión pura, lo de que no tiene por qué haber explicación: le gusto y ya está, y ella no se puede resistir a que le guste, y yo tampoco a que me guste.

—Eso es empezar a confundir la realidad con la ficción... —dice Lena.

—Sí —Ramiro le tira un gajo de mandarina—, por ahí voy. Pero pasan los meses y la relación va muy bien. Tan bien que hasta me planteo dejar lo mejor que he tenido en mi vida, Martín de Vargas, esta forma de vivir con vosotros. Y empiezo a pensar que, si pudierais, también lo dejaríais. Que somos unos putos náufragos y que esto no es nada que hayamos construido con tanto cuidado, sino un sitio de forajidos adonde hemos ido a parar, como si nos hubieran mandado a repoblar colonias a cambio de no meternos en la cárcel. Y sigo. En paralelo, ya estoy pensando que a lo mejor es hora de dejar el sindicato; sí, por estar ahí no me pueden echar, pero tampoco me van a ascender; yo conozco la empresa, trabajo bien, sería un buen jefe de sección, eso está claro. Entonces, porque esto es una puta pendiente resbaladiza, llego al trabajo y resulta que la gente que me caía bien empieza a caerme mal.

—¿Nosotros te hemos caído mal? —pregunta Hugo—. Confiesa.

—No me incriminaré, no insistas, ya estoy contando demasiado.

—¡Pero nunca nos hablaste de ella! Les presento a Ramiro, el misterioso hombre de negro. Ahora queremos detalles escabrosos —dice Camelia riendo.

Descargan la tensión. Ramiro continúa:

—No me doy cuenta de que cuando esa gente me cae mal, lo que hago es caerme mal yo. Y me sé la teoría, el autoodio, cómo acabas creyéndote distinto y adoptando la mirada del otro lado, la de los que de verdad te odian. Pero da igual que me la sepa. Empiezo a hacer planes. Todavía no he traído nunca a Beatriz a casa, siempre nos vemos en la suya, por Tristán, el crío. A mí no me importa, lo paso muy bien con él. Un día le dejo caer que es posible que me hagan jefe de sección y que, en ese momento, nos podríamos ir a vivir juntos. Su cara de asombro es tal que enseguida finjo haber hecho una broma. Ella se ríe y me sigue la corriente. Salvamos la mañana, pero antes de que me marche me dice que va a estar muy liada, que no la llame en unos días.

Ya solo quedan las pieles de las mandarinas sobre los platos. Lena y Hugo guardan silencio. Sin embargo, de pronto Ramiro se pone de pie y continúa:

—Queridos, la historia no acaba aquí. A veces pasan cosas. Pasa que, un buen día, o sea, ayer, Beatriz me llama para quedar. Nos hemos visto hoy. Me ha dicho que cree que hemos hecho bien dejándolo, pero que quiere pedirme una cosa; que Tristán no para de preguntarle por mí. Y que si yo haría de algo parecido a padre separado. Todo al revés, ¿no? Pero me muero de ganas. Le digo que eso es serio. Le pregunto qué va a pasar si luego le aparece otro novio. Me dice que ha usado muy conscientemente la expresión «padre separado», si yo quiero; me recuerda que no es un pasatiempo, que la responsabilidad no terminará nunca. Y sí que quiero. Y estoy deseando traer aquí al chaval.

Hugo y Camelia también se levantan, se forma un pequeño oleaje de abrazos, risas y bromas.

La noche avanza; aunque están cansados y ver algo en la pantalla les terminaría de atontar y les prepararía para el sueño, deciden no ver nada. Recogen, ponen música. Beben un poco, bailan, hacen el tonto y se van poniendo alegres.

—Entonces ¿ya nos vuelves a querer? —pregunta Hugo a Ramiro alzando su voz sobre la música.

—Sí, un poco —contesta Ramiro también a voces.

—¿Ya no piensas que somos unos putos náufragos?

—Es que... ¡sí lo somos! —dice Camelia, y se cogen por los hombros los tres formando un círculo mientras cantan sobre el estribillo de la canción, se sueltan y bailan como si la noche acabara de empezar, aunque están quemando la última energía que les queda y la de la reserva.

Cuando se retiran, Camelia y Ramiro caen pronto rendidos en sus camas, pero Hugo aún no se acuesta, se ha desvelado. Tras lavarse los dientes vuelve al salón, ahora vacío. Piensa en Chema. Se pregunta si está él confundiendo la realidad con la ficción cuando escribe esas notas que nunca se atreverá a enviar. No quiere renunciar a las palabras. No renuncia a pensar que hay poder en nombrar, en imaginar, como imagina ahora, que no solo son náufragos, sino que pertenecen a un archipiélago de casas comunicadas entre sí por pasarelas con barandillas. Comunas improvisadas, personas solitarias, familias nucleares huérfanas en su nuclearidad, parejas, amistades, familias raras y otras cien combinaciones de todas las edades, no de todos los ingresos, creadas por el azar y el hambre de un refugio, personas diseminadas en la ciudad inhóspita que no solo son resistentes. No solo están ahí aguantando mecha: crean terrenos por momentos inasibles, atolones desde donde observan, pero que se borran en la niebla cuando los quieres observar. Le dirán que es idílico, las palabras no son códigos de instrucciones, no se cumplen solo por teclearlas y pulsar luego *enter*. Y menos mal, dirá él, tiene que haber un sitio donde las cosas se prueben sin hacerse. Pero eso no significa que la prueba no sirva para comprender.

Por la ventana llega un pequeño halo de la farola de la calle. Hugo va hacia allí sorteando los muebles que conoce, en la esquina parpadean las luces verdes y amarillas del rúter. Roza con la nariz el cristal frío y piensa en Jara. Imagina jaurías de perros de ojos amarillos, hombres a caballo con sus botas negras y su casaca roja con abotonaduras. Todos viven dentro de la cabeza de Jara, y Jara, en su huida, en lugar de morir abatida por los tiros ha intentado dar la vuelta y atravesar la línea de los cazadores.

«Dentro de su cabeza», «fuera de su cabeza», desequilibrio, angustia. A Jara no le ha resultado fácil librarse de las etiquetas. De alguna manera todo el mundo, incluso ellos, piensan que en Jara se desborda un poco lo que todos conocen, insomnios, ansiedad, una alegría que no brota sino que es un esfuerzo sostenido a contracorriente. ¿Cuánto es ese poco, quién lo define, cuándo obliga a que la etiqueta quede ya escrita sobre la frente? No se atreven a decirlo, suponen que se agravó el día en que Jara no consiguió aportar su parte al mantenimiento del piso. ¿Y eso fue la causa o la consecuencia, o están una en la otra en una espiral que se alimenta? Hugo entiende a quienes defienden que la ética del trabajo no es el camino para el mundo que viene, y sin embargo: ¿no será que lo que no es una solución es la ética del trabajo por cuenta ajena? Porque muchas cosas tendrán que seguir haciéndose, tal vez incluso más que antes si empieza a fallar la energía, y entonces ¿cómo no va a ser un camino la voluntad de hacerlas bien y que eso sirva para vivir?

Se aparta de la ventana y enciende la lámpara de la mesa escritorio. Saca una hoja y un boli del cajón situado debajo del tablero, escribe:

Tú me oyes hablar
y te parece que las palabras dicen
lo que dicen
y te comportas
como si cuando
hablo de esa calle
estuviera de verdad
hablando de esa calle y no de ti conmigo
en esa calle
huidos
unidos
invisibles al mundo.
Tú
cuando recibes
un mensaje
no sabes que recibes un incendio
cuando
nos cruzamos
no sabes que podrías
desintegrarme entero.
Es mi poder
mi único secreto
saber lo que no sabes.

Aunque el sol se haya puesto, las nubes emiten todavía un poco de su luz, un préstamo a fondo perdido. Todos han recibido un mensaje de Lena convocándoles en un pequeño restaurante con patio adonde van a veces. Lena y Camelia irán desde sus lugares de trabajo. Hugo y Ramiro salen juntos desde casa. Camelia llega la primera al restaurante. La acompañan a una mesa del patio, al final, junto a una enredadera que trepa por la pared. Ha pasado dos días con su hija y como siempre le ocurre está muy alegre y muy triste. La niña parece contenta en Valencia. A Camelia la pareja de su ex no le entusiasma y en general le gustaría que se desintegrara en tres segundos pero, al mismo tiempo, ni siquiera le cae mal, observa que trata bien a Raquel y sabe que habría sido estúpido negarse a que Raquel pase este año con su medio hermana o simplemente hermana de tres años. Le encanta verlas juntas, le gusta lo que Raquel le cuenta de su vida allí, sus amigas, el equipo de baloncesto, las salidas al campo o al mar muchos fines de semana. En cuanto a ella, siente que no han perdido la complicidad, se ríen mucho juntas. Aunque alguna vez Raquel se queja, sí, de tener que renunciar a un plan, en general se muestra feliz cuando Camelia le dice que irá a verla y disfruta enseñándole cosas, contándole y haciendo el tonto juntas. ¿Por qué entonces esta tristeza de mil domingos por la tarde sin sol, con frío? La expresión «echar de menos» no es bastante. Echar de menos es algo que parece que pasa dentro, pero a ella le pasa fuera, más allá de las yemas de los dedos, le pasa ahora en la silla y en la mesa, en las sillas vecinas vacías y en la enredadera de la pared, en la forma de andar del camarero, en las luces que cuelgan del techo y en los tres ventanucos de cristal que dan a la noche de Madrid. Si las lámparas con infrarrojos de las películas de guerra fueran mejores conseguirían mostrar los metros que rodean a cada persona y que también son ella, porque no todo cabe en un cuerpo.

Lena acaba de atravesar el patio, la está mirando ahora y sonríe, aunque parece preocupada. Aún no se ha sentado cuando llegan Hugo y Ramiro. No espera a que pidan, ni siquiera la bebida. Les dice que Renata y ella creen que Jara se ha ido en busca de trabajo; que las dos quieren tratar de encontrar a Jara, y les pregunta si están de acuerdo. Todos asienten, aunque no sepan cómo ponerse a ello.

—Ahora pienso mucho en una discusión que tuve con ella —dice Ramiro—. Estaba empeñada en que hubiera un sindicato de personas paradas.

—Es verdad, fue heavy, yo estaba —dice Lena—. Le dijiste que era muy complicado, y se subía por las paredes.

—Bueno, no le faltaba razón —dice Ramiro—. Las personas en paro son un arma, y en vez de apuntar con ella, dejamos que nos apunten. Son lo otro, el miedo, uno de esos sitios donde nadie quiere estar. Dijo algo así como que el paro hacía que pareciera encantador trabajar por cuenta ajena.

—Yo me acuerdo del agobio que le da depender de que le concedan ayudas —dice Camelia—. Jara quiere que la necesidad vaya en las dos direcciones, necesitas y te necesitan. Aunque el ingreso mínimo y otras ayudas no sean caridad, aunque se concedan porque se «necesita» estabilidad social, cohesión, consumo, quiere una necesidad directa.

—Pues yo siempre la he oído decir que si hay personas que no pueden vivir sin un subsidio, esa razón basta —dice Hugo.

—Claro, es que una cosa no quita la otra —dice Camelia—. Creo que Jara no idealizaba el trabajo. A veces le dábamos envidia montados en nuestra rueda de ratones, pero era una envidia con sorna. Decía que por lo menos teníamos que mantenerla rodando, y así podíamos no pensar.

—Yo creo que quiere —dice Ramiro— poder comprar trozos de su libertad, como hacemos todos. Que no se lo impidan. Hasta que consigamos que esto cambie.

Han pedido vino blanco y Camelia y Hugo, que no suelen tomarlo, se ponen un poco más alegres que de costumbre. Ya no hablan de Jara, brindan, ríen, se desahogan, dicen chorradas, se divierten. Hace tiempo que no salen juntos, y estar fuera de casa, en ese pequeño restaurante que guarda otros momentos pasados allí, cumpleaños, celebraciones de alguna buena noticia, se convierte en un regalo imprevisto.

—¿Y si estamos locos? —dice Hugo—. ¿Y si la vida consiste en esto? ¿Si lo único que hay que producir son momentos como este, libres o que parecen libres, y todo lo demás es el obstáculo para llegar aquí? A lo mejor Jara se ha ido por lo contrario, Lena, porque lo entendía y no le cabía en la cabeza nuestra rueda de ratones, que tirásemos todo el tiempo solo para poder pagar una casa o este restaurante.

—¡Vámonos todos con ella! —dice Camelia—. Ya hemos cumplido. La vida es otra cosa. Si no nos vamos, nos echarán y será como siempre: nos echarán sin preguntar, cuando más lo necesitemos. Nos dejarán sin empleo como a Jara, llamarán para cubrir nuestros puestos a quienes no tengan ya fuerzas para exigir ni siquiera lo mínimo. ¡Venga, vámonos!

Camelia se pone de pie, parece que va a dar un discurso y a montar un número pero mira a Lena y habla en voz baja:

—Ay, Lenita, tú eres quien peor lo tiene. Estás ahí, trabajando, convencida de que haces algo útil para la humanidad…

Lena niega con la cabeza pero Camila sigue hablando de pie, casi en un susurro:

—… sí, oc, oc, ya sé que te usan, que no estás segura de estar haciendo algo que vaya a servir. Pero podríííía servir, podríííías ayudar a encontrar una de esas medicinas que mejoran la vida de la gente, o que quitan sufrimiento. Y estás enganchada, por lo menos a ratos, lo entiendo. Imagina que Hugo tiene razón y que el destino de este mundo no está en inventos, puentes, luchas, ni en el capital ni en agotar recursos. Un PIB de los momentos de euforia compartida, la juerguista y la calmada, todo tipo de euforia. –Camelia sube el tono mientras toma asiento–. Pero no, ¡pero no! Y Lena no se va porque piensa que puede ayudar a descubrir algo, y tú y yo, Ramiro, ¡aquí estamos! –Camelia ya se ha sentado, levanta el puño pero vuelve a bajar la voz como sorprendida de haberse oído–. El freno de la opresión, ¡nosotros!, muriendo superlentamente para que a un compañero le den permiso para ir a cuidar a su padre. Luego está Hugo con su capacidad para vivir en otros mundos. Ay, Hugo, ¿no tendrás guardado por ahí un nuevo LSD, una psicodelia sostenible para todas?

Hugo se sirve vino de la segunda botella. Luego, con la copa en la mano, se levanta y declama:

–«Calles de la ciudad: por ellas va mi amor. Poco importa hacia dónde en el tiempo escindido. Ya no es mi amor, cada cual puede hablarle. No se acuerda ya; ¿quién en verdad lo amó y lo alumbra de lejos para evitar que caiga?».

Todos juegan a exagerar la admiración, alaban, aplauden. En la mesa de al lado hacen un gesto de brindar con Hugo y los demás.

–¡No es mío! –aclara Hugo aunque nadie le escucha.

Lena se ríe de la situación mientras se imagina a sí misma haciendo un esfuerzo de seriedad, pidiendo silencio para decir que irse o no, ahora no es la cuestión, que la cuestión es dónde encontrar a Jara. Imposible, piensa, la noche se está descontrolando seguramente para bien, terminarán en un bar donde puedan bailar, abrazarse en el desorden y mañana agonizar de sueño.

¿Es distinto el arrepentimiento del error? ¿Tiene sentido decir que en otro universo Aristóteles podría no haber sido discípulo de Platón, o lo adecuado es decir que, en otro universo, un Aristóteles que no hubiera sido discípulo de Platón no habría sido tampoco aquel a quien llamamos Aristóteles aun cuando llevara ese nombre? Preguntarse «¿Qué habría pasado si?» ¿es igual o distinto que preguntarse «¿Qué pasaría si?»? ¿Dice o no la verdad el comienzo de aquella novela?: «Las cosas podrían haber sucedido de cualquier otra manera y, sin embargo, sucedieron así». Si no es verdad, si las cosas solo podrían haber sucedido como sucedieron, sería acaso posible el sueño de vivir sin arrepentimiento, sin esa ancla, quién sabe si pusilánime o solo decente, en lo pasado, en lo que pudo ser, en el recuerdo del error. Probablemente el universo no sea tan ordenado como para que exista un único camino que no se enrede nunca con otros. Mientras queda el resto de una duda, es posible pensar en el arrepentimiento que Jara llama moral, el que atañe a los comportamientos con los demás, y tal vez considerarlo, según ha subrayado ella en un libro de Spinoza, una pasión triste.

No obstante, a Spinoza también le preocupaba la soberbia y la falta de respeto de los sinvergüenzas, los individuos sin arrepentimiento ni humildad, los que disfrutan de una vida sin encrucijadas, y confunden la indulgencia para con uno mismo con su propia avaricia de vivir sin juzgar los hechos cometidos. Ya que estos sujetos no tienen la vergüenza dentro, ni se atienen al uso de la razón compartida, alguna vez se intenta que la vergüenza esté fuera, y que no consista solo en los reproches mezclados de los tuits y otras redes que tan fácil resulta descartar por sus orígenes contradictorios o apresurados. Que la vergüenza, en cambio, o el dolor provocado, adquiera para ellos la contundencia de un cuerpo humano cuando vuelve.

Ah, pero tampoco a estos efectos el universo es tan ordenado. Saltan felices los sinvergüenzas y, en cambio, se atribulan, febriles, quienes conocen una autoexigencia continua, sin descanso. Y como no es tan ordenado puede llegar a ocurrir, aunque no sea –reparen en ello, por favor– lo habitual, que la persona reflexiva reparta sin querer un poco de su atribulación a los demás, mientras la sinvergüenza, algunas veces, aporta ligereza y un grato tentempié.

Se vislumbra entonces a lo lejos un hipotético cinismo universal, y surge la pregunta sobre si en cada una de las personas del universo habita otra, lo quiera o no: una criatura cínica, según el sentido más actual de la expresión, un ser que calcula, mide lo que le conviene y usa a las personas como medios para alcanzarlo, un ser que aduce no distinguir entre el bien y el mal pues todo es mal al cabo, todo simple egoísmo pero, he aquí su seña de identidad, establece para sí las distinciones que niega al mundo: deja que el mal juegue a su favor, o a favor de su descendencia cuando la considera parte de sí mismo, y nunca permite que el bien juegue en su contra.

De vez en cuando, el pequeño tirano se repliega, pasa las horas ensimismado y ausente. La hipótesis del cinismo universal sostiene, sin embargo, que no desaparece y que en los momentos clave se hace con el mando de la situación. La moral se convierte así en una cuestión de cantidad: cuántos momentos se le conceden al ser cínico, y cuántas veces se consigue mantenerlo a raya: odiable individuito, quédate en tu rincón comiendo chetos distraído, suspirando tontamente, pero no se te ocurra poner freno a los impulsos de generosidad de quien te alberga. Asiste con disgusto, maniatado, a los momentos en que esa persona malgasta su capital, sus ambiciones, y se entrega a la vida o a la causa de otras vidas y a ratos sufre y a ratos goza pero respira libre del cálculo personal.

De cualquier modo, el problema sigue sin resolverse: ¿por qué en unas personas el pequeño tirano se hace fuerte y en otras permanece en un rincón? ¿Por miedo? Oh, hay casos en que esta emoción podría explicarlo. La cadena de daño se propagó desde una situación de impotencia y dolor y angustia hacia otra, la niñez no fue fábula de fuentes, en la adolescencia no hubo un solo lugar resguardado y el mundo entero terminó por resultar una amenaza ante la que había que armarse, atacar, acaparar. Casos también, más excepcionales, de elementos físicos o químicos concretos, como un tumor en el cerebro que presiona la amígdala y desencadena una reacción violenta y brutal.

¡Ah, pero los otros casos! Hay personas que habitan en zonas de blando privilegio y, sin embargo, predomina en ellas la tacañería, palabra menos noble que el miedo y, no obstante, una de sus más frecuentes y dañinas manifestaciones. ¿Por qué escatiman para el resto del mundo los favorecidos del destino? ¿Por qué acaparan los que mucho poseen? ¿Por qué no solo desdeñan la norma de la solidaridad, compartir lo que se tiene, sino que incluso lo que sobra dosifican y cicatean? ¡Eh!, miren, aquí viene la chapuza vital, frena su vuelo bajo, se posa y parece sugerir: Me hago cargo de esas gentes, los humanos no son piezas perfectas y, puesto que su carácter deja mucho que desear, también los humanos tacaños podrían suscitar un poco de compasión. Pero el impulso de la justicia acude al punto, clama, se rebela: ¿Compadecer a quien con su avidez despoja a los más despojados, niega su apoyo, acapara, roba también legalmente? ¿A quien saca ventaja de que otros se hundan, y siente lástima de sí mismo cuando lo tiene todo o casi todo, y pide más, y exige más, y esquilma lo común? ¿Puede ser el mal, como dicen, un exceso de ignorancia? ¿Por qué es, sin embargo, raro que yerren en su contra los malvados? Y además, ¿acaso no es posible compadecer y corregir, compadecer y sancionar? Es ahora cuando la llamada de lo lejano se presenta, gesticula: el codo doblado, el índice de la mano se inclina hacia el cuerpo mientras la boca dice: Acércate, ya basta, no sigas intentando comprender, vayámonos de aquí, al huerto o a la playa, a la cabaña, al cigarral, dentro aunque lo más fuera posible de este mundo, faros anacrónicos, camisas de franela, collares hawaianos, tomateras, zambullidas, gafas de bucear, la piedra contra las olas, hachas para la leña, un sitio donde no haya que batirse ni mesarse los cabellos por lo inminente.

El mundo es desigual hasta la médula, pero otra desigualdad se superpone y las ninja de lo equitativo lanzan su ataque contra la tacañería sin importarles que la chapuza vital la compadezca, el impulso de la justicia la condene y la llamada de lo lejano abogue por desentenderse pues descansar es preciso. Entretanto, a ras de suelo, una persona cualquiera borracha de vino, poesía o virtud pregunta todavía si es posible ponerle un pajarillo al malvado en plena nuca, o si no es acaso tarde y ya no hay tiempo para convencer.

Ramiro, Hugo y Lena vuelven a casa de madrugada. En el último bar donde estuvieron, Camelia coincidió con un viejo amigo y terminó yéndose con él. Por el camino divagan, aventuran, quedan en seguir dando vueltas o buscando esa pista que tal vez esté en sus cabezas, en algo que Jara les haya contado o que le hayan visto hacer, o en algo que encuentren. Hugo dice:

—Para que sea imprevisible, la estrategia debe ser aleatoria. No tenemos que buscar sitios que Jara haya mencionado, o donde conozca a alguien, o donde no conozca a nadie. Tenemos que buscar el método. Jara ha pensado más en el azar y en las causas que todos nosotros. Habrá buscado un método, algo que tirar al aire sobre un mapa para así elegir una ciudad o un pueblo, un sitio.

—Pero si Jara no cree en el azar —dice Ramiro.

—No es que no crea —contesta Hugo—. Es que tiene claro que no hay azar en tirar los dados. Si supiéramos dirigir bien el ángulo en que los tiramos, si fuéramos capaces de controlar su peso, su densidad, podríamos conseguir que saliese lo que quisiéramos. A nuestra impericia, en este caso, la llamamos azar. En una batalla el enemigo puede intentar averiguar dónde nos colocaremos, incluso puede intentar prever lo que nosotros prevemos que él va a imaginar. Pero le es imposible prever nuestra impericia al tirar unos dados a los que hemos asignado lugares: en lo alto de la colina, o en el desfiladero, etcétera.

—A lo mejor sí quiere que la encontremos —dice Lena.

—¡Lo que faltaba! —dice Ramiro.

—O quiere y no quiere —dice Hugo—. Somos así. A lo mejor ha usado el azar y luego se ha olvidado de romper el mapa o cualquier cosa.

—Mira, no sé —dice Ramiro—, yo creo que tenemos que buscar en su cuarto y confiar en que se le haya pasado algo por alto.

Siguen andando en silencio. Están cansados. Sin saber cómo ha llegado ahí, Hugo está ahora viendo la cara de su madre, no quiere preocuparla, no le ha contado que tiene ganas de largarse y soltarlo todo, quizá no como Jara, pero sí de una manera que le permita hacer eso que llaman «poner la vida en el centro» y que no parece posible cuando entre el trabajo y el tiempo de ida y de vuelta, y el sueño, apenas te quedan cinco horas con tareas menores y ganas de atontarte un rato. Poner la vida en el centro tendría que ser algo que pasara también en el trabajo pero, en su caso, desde luego, no pasa. La cara de su madre se aleja y ahora la imagen de Chema revolotea a su lado; esta noche, sin embargo, elige no anticipar un encuentro, no quiere que el amor sea un rescate y hoy no sabe qué ofrecer.

Alguien se pone a cantar, es Ramiro: «Las arañas cuelgan de la pared, / pero yo cuelgo de una palmera; / palmeras que en la playa se sustentan / de la espuma y de la marea». Las voces se van sumando, sin estridencia, Lena da palmas, cantan bajito, «tú mueves las aguas de mi borrachera, / yo me agarro al viento / pa que vaya más lento, / solo por ti». Están en casa, llevan la casa con ellos, y los ratos difíciles por un momento se apartan, aunque solo sea unos metros. Piensan en Raquel, en sus sobrinos, en que si tuvieran descendencia tal vez algunas preguntas pasarían a ocupar un segundo plano porque tendrían el deber de resistir, al menos hasta que las crías crecieran. Recuerdan que Camelia, cuando hablan de eso, siempre les dice que no está todo tan separado, quizá sí cuando la supervivencia de las crías está directamente amenazada. Pero en situaciones como las suyas, según Camelia, la pregunta de qué hacer con tu vida no queda postergada por haber tenido descendencia. A veces es al revés, cobra más importancia porque, al final, eso es lo que tendrán de ti, no una casa ni dinero en el banco, tendrán lo que hiciste, la clase de persona que, en medio de tus limitaciones, pudiste ser. Desde el otro lado, se dicen, las cosas tampoco están tan separadas. Piensan en que la vida se va y parece que no se acuerdan, pero sí que se acuerdan.

Al día siguiente Camelia amanece en casa de Julio. Está lejos de Martín de Vargas, aunque cerca de su trabajo. Se viste sin despertar a Julio y sale en dirección al metro en hora punta. Entra en un bar de barrio, pide un café con churros y se queda de pie en la barra. Está contenta, ha sido una buena noche, el final incluido, las pieles desnudas se hablan y la suya llevaba tiempo callada. Julio le cae bien, llevaban años sin verse. No tiene ningún propósito de mantener una historia con él, tal vez quedar de vez en cuando pero no quiere enganches porque sí tiene la sensación de estar en una encrucijada de su vida. Aunque seguramente sea una fantasía, la necesita y se pregunta si tendrá algo que ver con la desaparición de Jara, o con haber sobrepasado el número razonable de días laborables, si es que hay un número razonable, en los que su ánimo parece que va a estallar, o con haber visto a Raquel tan lejos y tan cerca.

Termina el café y los churros y elige una canción para dirigirse al metro, una plena de ritmo primitivo, irracional, que le acelera el pulso y la ayuda a prepararse para una jornada plena a su vez de situaciones tensas, sin salida visible. Sin embargo, ya en el vagón, silencia la música y se deja llevar por el buen humor, por una afinidad improvisada con el hombre adormecido que está enfrente y la mujer grande que está a su lado y el chaval absorto en un punto mucho más allá de su teléfono aunque para llegar a él deba atravesarlo.

Hugo ocupa a esa hora otro vagón de metro. Aparta un momento la mirada del móvil y repara en el movimiento de una chica que, a su lado, se ha levantado para ceder el sitio a una mujer mayor con una larga trenza blanca. La mujer ha rechazado el ofrecimiento pero la chica le ha dicho que ya iba a bajarse. La mujer lleva auriculares y baila sentada, con leves pero perceptibles movimientos de hombros y caderas. Para no mirarla de forma indiscreta, Hugo busca el reflejo de la mujer en el cristal y entonces ve el suyo: cuarenta años, pelo castaño rapado por un lado y largo en la otra mitad, en su expresión un recuerdo ya muy desvaído del estudiante que fue. No parece, espera, un cesante de la vida sentado en el vagón con un abrigo gris de segunda mano y unas deportivas. Por un momento imagina a Jara, cómo se vería ella cuando iba en metro o cuando encontraba su imagen en un escaparate. Al imaginarla, siente una corriente de aire. Las personas son difíciles, Jara es muy difícil, quiere verla y teme que no hayan sabido hacer bien las cosas con ella y que ella no haya podido hacerlas bien con ellos. ¿Podría contarle esto a Chema? ¿Tendría Chema paciencia para comprender? No lo sabe, en realidad no conoce apenas a Chema, pero el deseo presiona con tal fuerza que Hugo teclea:

Trato de imaginar que todo vuelve
a ser
como era antes
jamás te he visto
no soy esta montaña mordida
con el bocado enorme
expuesto al aire
sino que soy
la figura completa
transitada por adultos o por niños
de vez en cuando.
Compruebo
que no sé si lo preferiría
compruebo que las personas

somos capaces de renunciar
a la tierra verde
y a los ciclos
amables, renovados
a cambio de,
no sé cómo llamarlo:
exaltación
deseo
la promesa del sol derritiendo las alas.
Y no lo entiendo.

Ramiro va de pie, apoyado en la pared del vagón de una línea de metro diferente. Da en pensar en la expresión «hacer algo» que, dicha en ciertos contextos parece incluir el adjetivo «bueno» aunque no se diga, tal como la expresión inglesa *make a difference*, marcar la diferencia o lograr un cambio también presupone que será en una buena dirección y, por lo general, en el mundo de fuera. No es necesario que el cambio mejore la vida de la sociedad en su conjunto pero, de alguna forma, insinúa, alude a algo que se expanda o pueda expandirse más allá del propio ego y del círculo familiar, en los casos en que este círculo es solo su proyección. A las empresas les encanta decirlo: liderar el cambio, para bien, causar un impacto, positivo, hacer del mundo un lugar superior, ser ese tipo de corporación cuya labor ha mejorado el mundo y la sociedad. ¿Por qué tal afán de declarar lo que debiera simplemente ser? ¿La camarera o el camarero que saludan y dicen una gracia, que hace reír a la persona que pide un café y alivian un poco su día, acaso presumen, acaso proclaman que quieren marcar la diferencia y causar un impacto positivo? ¿Lo pregona quien, en el hospital, toma la mano de un chico y aprieta con dulzura? Esas grandes empresas deben callar.

La voz adopta su forma en dos dimensiones y se sienta junto a Ramiro, apenas una línea transparente en el aire. No callan, no, las empresas, siguen ahí con sus anuncios, aprovechándose de que en todo ser humano y, por tanto, en toda organización compuesta de seres humanos habita, a veces, el impulso de la justicia. ¿Cómo no querer compensar los errores individuales, que son, bien se sabe, numerosos, mediante la participación en algo externo y bueno? Haber, además, contribuido, haber sido parte de lo que no empeoró el mundo, sino que hizo brillar las latas en el descampado y, de paso, se llevó por delante relaciones de opresión.

En realidad, no se sabe casi nada de lo que le pasa a «todo ser humano», si bien es posible suponer que muchos querrían también encontrar un asidero, solo uno, para los días teñidos de una esperanza desolada, si cabe hablar así. Algunas personas, siempre más de las que parecen estar a la vista, no envuelven su yo en una cámara separada, no asignan al dolor adjetivos como propio o ajeno. Sucede. Ha sucedido a lo largo de la historia, nadie sabe si seguirá sucediendo y hay quien trata de denigrar sus conductas como si fueran fruto de un misticismo y no de la razón tranquila del vivir. Cuando ven que casi nunca hay una relación directa entre su acción y que algo se arregle, ¿por qué no dimiten? Ante obstáculos y contradicciones, ante las amenazas, ante la adversidad, ¿por qué no se enfurecen? Ah, pero es que claro que se enfurecen y se alzan. Conocen la ira del nudo imposible de deshacer: qué tentación entonces de grito y desafuero. Tú, sí, tú, condescendencia, cuádrate porque no sabes nada de la ferocidad que encierra eso que desdeñosamente llamas buena voluntad. La mirada displicente con que crees poder juzgar sus conductas, guárdatela, y todas tus sentencias. Piensas que son así porque no se atreven, piensas que no conocen el ataque de la aviación y las granadas que caen en el patio, perforan los techos, estallan el interior del palacio de la Moneda. No aprenden, murmuras displicente. Teme su fuerza. La que adquieren cada día cuando se niegan, cuando recuerdan que la crueldad es violencia sin razón y que la razón tiene un coste, que la atención coordinada cuesta esfuerzo.

Y parece que no avanzan, pero un día te sobresaltará su gesto de huracán, tan cerca.

Lena tiene turno de noche, no se ha despertado junto con Hugo y Ramiro, duerme todavía aunque de vez en cuando se despierta. Mira la hora, calcula cuánto tiempo de descanso le queda y advierte que su respiración va demasiado deprisa, si no logra alcanzarla y que se calme no podrá volver a dormirse. Sale tras ella, se concentra en alargar la espiración, la inspiración, poco a poco logra ralentizar el ritmo, el mundo no está solo dentro, piensa, el mundo no es solo su idea de sí misma, es también aquello que desgasta las sombrillas, el viento, las mentes y las ganas de vivir, y es, al mismo tiempo, lo que aclara e ilumina los cuerpos, los objetos, el viento, las mentes y las ganas de vivir; la libertad, aventura ya al borde del sueño, es una tarea distribuida.

SEGUNDA PARTE

Jara se levanta en el pequeño altillo que ha alquilado en Calatayud. Estuvo a punto de hacerse trampa cuando le tocó ese destino. No conocía el lugar, nunca había estado antes pero comprendió que, de alguna manera, había imaginado un sitio en la costa, tal vez, pensaba, porque el mar consuela nuestros esfuerzos y crea la sensación, aunque sea superficial, de que al fin se ha llegado, como si pudiera poner una firma debajo de las cosas. Sin embargo, el mar era un sueño de Martín de Vargas al completo, no quería cumplirlo sola. Un bosque en las montañas quizá también habría valido, espacios donde poder desaparecer por segunda vez. Pero tampoco quería ir a parar a un sitio que le sirviera de pretexto para dejar de preguntarse cosas. Por último, detestaba hacerse trampas. Jara cumplió con el azar.

Le oprime un poco el paisaje, la sensación de estar en una zona hundida, entre paredes escarpadas y fragmentos de la vieja muralla. Pasa el tren, pero su altillo está lejos de la estación. Hay fábricas, el campo está seco, no hay grandes bosques; sí un río que tampoco ve desde donde vive. Al menos le ha sido fácil encontrar una habitación sin avales ni otros documentos. Al dueño le ha parecido bien que todo sea en negro, lo que le ha alquilado es en realidad un desván acondicionado, con un baño diminuto, una nevera pequeña y un infiernillo eléctrico para cocinar.

Al principio apenas sale. Le parece que los veintitantos mil habitantes de Calatayud advertirán su presencia y teme que, aun con la mejor intención, la saluden, le hagan preguntas. Jara tiene un cuerpo que emana sexualidad, a veces lo ha vivido con placer y otras con miedo. Hace tiempo que sus dificultades para relacionarse han ganado a otros impulsos, ya no se imagina con una pareja, tal vez con una relación aún por formatear. Pero más acá de la imaginación, algo tan sencillo como salir a la calle en un sitio nuevo le produce inquietud. Intenta que no sea así. No solo por ella. Por todas las mujeres que alguna vez han sentido miedo de mostrarse, debe andar erguida y tranquila. Nadie tiene derecho a hacerle sentir que su cuerpo, esto es, ella misma, es un señuelo, un peligro o una provocación. Pero es difícil dejar que avance el día sin querer quedarse dentro de la guarida flotante que es su altillo ahora.

Comienza saliendo muy temprano, antes de que abran las tiendas y los bares. Recorre el trayecto con rapidez, la ropa de abrigo la protege del frío de esas horas, y la niebla hace que las miradas sean furtivas y escasas. Cuando ya se ha familiarizado con calles y lugares, empieza a salir a la hora del atardecer. Ha visto dos bares donde podría entrar sin llamar demasiado la atención, pero no se atreve todavía. Lo intenta, se jura que en el tercero que vea entrará. Y llega al tercero y empuja la puerta pero, antes de que se abra del todo, la deja cerrarse despacio y se marcha. La vida no es una película, ni siquiera una ranchera, no se imagina en la mesa del rincón bebiendo porque no estaría tranquila. Tampoco sentada en un taburete junto a la barra diciendo las frases justas a un camarero que sería un tipo maduro, inspirado, nada apresurado ni harto de estar ahí, ni pendiente de una llamada ni metido en sus propias tristezas.

Volverá al día siguiente, piensa. Por la mañana podrá pedir un café y resultará más fácil pasar inadvertida. Así, poco a poco, tal vez coja fuerzas para un día hablar con alguien, y que su propia voz no le parezca desmañada, ajena, como esos pájaros que entran sin querer en un lugar cerrado y luego no saben salir. Ahora ha de bajar a comprar comida.

Se detiene en una tienda de fruta, conservas y pan. Hay algunas hortalizas en cestas de mimbre, la fruta está en cajas de madera. La tienda es pequeña, sin pretensiones. La atiende una mujer amable; no da señales de reparar en el tono desafinado fruto de su nerviosismo. Jara compra peras, cebollas, tomates, naranjas, puerros, media docena de huevos, ajos, garbanzos, nueces. Se despide con un «Adiós, muchas gracias» inaudible. Está a punto de volver a entrar para que esta vez su saludo se oiga. Vacila, porque le parece ridículo. Al final entra y compra aceite aunque no lo necesita. «Se me había olvidado», aclara. Cuando recibe el cambio, contesta en voz demasiado alta: «¡Muchas gracias, que usted también pase buena tarde!».

Jara sale con aparente calma de la tienda pero echa a andar a toda velocidad porque se siente avergonzada y contenta, incompetente, absurda. Pasa delante de un cartel de SE VENDE en un local cerrado y se identifica con esa reja de acordeón algo oxidada. Empieza a subir la cuesta hacia su calle. Le pesa en especial la garrafa de aceite porque sabe que podría haberla comprado otro día, en lugar de tener que cargar ahora con ella. Pero sobre todo le pesa porque está echando de menos ese territorio no hostil que es Martín de Vargas, allí no desafina, allí no juzga y se arrepiente de cada una de las cosas que dice sino que a veces es incluso capaz de improvisar monólogos medio cómicos medio pedantes. Lena, Ramiro, Hugo y Camelia han construido un lugar donde siente que hay sitio para ella.

Al llegar al portal deja todo sobre la acera. El cielo se desploma, personas concretas con nombres concretos de menos de veinte años a quienes les gusta el arroz frito o que se tatúan peces, mueren aplastadas por un daño que empieza lejos pero termina en la punta de sus dedos, Jara lo nota, lo toca, no puede pararlo. ¿Qué más da entonces su incompetencia para el trato social, qué más da que no tenga trabajo, qué más da que no sepa cómo vivir? Piensa en la expresión «en consecuencia» y en que debería existir otra, una que dijera «contra consecuencia»: «... entonces, contra consecuencia, alguien hizo esto o dejó de hacerlo».

Empuña la garrafa de aceite con una mano, con la otra sujeta las tres bolsas. Le gustaría ser el aleteo de una ventana en el cuarto de Lena, por ejemplo, y que ella note un cambio sin saber bien a qué se debe.

En meteorología la amplitud de una perturbación se duplica cada tres días si nada contraría su desarrollo. Es la llamada inestabilidad exponencial, afecta a muchos otros procesos. Pequeñas modificaciones pueden tener consecuencias muy grandes en el desarrollo de todo lo que se prolonga en el tiempo. Por otro lado, a menudo las perturbaciones se compensan entre sí, la mariposa y la libélula surcan el aire, alguien enciende una vela o se abanica, y cada uno de estos actos que en sí mismo podría desencadenar un ciclón con el paso de los días, se compensa con otro, entre millones. Nace así la paradoja: no se puede prever si lloverá dentro de treinta y siete días, sin embargo hay en el clima una gran estabilidad estructural, vuelven las estaciones, los monzones, el anticiclón de las Azores recorre su camino cada año. Otra cosa es cuando la suma de una gran cantidad de perturbaciones constantes actúa en la misma dirección.

Los seres humanos adoptan la costumbre de imaginar el horizonte a partir de lo que la experiencia les hace pensar que será previsible. Se despiertan y recrean el mismo escenario de antes de irse a dormir. Ahí seguirá la calle, estará al otro lado del teléfono la persona a la que escriben, irán dentro de diez días al concierto para el que sacaron entradas, volverá la primavera. Aunque el azar asome en cada esquina y lo sepan, hacen planes, suponen que sus vidas seguirán, que las pequeñas perturbaciones y contratiempos se absorberán como los cuerpos absorben impactos leves sin desviarse por ello del camino, o se compensarán con otras. A veces cruza por su mente el rayo, la noticia, el lance que fulmina a una persona amada o a ellos mismos. Muchos viven en un azar que es solo abuso del poder de sus no tan semejantes, y se preguntan si les despedirán mañana o si tendrán recursos para mantener su vida. En algún momento, la mayoría sueña con el buen azar, con la buena aventura no esperada. Y en general y sobre todo, se tambalean y hacen como que no lo saben, como que no hay abismos a los dos lados de la acera, y ríen con la caída ridícula porque solo fue fantásticamente ridícula. Conocen la angustia de no llegar a tiempo a donde, sin embargo, al parecer, no les esperan. Para designar lo muy bueno utilizan a veces nombres de lo imposible: esto es fabuloso, esto es fantástico. Pese a todo, no es raro que asientan ante una melodía, o que, tras ver a dos personas caminando juntas, con una gratitud maravillada sonrían al azar que les hace estar vivos.

Con la pandemia han recordado la condición incierta del hoy pero, en general, cuando la tormenta amaina, o incluso en plena tormenta, continúan con lo que estaban haciendo. Por rutina, heroísmo, negligencia. A veces siguen estropeando lo común, cometiendo irregularidades, o mostrándose desconsiderados con quien más necesitaría que no lo fueran. Como si llevasen dentro el mandato de la repetición. Quizá renieguen de lo rutinario, pero necesitan conocer o hacer como que conocen lo que será de ellos la semana que viene, el mes que viene. Porque los cielos se derrumban siempre; eso, sin duda, lo saben. Porque la vida humana está hecha de riesgos aceptados. De modo que vuelven a subirse al metro o a recorrer el camino hasta la tierra que cultivan, al lugar donde les dan clase, a la tienda donde compran zapatos.

En medio de ese torbellino de peligro y de estabilidad, de previsiones y casualidades, de vez en cuando se preguntan qué deben o no deben hacer, claro que se lo preguntan. Y toman partido por un objeto que no es exactamente un objeto, al que llaman principio. Al parecer, una vez elegido el principio, pueden hacer a un lado la mayoría de las alternativas, abandonar también la idea de riesgo y guiarse solo por él.

Los principios son muy variados, los hay de aspecto pequeño y sin embargo grandes consecuencias para la vida de las personas cercanas, por ejemplo «ser amable con quienes no dañan». Los hay nítidos y acotados que van desde «no colaborar con las casas de apuestas» a «boicotear las casas de apuestas». Los hay que parecen sencillos y sin embargo no lo son tanto porque la inercia está por todas partes. Los hay que van pasando de unas generaciones a otras, pongamos uno solo: «Hacer lo que se debe sin medir ni calcular por encima de la mugre del dinero». A menudo no se explicitan, ni siquiera por dentro, pero guían la conducta. En la mayor parte de los casos, son modestos y ondulados. Sin embargo, muchas personas les temen, pues piensan que trazan líneas demasiado rectas, que rompen los caminos y dificultan vivir en un mundo irregular. Ahora bien, la experiencia muestra, por más que el prejuicio lo encubra, que cuando los principios actúan en la misma dirección pueden contribuir, y así lo han hecho, a evitar dolor, a romper lo establecido hacia lugares más abiertos, a enfrentarse al dominio de lo injusto. Quizá por eso desde el dominio se subraya, como si fuera lo único existente, que los principios alguna vez pueden ser rocas y partir cabezas. Pueden, pero quienes lo subrayan olvidan todo lo que los principios dieron, y dan, para que las relaciones sociales no opriman a parte de los humanos y la vida sea cada vez más vivible.

Dicen que los principios a veces se desprenden como una consecuencia de la dureza del entorno. Allí donde sobrevivir es más difícil, donde queda a la vista el dolor de unas personas por la mera avaricia, inconsciencia, ambición o afán de comodidad de otras, donde las ventanas son más pequeñas, las calles más estrechas y el horizonte más cercano, allí llegan a veces los principios como el séptimo de caballería y juntan a las personas alrededor de un cajón, y con él hacen música y no hay forma de que una deje tirada a la otra, de que cinco dejen tiradas a otras cinco. Un tal Naipaul escribió: «Odia la opresión, teme a los oprimidos». Con esta frase recordaba que lo opuesto también puede suceder: en ocasiones, la miseria agudiza la ley de la selva. Sin embargo, no siempre se sabe si pasará. Basta con observar para ver que, a menudo, los principios se presentan en las vidas de las personas oprimidas. Y cuando se presentan, hay que querer quedarse con ellos a pesar de las presiones. También hay que lograr mantener la calma, y evitar despreciarse con el desprecio del prepotente, y elegir no subestimar a las personas semejantes como afuera las subestiman y aborrecen. Hay que impedir que la angustia vaya contra quienes están cerca y dirigirla contra quienes, desde lejos, aplastan con sus pies satelitales. Muchas personas lo hacen, aunque no, como se piensa, en defensa propia. Actúan así, mostrando una finura, delicadeza y potencia indecibles, en defensa del bien común.

Lena no da crédito. Vuelve a mirar el mensaje de Óliver y bloquea el móvil. Ni siquiera tendría que haber mirado, no puede distraerse ahora. Pero lleva tres horas seguidas trabajando completamente concentrada y casi no lo ha pensado, ha sido un reflejo, como quien necesita sacar la cabeza del agua. Hace tres años que no sabe nada de Óliver, y hace ya cinco que lo dejaron, ¿por qué ahora? ¿Por qué así? Le queda todavía un rato de estar ahí sin moverse, tiene que vigilar, debe abrir la máquina en el momento exacto y separar las células con precisión, sin errores pero deprisa y volver a colocarlas enseguida, sin que le tiemble la mano. Se queda quieta, se obliga a no pensar en nada más, ata las asociaciones que se producen en su cabeza para que no se muevan. Cuando termina, pide permiso a su jefa y baja a la calle.

No hay bares en el polígono, solo un par de restaurantes a casi veinte minutos andando. Algo más cerca hay un supermercado grande donde no dan café. Si un francotirador la vigilase podría disparar en cualquier momento, los árboles son pequeños, no hay recovecos donde esconderse, los pocos bloques de viviendas tienen puertas que impiden el acceso a los portales. Cuesta dejarse embargar por sentimientos medio románticos entre coches aparcados, aceras vacías y árboles raquíticos. Justo la clase de sentimientos que, admite, le provoca el mensaje de Óliver. Lena avanza hacia el único sitio remotamente parecido a un escondite que ha encontrado después del tiempo que lleva trabajando en el polígono. Es un pino viejo; debía de estar allí mucho antes de que empezaran a construirse los bloques, las calzadas y las naves industriales.

Aunque ahora crece junto a una acera, crea un espacio de sombra y discreción. No es la única que lo frecuenta: siempre hay colillas cerca del bordillo. Se sienta como un gato callejero entre dos coches, la gran copa achaparrada parece darle algún cobijo.

No necesita volver a leer el mensaje de Óliver, lo sabe de memoria: «Me pregunto adónde hemos llegado. ¿En qué lugar lejano seguimos caminando asidos de la mano?». Nunca, nunca jamás debió haberle prestado su ejemplar subrayado de *Bajo el volcán*. Lena no le habló de esa frase. Es una línea entresacada de las cartas que Ivonne escribe al Cónsul. Tampoco le dijo que ella no estaba dispuesta a ser Ivonne, a aceptar una relación que pudiera llevarla a escribir cosas como: «Sin ti estoy desechada, amputada. Soy proscrita, una sombra de mí misma». Ni que no querría que nadie se las escribiera. Ah, pero así como al lado de esas palabras había puesto a lápiz tres exclamaciones de escándalo, en cambio, la frase posterior, la que hoy Óliver le ha enviado, la subrayó conmovida y Óliver tuvo que ver ese trazo irregular pero fuerte.

Lena quiere llamar a Jara por el móvil. Como no puede, la llama con la cabeza, habla con ella en voz alta. Se pone los auriculares por si pasa alguien, para que parezca una conversación real. «La frase que te conté, Jara, la que recuerdo a veces, y me da igual si hay en ella un poco de nostalgia porque, vale, no te voy a decir que la nostalgia sea el mejor mecanismo de este mundo, ni para vivir ni para hacer las cosas que queremos hacer, pero, a veces, la tenemos. A quién se lo estoy contando, ¿eh, Jarilla? Sé cómo te pesa esto que ahora nos exigen, introducir también la productividad en las emociones. Esa vigilancia del alma: Eh, tú, te estás pasando de la dosis permitida de melancolía, fuera, ya no vales ni para trabajar, ni para socializar. Y tú, mira, bonito, ven aquí, si quieres recordar tu infancia y decir que entonces eras feliz, muy bien, pero que sepas que estás idealizando un momento en que había cosas que no estaban nada, pero que nada bien, aunque ahora no encajen en tu poema o en tu canción. Y tú, tú, o sea, yo, ven aquí, Len: ¿nostalgia de una pasión loca y encantadora? ¡Por favor! Si ese tío fue la persona más confundida que te puedas echar a la cara; no, bueno, vale, habrá otras más equivocadas pero él estaba bastante equivocado, una cosa son los ideales y otra ese idealismo personal de tres al cuarto, ¡la intensidad, la intensidad, siempre recomenzada!; sí, le tengo cariño pero a veces lo que añoro es aquel estado flotante, vivir pendientes de una sola cosa: ese entusiasmo un poquito sombrío por el arte.»

Lena apoya los codos en sus rodillas, la cara entre las manos y aunque mira el cemento del suelo y el bordillo del otro lado, se ve a sí misma con Óliver. Ve luego el pequeño tiovivo adonde su madre la llevaba los días especiales; tenían que coger el metro y hacer muchos cambios pero montaba en el coche de bomberos, en la ambulancia, en la jirafa, y levantaba la mano para saludar a su madre como si ella estuviera muy lejos y al mismo tiempo muy cerca. «A la mierda reelaborar, Jara, a la mierda mirar al pasado solo para aprender a enfrentarse mejor al presente. Aunque el pasado se desvanezca y a los recuerdos les falten trozos. Que sí, que la nostalgia es inexacta, que en las fotos que inventa no nos duele apenas la cabeza y no perdemos los papeles y sonreímos. No, Jara, no me voy a hacer ahora una yonqui de la nostalgia, pero quiero un poco. Dietas perfectas, hábitos perfectos, perfecta gestión emocional y luego qué, ¿es que no está el metro que parece que va a hundirse de tanta gente que llevan los vagones por la mañana y cuando volvemos a casa? ¿Eso es perfecto? "Me pregunto adónde hemos llegado. ¿En qué lugar lejano seguimos caminando asidos de la mano?" Era mi frase, Jara, sé lo que tiene de irreal, tú también sabes que lo sé, pero la imaginación no es irreal, puedo haberla dicho pensando en una persona que está muerta, y en otra que no sé ni dónde está, y tal vez al principio la dijera también pensando en Óliver, aunque quiero creer que pensaba en lo que permanece, Jara, en aquello que no se va cuando alguien se va, en las ideas y actitudes que ese alguien dejó y que yo reconstruyo como si aún estuviera.»

Lena mira la hora, debería ir volviendo al trabajo, pero no quiere. Correrá después. Enciende ese cigarrillo imaginario que necesitaba y vuelve a hablar con Jara, ya en silencio, tras soplar despacio y emitir un humo imaginario y quedarse mirándolo como una loca. «Me niego a rentabilizar mi nostalgia, Jara: no sé si me dará fuerzas o si es una nostalgia a fondo perdido o si va a darme pérdidas. No pienso averiguarlo. Como dice un amigo, el tiempo será lo que sea pero lo que seguro que no es, es oro. No sé adónde van a ir a parar esos ratos en que me emociono por cosas cursis, pero me niego, me niego a convertirlos en una inversión que luego sirva para estar más concentrada en el trabajo. Ni siquiera para estar más activa en la militancia, en esas reuniones donde soñamos con desalambrar la ciencia como tendríamos que haber desalambrado la tierra. No te preocupes, no me estoy haciendo cínica. Pienso seguir yendo a las reuniones. Y seguiré intentando querer a la gente sin poner mi añoranza por delante. Es solo que a veces hay demasiadas cosas que se supone debemos hacer. Porque, sí, me ha emocionado, más aún, me ha conmovido el mensaje de Óliver. Y después he pensado que lo habrá escrito al llegar a casa tras una noche de copas, o por la tarde después de una discusión con su pareja. O que igual se ha separado y ha empezado a sentir el peso de estar solo y le ha dado por mandármelo. Y te prometo que no he olvidado lo que sé, que no puedo esperar llenar con una sola persona el vacío de algunos momentos de la vida, por más que compartir la vida con otro ser humano sea algo alucinante. Compartirla, sí, pero ahora lo sé, no con un solo ser humano. La pirámide del amor no es una solución, alguien por encima, sosteniéndose sobre un solo pie sobre el absurdo pico reservado para el único, la única, y luego, debajo, otras personas. No. Se trata de querer a un puñado de gente, y que te quieran si pueden, y apoyarse así. Y mientras me reafirmo en esto, porque así de caóticos son nuestros cerebros, me imagino quedando con Óliver, y he sentido la excitación del buen augurio. Luego, otra vez, lo probable: quedaremos, me vendrá a la cabeza aquella letra de canción: "¿No eras tú aquella insolencia de latido que encendía mis deseos más prohibidos?". Pensaré: "¿Será que él está pensando eso de mí?", y me sentiré mal por defraudarle, y lo segundo que pensaré será "¡Qué diablos! ¿Por qué, aunque esa canción la cante un tío, tengo que formularla en masculino? ¿Por qué no ser yo quien lo piense, y representarme entonces la inseguridad de Óliver mientras imagina que le miro y me pregunto: "¿No eras tú aquella insolencia de latido que encendía mis deseos más prohibidos?". Luego, en el tercer giro, pensaré: "Nada de guerras, un pensar común: nos hemos hecho viejitos, o al menos cuarentañeros, pero aquí estamos, con ocho mil sueños todavía".»

Lena echa a andar, su tiempo de descanso ha terminado, ha de seguir o no logrará volver a casa ni a las diez. Algunos días la jornada es más corta. A veces incluso puede escaparse entre semana. Se pregunta si logrará sacar dos días libres de alguna manera para salir en busca de Jara en cuanto tengan alguna indicación de su paradero. Aún no sabe si contestará el mensaje de Óliver, o si esperará a encontrar a Jara como se espera un matorral hecho de mar o, en la gran fiesta de las azoteas, el canto del acordeón por lo que parece perdido.

Lena imagina el consejo que le habría dado Jara si la hubiera escuchado. Que espere, que no conteste todavía. No por estrategia, sino para convertir lo digital en analógico. Y decir: Álzate, no te turbes, sé tú y sé conmigo, tú, mi estado de ánimo. Lena empuja la puerta, pasa su identificación por el lector, hace girar el torno de metal. Mira encenderse y apagarse el número de los pisos por donde va pasando el ascensor: me pregunto adónde hemos llegado. ¿En qué lugar lejano seguimos caminando asidos de la mano?

Han pasado varios días, Jara se mueve ya más tranquila por la calle. Cierto que llevan una racha de mal tiempo y eso le permite ocultarse bastante bajo la parka azul marino con capucha de esquimal que le regaló Lena el año pasado. Vuelve al altillo después de comprar. Estos días de soledad le están sentando bien. A veces teme que si pasa mucho tiempo sin hablar luego le resulte más difícil usar la voz. No debe de ser así, pero imagina que podría perder la habilidad para estar con otras personas, para saber cuándo estar quieta y cuándo moverse, cuándo hablar y cuándo estar callada. Recuerda la letra de un vals que le gusta a su madre: «Era tu voz / triste y fugaz, / agua de lluvia cayendo en el mar; / yo la escuché / y descubrí / ríos que ardían en mí». Siempre le ha llamado la atención una imagen que aparece después: «Dejas crecer / tu soledad / viendo las nubes pasar». Antes pensaba que la soledad era una ausencia, algo que no estaba, algo que no iba con la mujer o el hombre que caminan solos, sino que dependía de que no hubiera nadie a su lado, por eso los teléfonos móviles la apaciguaban. Luego supo que no era así. La soledad se parecía más a esos cómics extraños donde una niña o un niño tienen como amigo visible a un pequeño cocodrilo que anda de pie, a un dinosaurio azul o una pantera de ojos amarillos. Por eso el vals habla de dejar crecer la soledad. La soledad iba con una y, al menos a la suya, le encantaba alimentarse con palabras que otras personas en sus ratos solitarios habían usado para vivir.

Jara abre el portal y sube las escaleras hasta el altillo. Es alargado, un poco oscuro. Ha puesto sobre la cama un pañuelo naranja y rojo que le regalaron en casa por su cumple hace unos años. Se oye pensar, se oye a sí misma decir «en casa» para nombrar Martín de Vargas. Sube al taburete para abrir la única ventana o más bien ventanuco. Da a una calle algo estrecha, pero permite atisbar el cielo y, en ese momento, alcanza a ver una luna casi llena. No diría que ese altillo es casa, no diría «He puesto el pañuelo en la cama de casa». Pero sí es el lugar de su soledad. Deja sobre la mesa las manzanas y el arroz que ha comprado por el camino. Después pone agua a calentar para hacerse una infusión porque está a punto de venirle la regla y ya le duele un poco. Lleva la taza caliente junto a la cama, empieza a leer hasta que el dolor concentra toda su atención. Cierra el libro y se acurruca bajo la manta.

Poco a poco la pastilla le hace efecto; el dolor se convierte en una música de fondo, se va alejando, deja de oírlo. Como le pasa a veces cuando tiene la regla, imagina haber tenido una hija o un hijo, o varios. Si los hubiera tenido muy joven, ahora ya serían mayores de edad. Aunque estaría pendiente de ellas, ya no serían solo suyas, serían personas autónomas. No autónomas económicamente, casi seguro. Pero tendrían sus criterios y sus pesadillas. Piensa en Renata, que aunque siempre ha estado a su lado no por ello ha dejado de vivir otra vida. Se lo agradece tanto. Piensa en las personas que cuidan todo el tiempo; para ellas no es posible vivir otra vida porque no les quedan huecos ni tienen recursos. Y entonces piensa en la revolución, en que ya casi nadie pronuncia la palabra si no es con un poco de ironía. Al menos en voz alta. En voz baja, sin embargo, hay personas que no dejan de buscar, que no se quedan de brazos cruzados, que no esperan, sino que corren el riesgo de equivocarse. Les parece que no buscar, no intentar que la justicia sople un poco, guardar silencio y encogerse de hombros es también un modo, no siempre evitable pero real, de equivocarse. Jara se imagina acompañada por las personas que todavía dicen esa palabra sin burla, las que saben que no se puede avanzar sin actuar, que de poco valdrá lo que se diga sobre esa idea si no se llevan a cabo acciones, operaciones, y sobre esas acciones se vuelve a pensar, se estudia, se rectifica. Estira las piernas y los brazos y se despereza. Muchos libros de psicología advierten del peligro de confundir el cansancio con la tristeza; alguien cree tener cansancio pero en realidad, dicen, lo que sufre es una depresión o un principio de depresión. Pudiera ser, pudiera ser. No obstante, le parece más habitual confundir la tristeza con el cansancio. Crees que estás triste, crees que nada te hará reír, crees que tienes algo mal que te impide sumarte a la pequeña fiesta de la vida diaria y sin embargo es solo que se han ido acumulando los días y los años de levantar piedras, y hay tantas clases de piedras. Cómo no vas a pensar en la revolución.

Jara se levanta, va al baño, mira la sangre espesa que ha segregado su cuerpo. Después se da un poco de colorete de barra en las mejillas, busca una emisora con música en un transistor comprado en una tienda de segunda mano antes de irse, baila por el pequeño espacio del altillo. Cuando acaba la canción se queda clavada en el suelo y vuelve a hacerse la pregunta que más miedo le da: ¿les ha herido? ¿Estarán buscándola, con desespero? ¿No podría haberles dicho a donde iba y haberles explicado que necesitaba una larga tregua con la vida, con la sociedad, con lo que sea? Siente que no ha tenido elección. Estaba a punto de derrumbarse del todo. Si les hubiera contado el plan habría notado todo el rato sus miradas, su preocupación, y se habría notado abajo igual. ¿Se puede ser injusto cuando no se tiene elección?

Se despierta antes de lo previsto. No tiene sueño, ha dormido bien, ya ha pasado el dolor. Se ducha y decide bajar a la calle a desayunar. Hoy va a atreverse. Si no encuentra trabajo pronto, el dinero no le dará ni para dos meses, y no va a volver.

Deja atrás el bar más cercano. Echa de menos el Tora Tora, el bar con nombre de banda de rock latente, no triunfal, inaugurado después de la cuarentena. Allí iba cada poco cuando había logrado hacer algún trabajo remunerado y tenía un poco más de dinero. No era especialmente bonito. Además, cuando ella iba estaba con la persiana a medio subir porque aún no habían abierto. Pero Josune, su dueña, le caía bien y notaba que el sentimiento era recíproco. La invitaba a pasar, le ponía un café. No hablaban mucho aunque de vez en cuando alguna de las dos soltaba un comentario que parecía no venir a cuento, la otra entendía y sabía replicar con cualquier frase en apariencia absurda, solo en apariencia. Ahora se alegra de haberse despedido de Josune. Tuvo muchas dudas, en realidad es a la única persona a la que avisó. Lo hizo porque no quería dejarla colgada. Con Lena y los demás, incluyendo a su madre, es diferente. Necesitaba que le dieran tiempo para saberse en el limbo de lo inexplicado y así resistir la tentación de volver. Cerca de la plaza hay un bar más grande. Entra, pide un café y pan con aceite. Y cuando se lo traen pregunta al camarero, un hombre, calcula, de la edad de su madre:

—Estoy buscando trabajo, ¿no sabrá de algo?

—¿De camarera?

Jara niega con la cabeza y sonríe y entonces teme que su sonrisa se pueda malinterpretar, se retrae, improvisa:

—No, de contable.

—No he oído nada. No me parece fácil, pero si oigo algo te lo digo.

Jara se lleva a la mesa el café y el plato con la tostada. Está demasiado nerviosa, se siente ridícula por haberse inventado lo de contable, y más por no atreverse a decir lo que busca: un trabajo, cualquier trabajo, o casi.

La compañera de despacho de Camelia tiene que ir a visitar una empresa. Camelia le desea suerte y luego, aunque suelen estar con la puerta abierta, porque el despacho es pequeño y hay mucho movimiento de gente, la cierra. Apoya entonces la espalda contra el tablero como si estuviera conteniendo una avalancha de nieve o el ataque de lo desconocido. Ha comprobado que la pequeña sobreactuación secreta, ese sentirse, mediante un ademán cinematográfico, alguien capaz de sujetar las puertas del mundo, ese salir, aunque sea con la imaginación, de las propias circunstancias para habitar otras donde la heroicidad y la victoria están al alcance de la mano, le ayuda a reírse un poco de sí misma y luego a sonreír. Un resto de la fe con que en la infancia jugaba a atravesar desiertos llenos de serpientes de cascabel y a rescatar prisioneros en los campos enemigos, regresa intacto.

Camelia se sienta. Como si la hubieran visto, empieza a sonar el teléfono. ¿Cuánto va a durar la riada de reclamaciones que no obtienen respuesta? ¿Cuánto, esas voces desesperadas por la falta de un dinero que necesitan no para guardarlo por si acaso, no, lo necesitan para vivir mañana, para vivir hoy, para vivir ayer? Después del pico de la pandemia desaparecieron las pausas; donde antes llegaban tres dudas ahora llegan treinta y siempre queda alguna por resolver. Se han multiplicado las reclamaciones a la inspección de trabajo, las deudas, las bajas por no haber ido al hospital cuando todo estaba detenido y luego haber ido tarde, los cierres, los ERTE irregulares o con personas obligadas a trabajar bajo amenaza, los despidos sin regreso. Poco a poco ha sucedido también aquello que Jara reclamaba, muchas personas en paro recurren al sindicato porque no pueden verse a sí mismas como paradas, se niegan a creerlo. Camila atiende con la mayor rapidez, tratando de poner entre paréntesis la certeza de lo poco que puede hacerse.

No quiere dejarse llevar por el derrotismo, celebra que haya más afiliación, anota cada acción solidaria que tuvo lugar durante la cuarentena y protege como puede la pequeña conciencia de ser un poco menos débiles y contar con un poco más de organización. Esta vez no caerá en el mecanismo de la indefensión aprendida porque tampoco olvidará que, durante décadas y siglos, millones de personas se han levantado para decirle que no está indefensa y que no está sola.

A las doce, Camelia descuelga el teléfono para que no suene y va a buscar un café a la cocina del local. La llamada de lo lejano la envuelve como un estado atmosférico dentro de otro más amplio y diferente. En su despacho están cayendo rayos y truenos, allí no lo tiene todo controlado, las explicaciones inútiles golpean contra diques, los erosionan día tras día. Aquí, junto a la cafetera de filtro, como en el círculo de un foco sobre el escenario, en un cono de luz de poco más de un metro de diámetro, el sol le da en la cara, huele a tomillo y a orégano, y parece que muy cerca podría haber un sendero que condujera al mar. No es mentira, es que aquí no siente que sus ya casi cómicas llamadas a la unión y la movilización se las lleva la riada. Más bien, como amigable brisa van llegando otras llamadas, otras respuestas: aquí estamos juntas, aquí es el empeño constante en dividirnos el que se hace pedazos, el que se pierde en el viento, y ya no nos separa que seamos distintas porque somos todas carne de cañón y no queremos vuestra riqueza para imitaros, ni vuestro pequeño y cobarde sentido común, queremos empezar a vivir con otras reglas. No es mentira, es identificar entre todos los sonidos aquellos que el estruendo no siempre deja oír.

Camelia vuelve con la taza y deposita en ella el recuerdo tangible de un estado de ánimo que cambiará con la próxima llamada. Intentará evitarlo. Seguirá anotando los teléfonos y correos de todas las personas que piden respuestas. El mundo ha dado un vuelco y puede que mañana dé otros dos vuelcos seguidos. Habrá que numerarse. Camelia no va a poder entregar a Raquel una casa ni lo que llaman una abultada cuenta corriente. Pero no permitirá que nadie la haga sentirse culpable por eso cuando el error está en mantener y acrecentar la mentira. Ahora, y resistiéndose a que nadie idealice o desdeñe su preocupación por el futuro de Raquel, le parece que le basta con lograr dejarle una manera de ver el mundo que no la avergüence y que tenga un poco de horizonte.

En la tercera llamada, una chica que se ha presentado como Alba, dice tener treinta años y estar afiliada hace cuatro meses, le comenta que la despidieron antes de la epidemia y ha estado en casa desde entonces, porque nadie ha vuelto a contratarla.

—¿Por qué no hay un Stop Despidos igual que hay un Stop Desahucios? —pregunta.

—Bueno, lo hay, no aquí, pero hay asambleas de barrio con colectivos de autodefensa laboral…

—Ya, ya lo sé, he estado en alguno, por eso te lo estoy diciendo. Porque una cosa no quita la otra. Yo os lo puedo montar dentro del sindicato.

—Sería complicado…

—Pues yo lo veo, Julia se queda, Carlos se queda, con toda vuestra información, coordinando los distintos momentos.

—Sí, pero hay que ir a trabajar cada día, no es como parar un desahucio un día.

—Bueno, pues se hace cada día.

—La idea está bien, solo que hay personas que necesitan el despido para cobrar el paro, y aunque parar un desahucio tiene sus riesgos, por ir a parar uno no te echan de tu casa, pero con los puestos de trabajo en según qué empresas hay represalias…

—Vale, vale, pues se estudian los casos, y además, se puede convocar a personas que no trabajen en esa empresa, sería muy potente, yo os coordinaría para que estuvierais también con colectivos de autodefensa laboral.

—Alguna de nuestra gente sí está. Hay tantos frentes abiertos ahora…

—Mira…

Ahí Camelia espera una diatriba contra los sindicatos, contra su inercia, contra su burocracia y su gremialismo.

Alba continúa:

—Camelia me has dicho que te llamas, ¿no? Qué nombres nos ponen, es que…, preferiría que el mío no significara nada, ni amanecer, ni sol naciente, pero lo tuyo tampoco está mal, una jodida flor, enorme, además.

Camelia ríe sin poder evitarlo, aunque la luz de otra llamada entrante lleva tiempo parpadeando y sabe que tiene que colgar. Intenta despedirse.

—Bueno, Alba…

—Espera, espera, espera, que tienes pintaza de ir a colgarme. A ver, tía, es que yo voy a morirme. Bueno, tú también. —Se ríe—. Pero a mí me quedan diez meses o por ahí, me han dicho. Ahora salgo, casi no se me nota que estoy sentenciada. Creo que me quedarán cuatro o cinco meses de ir por la calle como si tal cosa. Luego ya no podré. Ah, y no tienes que decir nada, me refiero a cosas tipo: cuánto lo siento, mucho ánimo o seguro que se descubre algo.

—Recibido —dice Camelia—, gracias por contármelo, Alba. Mira, tú empieza a montarlo si quieres, y si necesitas algo llamas, mejor pregunta por mí, no vaya a ser…

—«No vaya a ser…», eres bastante divertida, Camelia, por lo menos podían haberte puesto Clavel, o Mandarina. Vale, te iré contando.

—Yo vengo martes y miércoles. Pero si quieres te paso mi correo.

Antes de que Camelia termine la última frase, Alba ya ha colgado.

Hugo calcula que ha estado con Chema casi seis minutos. Sus empresas están metidas en el mismo proyecto y es posible que a partir de ahora se vean en horario laboral una vez a la semana entre mucha gente. Es también posible que queden en algún bar junto con parte del equipo. Hugo está ilusionado y aterrorizado. Después de tantos años, de distintas relaciones, más largas, más cortas, entabladas por medio de aplicaciones o por azar o por constancia, después de lo que vivió con su ex y lo duro que fue y cómo pensó que ya nunca volvería a confiar del todo, que ya nunca se perdería a sí mismo, no entiende cómo puede estar así, temblar y escribir y abrazarse a la almohada como un adolescente.

Mientras los demás se van a comer, Hugo se queda frente a la pantalla, saca el móvil y escribe:

> Podría mandarte un mensaje diciendo
> que estuvo bien
> que me gustó verte
> podría decírtelo como quien llama a un timbre
> a ver qué pasa
> aunque lo más seguro
> es que mi mensaje
> te alejase de mí
> al menos por un tiempo
> al menos hasta que ya no temas
> que me enganche
> como un jersey en una valla
> como un adicto.

Así que no te escribo
y pienso
que puesto que, en efecto,
estuvo bien
y eso parece objetivo o poco discutible
más allá de mi juicio completamente parcial
entonces,
si estuvo bien,
en algún momento tú
también lo habrás pensado
como quien pasa por una calle y
de pronto
levanta los ojos
hacia una ventana
entreabierta.

Después echa a volar la cámara para que se aleje y le muestre poco a poco más pequeño, una punta de alfiler locamente enamorada de otra punta de alfiler que ni siquiera parece haber reparado demasiado en su existencia. Guarda el móvil, sale a buscar a sus colegas, recuerda los días de la epidemia en que no podían comer juntos ni hablarse y tuvieron que trabajar a pesar de todo, y apresura el paso para compartir las cañas y las risas.

Cuando llega al bar, el ambiente es silencioso, muy distinto del de otros días. Ve que falta Estrella. Acaban de llamarla porque su padre ha fallecido, del virus. Como los demás, Hugo entra en barrena recordando los meses con noticias de personas mayores que iban muriendo, y no tan mayores. Siempre había alguien que conocía a alguien a quien se le había muerto un pariente, o una amiga, o que conocía a alguien a quien le habían aplazado una operación, o a quien le costaba más encontrar ayuda. Siempre había alguien que no había podido ir a despedir a sus muertos, ni abrazar a los vivos, ni visitar ni acompañar a personas enfermas, o inestables, deprimidas o exhaustas, para quienes los mensajes virtuales no cumplían la misma función que una mano sobre otra, que la presencia y el brazo que se ofrece como apoyo para andar. Hugo pide su caña y pregunta quién necesita otra ronda:

—¿Un sudo reboot del ánimo? —sugiere con timidez, es el comando para reiniciar la máquina, al usarlo espera estar poniendo una pequeña distancia para que nadie se sienta presionado.

—Sí, bebamos, bebamos, en el club de las fugaces que es la vida —dice Vega, levanta el vaso y tararea un poco de *La traviata* mientras hace un baile ridículo que desata las risas.

Vuelve la conversación, alguien habla de una sopa de quinoa y limón que ha inventado, suena rara pero posible. Vega les cuenta del libro de ciencia ficción que está leyendo. ¿Dónde está la época? Quizá no tanto en las marcas, en las tiendas de tatuajes, en la proliferación de las listas. Quizá, en la respiración de cada persona que la atraviesa o en las hijas e hijos que se parecen más a ella que a quienes les dieron la vida. En una época coinciden algunas generaciones, se hablan, chocan, se aman, se olvidan. Lo que hace años sucediera fue juzgado en atención a lo que sucedió antes, a las tensiones del momento, a las palabras que designaron actos nuevos, valores nuevos. Cuando se trata de vidas humanas, para describir la época tal vez se pueda acudir a la fuerza de fricción que une dos superficies en contacto y procede de sus imperfecciones, medianas o microscópicas. Si esas superficies se mueven una en relación a la otra, la fricción entre ambas convierte el movimiento, también llamado trabajo, en calor.

La conversación en el bar camina por su época, convertida en un campo minado por la pandemia. No es que antes no hubiera minas y bombas de relojería. No es que después, y durante, no hayan surgido formas de respaldarse. Es que las vidas rotas entonces y ahora no encuentran cauce y se están agolpando detrás de las puertas. El cauce más inmediato toma forma de abandono, de rechazo a los principios, de un tratar de vivir como se pueda a costa de quien sea, un echarle la culpa al diferente. ¿Qué sucederá cuando los torrentes desbordados empiecen a confluir?

Después de varios intentos, Jara tiene ganas de tirar la toalla. Se ha jurado no hacerlo. Echa a andar más deprisa. ¿Qué te aflige, qué te aflige? La voz entra por la ventana del lavabo que da a la calle de atrás, y sale por la puerta junto a Jara. ¿Qué te aflige, Jara? Paga su desayuno, se va del bar como una fugitiva. No huye de esa voz, al contrario, huye para escucharla, llega hasta el límite bajo de la ciudad, en el margen derecho del río. Allí no hay barrancos, todo es horizontal y bastante amable, la pintura de colores de los parques infantiles, el material liso y mullido del suelo, el reborde cubierto con maderos para sentarse desde donde se contempla un lago artificial con un pequeño islote en el centro. Hace viento; el lugar, acaso por la hora, está casi vacío. Jara se sube la capucha de esquimal de la parka azul marino. Se sienta con las piernas colgando. La chapuza vital, la justicia y la llamada de lo lejano, susurra la voz, pero no es cierto, Jara levanta la mano y dice: «Mira aquí, esta zona tranquila junto al lago, estos parques infantiles, hay cosas que simplemente están bien. No son perfectas, no están muy bien. Y ¿qué más da? Funcionan, son agradables. ¿Qué hacemos con ellas? Ahora que parece que el mundo se viene abajo; ahora, precisamente porque se viene abajo en trozos cada vez más grandes, tendremos que sujetar las cosas que se han hecho bien. Aunque yo mañana muera y la chapuza vital ya no me deje verlas. Aunque cada día al levantarme siga queriéndome ir más lejos, estas cosas, y otras, hay que sujetarlas».

Jara golpea con los talones el pequeño muro de cemento donde está sentada mirando el agua verde del lago. Su drama es tan pequeño ahí, su microdrama, su abajo el drama. Ha llegado a un pueblo donde nadie la conoce y a donde nadie va a venir a buscarla. Podría ser un sitio más agreste o más idílico, tener cerca un muelle que entre en el mar, un arrecife, o la selva. Podría estar siguiendo ahora el camino que conduce a las montañas. Como si al final, en lo verdaderamente lejano y no en esta distancia moderada que ha elegido, alguien esperase. O algo. Como si su microdrama fuera a disolverse más allá. Sin embargo, está aquí, y piensa que un trabajo tranquilo la ayudaría. Luego se pregunta si podría bastar con aprender a vivir. Si tendría que quitarse de la cabeza ese miedo a no ser si no trabaja. Pero es que quiere trabajar, quiere intervenir aunque sea un poco, quiere amar lo que haga porque vivir es también eso. Lo que no puede ser es que no existan foros creíbles, no sometidos al chantaje de la fuerza, en los que deliberar y tomar decisiones sobre en qué se ha de trabajar y para qué y cuánto tiempo y cómo. ¿Qué clase de broma es esta? ¿Qué clase de mundo es este?

Sospecha que su miedo a no ser si no trabaja no desaparecería si tuviera cincuenta años o dieciséis, si se llamase Pedro o Jaru. Porque mañana cada persona tiene que canjear algunas horas por un poco de comida y un techo y también, también, saber que forma parte del conjunto y aporta su tarea. Otras relaciones sociales están esperando ahora, han de suceder, suceden ya en pequeños entornos como islas que se agrupan dentro de la batalla. Y, para que crezcan, la batalla debe cesar. Jara golpea el murete con los talones. Hemos empezado, piensa, por el final, hacer y luego ver cómo se vende lo que se hace. Durante el primer confinamiento fue como si recordásemos el principio: qué necesitamos, qué nos importa, que debemos y no debemos hacer. Hasta que llegó el día siguiente. La inercia con levísimas correcciones. Y tanta gente solitaria que desde su rincón sigue diciendo «No puedo más», pero nunca a la vez, ¿por qué no logramos decirlo a la vez?

Se pone ahora de pie sobre el muro donde estaba sentada y echa a andar hacia el puente que va a la isleta. Con aire teatral, se lleva la mano al pecho mientras improvisa: «Aquí estoy, sin que mi gente sepa adónde he ido a parar, y quiero gritar por todas las personas que rompen sus deseos para poner los parches que en este sistema no supimos poner. Sí, sí, han oído bien, "sistema", lo he dicho, aunque suene antiguo. Puedo cambiarlo, si lo prefieren, por velocidad. Nos hemos acostumbrado, dijo alguien, a caminar con prisa entre los riesgos que hemos creado. Solo un tropiezo nos sacude de nuestro letargo y nos obliga a mirar un momento al precipicio. Luego, volvemos a las andadas. Aquí, observen, apenas hay medio metro de desnivel a la izquierda; a la derecha un poco más, pero ustedes saben de qué precipicios hablo, de qué catástrofes agolpadas mientras se espera que la vida simplemente siga: cada persona con su carga, unas grandes, otras livianas».

Jara llega al punto donde la repisa conecta con el puente, baja y se acerca a la barandilla. Se queda allí, acodada frente al lago. Piensa que mientras ella salía huyendo del bar, en ese mismo instante, en algún sitio, alguien habría quemado las lentejas, y al darse cuenta habría acudido veloz para apagar el fuego. Y que ahora mismo una pareja de adolescentes estaría cortando su relación. Casi nunca, o quizá nunca, piensa, se conocen todas las causas de las cosas: la superstición nace como un mecanismo de defensa errado, tal vez reconfortante a corto plazo. Sonríe cuando recuerda a Lena subirse por las paredes porque no puede comprender que alguien establezca una relación entre un gato que cruza y un suceso de su vida, o entre tocar madera y que algo no pase. Las personas supersticiosas confunden a menudo causalidad con coincidencia, pero las no supersticiosas las confunden también, aunque en menor medida. ¿Es posible calcular las trayectorias de un sistema caótico?, se preguntan algunos de los libros que ha leído. Jara cree que la pregunta no sirve para la vida humana diaria, el médico que trata una hepatitis debe establecer el punto donde unas cosas no causan otras, tiene que desprenderse de la idea de que una luciérnaga china o un jubilado que paseó en bicicleta un domingo por la tarde pueda haber intervenido en las causas. Para vivir hay que establecer niveles en cada actuación, momentos en los que se rompe la relación entre todas las cosas y la persona actúa de acuerdo con las causas inmediatas que atañen a lo que está pasando aquí y ahora. Aunque no es tan fácil; por ejemplo, el estado en que se encuentra la investigación y la producción de medicamentos para esa hepatitis obedece a miles de pequeñas causas que habrían podido ser modificadas. De acuerdo, no siempre hay manera de calcular las trayectorias, pero ¿no sería posible, al menos, calmarlas? La pandemia ha ralentizado el mundo, aunque sin alterar su orden, de tal modo que quienes más han perdido son los que menos tenían. Los buenos gestos quedarán guardados no como lágrimas en la lluvia sino como tablas de la ley y del sentido, pero ¿dónde, más allá de en algunas islas de la razón? Y ya que no cabe borrar los otros gestos, los errados, los abyectos, ¿habrá manera de impedir que vuelvan a suceder?

Una mujer se acerca a Jara.

—Hola —dice—. ¿Te importa que te hable?

—No, no —dice Jara negando a la vez con la cabeza mientras piensa que sí, que le da miedo, que está nerviosa, y que agradece, sin embargo, infinitamente el contacto del hombro y el codo de la mujer que, tras pedir permiso, acaba de colocarse junto a ella.

—Es que vengo todos los días aquí, sobre esta hora, y nunca te había visto.

—Sí, nunca había venido antes.

—Ya. Pues bienvenida.

La mujer lleva un plumas azul celeste. Es alta, un poco más que Jara, y grande, no solo por el plumas. Tiene una melena rubia que le llega más allá de los hombros y una cara que inspira tranquilidad, a pesar de que ha hablado con voz nerviosa.

—Gracias…

El viento ha desplazado una nube y ahora el sol ilumina el agua.

–Últimamente, con el frío, cuando vengo nunca hay nadie. Y es que estoy en horas bajas.

–Vaya, lo siento.

–No, bueno, ya estoy mejor. Es que…, es ley de vida, lo sé. Pero la epidemia lo aceleró, fue en la última ola y no estaba preparada. Mi padre había muerto hacía dos años. Mi madre era más joven. Mi hermano vive en Zaragoza. Yo trabajo desde casa. Casi todas las mañanas iba a ver a mi madre y dábamos un paseo. Nos parábamos aquí un rato. El covid se la llevó en diez días, hace poco más de un mes.

La mujer se separa un momento de la barandilla aunque sin soltarla, solo estira los brazos y da un paso atrás.

–Por la mañana, cuando llega la hora en que iba a verla, de pronto me encuentro aquí casi sin pensar.

La mujer vuelve a acodarse en la barandilla.

–Perdona –dice–, me llamo Mariana.

–Yo Jara.

Jara piensa, casi reza: «Que no me pregunte, por favor, que no me pregunte». Mariana no pregunta. Pasan dos o tres minutos. Jara está a gusto pero le pueden la impaciencia y el temor a que algo se estropee. Por fin dice:

–Me tengo que ir ya. Hasta luego…

–Adiós, Jara. Siento si he hablado un poco de más.

–No, no pasa nada –dice sorprendida.

Hacía mucho que no se veía en la situación de ser ella la menos azorada.

Por la noche, en casa, cuando ya Ramiro y Camelia duermen, Hugo propone a Lena salir a dar una vuelta.

—Por mí bien, yo mañana entro tarde. ¿Tú no madrugas?

—Sí, pero mañana es viernes.

Deciden ir al Tora Tora, ni siquiera lo deciden, lo dan por hecho, está como a veinte minutos andando pero les hace bien el aire de la calle. Hugo tiene ganas de hablarle de Chema, aunque se dice que no lo va a hacer. Es supersticioso, le parece que, si ahora lo menciona, la remotísima posibilidad de que pase algo entre los dos desaparecerá. Lena no quiere hablar de Óliver, quiere hablar de Jara pero se contiene, le preocupa machacar con su insistencia, sobre todo porque ni siquiera se le ha ocurrido cómo buscarla. De modo que caminan en silencio, se cogen de la mano y se miran; no son los únicos que temen otra cuarentena y que vuelva a estar prohibido andar a menos de medio metro de distancia, tocándose.

En el Tora Tora hay poca gente, la justa para poder hablar y a la vez sentirse acompañados. Josune, la dueña, les saluda contenta.

—Tiempo que no veníais, ¿eh?

—Ya —dice Lena.

Supone que enseguida Josune les va a preguntar por Jara, pues se lleva muy bien con ella. Sin embargo, Josune no pregunta. Les sirve dos vinos y se pone a sacar vasos y copas del lavavajillas.

Encuentran una mesa en el fondo del local, cerca del futbolín. De momento no hay nadie jugando y está tranquilo. Lena y Hugo se miran y van directos al futbolín.

—¡Pasarás por debajo! —grita Lena.

—¡No, nunca!

Lena juega y se mueve con la música, parece que hace el ganso pero está muy concentrada y golpea con toda su fuerza. Hugo se defiende bien, y ataca con rapidez, la provoca con palabras, los dos gritan y se ríen, van subiendo la potencia del juego y el número de partidas. Al golpear, una bola sale fuera y se ponen a buscarla entre las mesas. Cuando la encuentran, Hugo le pide que interrumpan el juego.

—Pensarás que te pido clemencia, pero te recuerdo que estoy solo a un punto. Estoy agotado, lo confieso. Pero también es para que tengamos que volver pronto, necesitaba algo así.

Se sientan, felices de ese cansancio momentáneo y distinto. Hugo, sin pensarlo un segundo, dice:

—Me he enamorado, Lena, como un perrillo.

—¡Cuenta! ¿De quién? ¿Le conozco?

—No…, no sé si le habrás visto alguna vez con gente de mi curro, creo que no.

—¿Y cuándo fue? Detalles, detalles.

—No, no, a ver. Yo me he enamorado. Él no tiene ni idea.

—Bueno, da igual. —Lena pone un momento su mano sobre la de Hugo—. O sea, no da igual, pero cuéntame cómo ha sido.

—Pues es que no lo sé. Un día se me pasó por la cabeza. Al día siguiente le vi y, mira que soy flaco, pero me pareció que adelgazaba veinte kilos en un segundo, casi no podía tenerme en pie. ¿Flechazo? Sí, vale, sí, pero no solo. A lo mejor es que ha pasado un tiempo y he vuelto a creer que puedo enamorarme así.

—¿Y él?

—Él nada, como si tal cosa. No sé, calculo que podría tener ¿un veinte por ciento de probabilidades de que se le haya pasado algo por la cabeza? No, vamos a ver, siendo realistas, un once por ciento. Le he pillado alguna vez mirándome.

—A lo mejor está como tú, ¿no? Pensando que… no sé…

—No, no, Lena, gracias por los ánimos. Soy tímido, no un espíritu del aire. Alguna señal, leve, vale, pero señal al fin y al cabo, sí que le he lanzado.

—¿Y nada de nada?

—La cosa es que yo he mandado una señal… y… no puedo afirmar al cien por cien que él la haya recibido.

Lena se ríe.

—Eh, eh, no te pases.

—Al menos no ha reaccionado en contra, distanciándose más, dejando claro que de ninguna manera.

—No, eso no.

—¿Tiene alguna aplicación donde puedas…?

—No lo sé. No quiero mirarlo.

Lena remeda el gesto del emoticono que muestra las palmas como si dijera: «¿Y qué hacemos?».

—Ya, sí, es que no quiero. Mira, si me juras no preguntar ni pedir nada, te digo una cosa.

—A ver.

—Jura.

—Juro no preguntar ni pedir nada.

—Estoy escribiendo. Hace años que no escribía. Estoy escribiendo… chorradas, poemillas medio en prosa; más bien trozos que poemillas, gilipolleces. Y me da una especie de aplomo. Vamos, que esta vez quiero ir a paso de tortuga. Total, ya me había acostumbrado a estar a mi aire. No tengo nada que perder.

—Salvo la cordura.

—Exactamente —dice Hugo, y levanta la copa para chocarla contra la de Lena.

De repente los dos notan algo, como una asociación aún no del todo pensada pero que está ahí. Lena dice:

—Espero que anules mi juramento a cambio de no tener que pasar por debajo del futbolín cuando te gane. Y ya que tú me has contado yo…, yo quería que hablásemos de Jara. Es que seguimos sin pistas y van pasando los días.

Hugo mira hacia el mostrador.

—¿No te ha extrañado que Josune no nos haya preguntado por ella?

—¡Sí! Muchísimo. Pero he pensado que eran fantasías mías.

—¿Vamos?

—Venga.

—¿Josune? —llama Hugo ya en la barra.

—¿Otra ronda?

—No…, no. Es por Jara.

—¿Sí?

Josune tiene un trapo en la mano, está secando un plato, se acerca sin dejar de hacerlo, luego se para y pregunta:

—¿Le ha pasado algo?

El tiempo se detiene a la vez que las manos de Josune; es un artificio, el tiempo no se detiene aunque en las tensas esperanzas parezca ralentizarse. Pero una historia es tiempo dentro del tiempo, y en el bar de Josune el tiempo se detiene porque una frase ha venido a la cabeza de Lena desde los años en que hablaba con su abuela de religión: «Hasta los cabellos de la cabeza están todos contados». Aquella idea le importó desde el principio mucho más que los milagros y la vida eterna. De los milagros le enojaba su arbitrariedad y su escasez. La vida eterna nunca le convenció. Pero esa frase de los cabellos volvía una y otra vez. Ella no usaba, como su abuela, la palabra «cabello»: «Hasta los pelos de la cabeza están todos contados» le gustaba igual, incluso más. Tras la muerte de su abuela, los años pasaron a toda velocidad, la red ocupó el mundo y la posibilidad de que todo fuera visto desde algún monitor, grabado, contado, clasificado, ya no sorprendía. Sin embargo, la diferencia con la frase era que en esta no había nadie al otro lado. A veces, cuando por ejemplo tecleaba mal una contraseña, Lena pensaba de modo ilógico y fantástico que alguien estaría dándose cuenta. En alguna enorme sala alguien estaría comentando con otra persona o diciendo para sus adentros: «No revises nada, no es un hackeo, es esta Lena que se niega a que el navegador guarde su contraseña y la teclea casi siempre apresurada o pensando en otra cosa».

Si no fuera un abuso de poder con finalidades represivas o de lucro, la vigilancia tendría algo emocionante, significaría que alguien sigue tus pasos, cuenta los pelos de tu cabeza, te protege. Estos pensamientos se encabalgan en la cabeza de Lena porque oír hablar a Hugo de su enamoramiento le ha traído de vuelta a Óliver. Y se está preguntando si la intensidad del enamoramiento remite también a la idea de un sitio donde, de manera no del todo imaginaria, se existe fuera del cuerpo porque alguien pone atención en nuestra vida y «la alumbra de lejos para evitar que caiga». Es entonces cuando Lena mira a Josune y a Hugo, se ve a sí misma y no tiene que convencerse, sino que siente con nitidez que el enamoramiento no es el único medio, y que en ese instante Jara existe con tanta fuerza para los tres que tiene que estar viva, en algún sitio, y notar una luz ligera alumbrando sus pasos en la noche.

—No le ha pasado nada —dice Lena—. No que sepamos. ¿Tú has tenido noticias?

—Qué va. Me dijo que se marchaba. Le pregunté si mucho tiempo y dijo: «Una temporada». Yo no soy de las que insisten si alguien no quiere decir más.

—¿Y mencionó el sitio adonde iba?

Josune deja el plato y el trapo sobre la parte interior del mostrador. Parece desconcertada. Luego les pone dos tercios que no han pedido.

—A estos os invito. Tengo que revisar cosas en la cocina, volved a vuestra mesa, después hablamos.

Lena y Hugo obedecen. Sabe algo, dicen, sabe algo, repiten, y luego se quedan callados y no dejan de mirar al mostrador.

Hugo y Lena madrugan para levantarse antes que Ramiro y Camelia y poder verles. Preparan el desayuno; de fondo, el ruido de la ducha en el baño grande. Están inquietos, terminan antes de que lleguen. Cuando aparecen, se levantan los dos a la vez.

—Buenos días, tenemos datos —dice Hugo.

—De Jara —termina Lena.

Les cuentan que Josune al principio no sabía si decírselo, pero que al final la convencieron, o más bien se convenció ella sola. Después de un rato se acercó a su mesa y les dijo que Jara había estado hablando por teléfono y había mencionado el Regional Express. Antes de marcharse, Jara se acercó a Josune y le dio un beso. Josune preguntó: «Pero ¿te vas muy lejos?». Jara primero dijo «Al noreste», con aire misterioso. Luego se rio y dijo que no se iba lejos, «a unas tres horas en un tren viejito». Después, ya desde la puerta, hizo el gesto de ponerse el dedo índice delante de la boca pidiendo silencio. Por eso Josune no quería decirles nada.

—Y entonces ¿por qué os lo dijo? —pregunta Camelia.

—Esperó al final —dijo Hugo—, ya nos íbamos. Nos dijo que llevaba todo el tiempo preguntándose de qué iba a arrepentirse más. Había esperado que Jara la llamara algún día, y como no tenía noticias y estaba preocupada, pensó que si a Jara le pasaba algo se arrepentiría mucho más de no habernos dicho nada que si la encontrábamos y Jara se enfadaba con nosotros y con ella.

Se van sirviendo café; hay mermelada y aceite y pan tostado. La leche está caliente.

Ramiro y Camelia se miran entre sí. Por fin habla Ramiro.

—Es… una buena noticia, pero seguimos sin saber dónde está.

—Nos estamos acercando —dice Hugo—. Resulta que apenas quedan trenes Regional Express. Y creemos que solo hay uno en esa dirección.

—Con un trayecto de tres horas o más, solo está el Regional Express Madrid-Zaragoza —dice Lena—. El caso es que nos salen estas paradas posibles: Sigüenza, aunque está demasiado cerca, Torralba, muy pequeño y cerca, Medinaceli, cerca todavía, Arcos del Jalón, ya más o menos a esa distancia, igual que Ariza y Calatayud, el más grande.

—Vale —continúa Hugo—, tenemos un problema, sí: Josune no oyó toda la conversación. A lo mejor Jara dijo Regional Express y luego siguió preguntando y reservó otro tren. De todas formas, habíamos pensado intentarlo. En los pueblos pequeños todo el mundo sabrá si ha llegado alguien nuevo. Incluso en los medianos, podría ser. Y si no es ninguno de esos solo nos quedaría Calatayud.

—Yo me apunto —dice Camelia—. Ahora tengo que irme. De todas formas, ¿lo hablamos más esta noche? Porque, mi duda es: si todo saliera bien, si de repente la encontramos, ¿tenemos derecho?, ¿pintamos algo allí, donde sea que esté?

—Yo también me marcho —dice Ramiro—. Beatriz me ha pedido que me quede por la tarde con Tristán, vamos a ver juntos una peli. Estoy deseando que conozca a Raquel, Cami. ¿Os va bien sobre las nueve?

Van ajustando la hora, Hugo ha quedado pero volverá rápido, Lena buscará a alguien que le cubra. Camelia espera llegar a tiempo. Hablarán con Renata a ver si puede.

Camelia y Ramiro van juntos hasta el primer transbordo de metro. Por el camino, Ramiro dice:

—¿Sabes por qué me gustan las novelas de espías? No es por el disimulo, la tensión, por el hecho de que el espía deba fingir ser algo y en realidad sea otra cosa. Antes creía que era eso lo que me enganchaba.

—Pero ¿sigue habiendo novelas de espías, o te refieres a las series?

—Bueno, también las series, pero sobre todo pensaba en las novelas. En realidad no leo tantas, siempre vuelvo a las mismas.

—Y decías...

—Que con la desaparición de Jara le he estado dando vueltas a eso, a por qué me gustan. Creo que es por lo que llaman «el gran juego». No es por lo de «juego», sino por lo de «gran». No creas que son novelas esperanzadoras, qué va, muchas veces te cuentan que debido a toda la estructura de intereses creados se ha perdido el sentido, y hay agentes que en vez de luchar por lo que creen terminan supeditados a burdos pactos internos entre servicios de espionaje. Pero aun con eso, tú lees el libro desde la perspectiva del espía que está luchando por algo «grande»; aunque no siempre le dejen, lo está intentando. Está metido en el centro de las cosas, no en una esquinilla irrelevante. Forma parte de ese Gran Juego, algo mucho mayor que él mismo y que cualquiera de nosotros.

—¿No decías que al final ese Gran Juego está corrompido?

—Sí, es verdad. Bueno, no siempre ni por completo. A veces. Lo que pasa es que los agentes, al menos algunos, creen y algo hacen.

—Tú y yo también creemos, y algo hacemos.

—Lo sé, lo sé. Pero el Gran Juego está tan lejos... Me refiero a esa sensación de que puedes mover algo más que un fleco. Imagina estar trabajando sabiendo que si fotografías unos documentos lograrás evitar, no sé, una guerra en el Zaire. O más simple, Camelia, imagina poder vengarte, no la destrucción por la destrucción, imagina golpear de verdad, impedir de verdad el daño de la ambición de mierda, de los ambiciosos, irracionales y estúpidos de mierda.

—No te acabo de entender, Ramiro. A lo mejor encuentras esos documentos y quienes están al cargo solo crean más caos con ellos. Evitar el despido de una persona es nítido, y es fundamental.

—Ya, lo sé. Para una parte de mí, quiero creer que la más importante, también lo es. Pero la otra parte, Camelia, se desespera. Porque solo arañamos la superficie. Supón que te dicen que con una de tus acciones vas a conseguir mejorar las condiciones de todas las personas en situación difícil, las mal remuneradas, las que cuidan, las paradas, todas. No solo eso, además vas a conseguir evitar que esas condiciones vuelvan a repetirse una y otra vez de maneras diferentes.

—Pues te reirás, pero es lo que imagino. Para mí todo es el Gran Juego, como dirían tus novelas. Sé que cada acción se suma a otra, y sé que cualquier decaimiento puede hacer que todo se retrase. No es que lo crea, lo sé, lo he visto. No pienso pararme a echar culpas a los que decaen…, hablo de decaer, ¿eh?, que es distinto de cambiarse de bando…, porque para cada persona el esfuerzo de seguir es diferente. Pero formamos parte de algo grande, Ramiro, aunque todo sea lento e incompleto.

Ya han llegado a la boca del metro. Siguen hablando mientras bajan las escaleras. Ramiro dice:

—Sí, eso lo pienso. Luego, por dentro… Por dentro me quema que las cartas también estén mal repartidas. He visto a sindicalistas luchar toda su vida, nadie sabe su nombre, y no es eso, es que al final el recuento de sus victorias no emociona a nadie, ni el de sus derrotas. O bueno, emociona durante cinco minutos. Porque son pequeñas.

—Claro que están mal repartidas. En esto y en todo. Tú y yo podríamos vivir mil veces peor. Somos afortunados, nos han tocado cartas buenas aunque a ratos no lo parezca. Las hay mejores, sí, hay batallas más épicas; y cuando me pongo una serie prefiero ver a una agente de la CIA rubia y con pinta de danesa en Afganistán. Y qué, también sé que ni el tal

Saul ni Carrie Mathison ni ningún otro agente va a hacer nada por las empleadas de la sección de deportes de El Corte Inglés.

Camelia se desvía por un pasillo más vacío porque hay demasiada gente y es casi imposible hablar.

—Todo lo que dices es superlógico, Camelia, en general es como lo veo. Pero hay ratos en que me pongo estúpido y me pregunto qué pasaría si Jara fuera agente de una organización mejor que la CIA, si encontrarla sirviera para, aun con riesgo de nuestras vidas, acabar con el *apartheid*, como en una novela. O para —ironiza con la voz— «asestar un golpe definitivo al *apartheid* entre ricos y explotados en la lucha de clases», y pon el ejemplo que quieras, ecología, machismo, lo que quieras. Vivir sería más fácil si el sentido de la vida se jugara en unas pocas decisiones arriesgadas, dramáticas, y no en quinientas decisiones menores cada semana.

—Sí —dice Camelia—, mucho más fácil. Aunque no me gustaría que el personal sanitario auxiliar y médico, todas las personas que durante la pandemia tenían que decidir cada mañana cómo saludar y tratar a las demás, se hubieran quedado bloqueadas por ese deseo. Y no solo entonces, también están decidiendo ahora mismo.

Llegan al punto donde las líneas de metro se bifurcan, Camelia hace un amago de despedida pero Ramiro le coge la mano:

—Espera un segundo, por favor. ¿Cuántas veces hemos dicho que, si la organización sindical y la colectiva hubieran sido más fuertes, si hubiéramos logrado detener recortes y privatizaciones, la pandemia habría sido, seguiría siendo, menos dura? Hemos luchado, vamos a seguir haciéndolo, no dudes de mí, Camila.

—No dudo de ti, dudo de mí. Yo también caigo en quimeras así, no iguales pero parecidas. Y cuando te oigo decirlas me desconcierta porque no sé cómo se nos han metido dentro, ¿por qué no nos basta con lo que hacemos?, ¿por qué la cabeza se nos llena de espías, de playas con palmeras, de secuestros y fugas? Sin imaginación sería peor, supongo: si solo existiera el presente, ¿con qué íbamos a compararlo? Pero bueno, la imaginación tendría que ser un poco menos desconsiderada, ¿no? Darnos un respiro alguna vez.

Camelia se encoge de hombros, sonríe. Ramiro la abraza.

—Menos mal que existes. Nos vemos luego.

Jara se ha metido en un locutorio para buscar trabajo en Calatayud. Teclea las palabras que ha tecleado tantas veces en Madrid. Recuerda que quienes no tienen nada inquietante en su carácter, ningún desequilibrio ligero a ratos, tampoco encuentran trabajo, simplemente porque no hay trabajo para todas las personas. Y más ahora con los cientos de miles que han desembarcado después de la epidemia. Esta vez no vienen en barcos, vienen de negocios cerrados, de despidos, de pérdidas o de considerar pérdida lo que solo es disminución en la ganancia. Aparta la desoladora idea de una forma de vivir donde encontrar trabajo es siempre en realidad quitarle el trabajo a otra persona, ese premonitorio y aún por derrocar juego de las sillas de la infancia.

Pese a todo, porque es lo que ha venido a hacer, no solo al locutorio, también a la ciudad, aprieta la tecla y aparecen los resultados:

Oficial 1.ª maquinista de Batidora y Perfiladora, con tres años de experiencia. No los tiene.

Operario de laboratorio y producción en cervezas Ambar. Se demora en esa: piden estar familiarizado con depósitos, bombas, valvulería. Podría estudiarlo, aprender a manejarlo sola. Sigue leyendo: disponibilidad para turnos rotativos (mañana de 10.00 a 18.00 y noches de 22.00 a 06.00) y experiencia de dos años. Pasa al siguiente.

Gi Group Spain ETT selecciona Carretillero / Carretillera para importante empresa de la zona. Imprescindible poseer carnet vigente de manejo de carretillas frontal y retráctil, y experiencia previa en el puesto. Disponibilidad total e inmediata. Salario no disponible. Hay 110 inscritos. Se plantea la posibilidad de sacarse ese carnet por si aparece otra oferta. Busca un curso subvencionado para personas desempleadas. No lo encuentra.

Expendedor/a Comarca de Calatayud, piden carnet tipo C, para camiones; no lo tiene.

Agente/vendedor/a de productos de juego online. No quiere; puede aguantar aún sin llegar ahí.

Operario/a Producción Calatayud, experiencia en el sector de la minería. No tiene.

Técnico/a de mantenimiento júnior. Ya no es júnior.

Podador: experiencia mínima seis meses en la poda de frutales.

Gruista. Dos años de experiencia.

Envasador/a de fruta: seis meses de experiencia.

Jara piensa en los libros que hablan de la desaparición de la clase obrera y en que todos esos trabajos no parecen haber desaparecido. Sigue buscando, encuentra una oferta que tal vez…: «Seleccionamos profesor de robótica para niños en Calatayud. Se requiere experiencia y habilidad en informática, programación y tecnología. Se valorarán conocimientos y experiencia en esta área». Tendría que estudiar un montón, ponerse al día, practicar en casa. Pero quién sabe. Empieza a rellenar algunos datos y entonces ve que es una oferta antigua, ya está cerrada.

Administrativo (sin a) para Departamento de Logística. Mira esta oferta más despacio: Incorporación inmediata. Tareas principales: planificación, ejecución y control de todas las operaciones de la cadena de suministro. Evitar roturas de stock. Organizar y coordinar los medios de transporte. Imprescindible experiencia mínima en el puesto de un año. Ciento noventa inscritos.

Las ofertas empiezan a repetirse. Cierra la sesión, se levanta. Todavía puede aguantar. Hará también búsquedas analógicas. Le gustaría tener un trabajo a jornada completa, pero puede arreglárselas con uno a media jornada, o incluso menos.

Jara sale a la calle; la rodea un frío limpio y seco. Se pone la capucha y se dirige al parque junto al lago. Mira la hora, es un poco tarde ya para encontrarse con Mariana. Mejor, se dice. No pudo evitar comprometerse a volver pero aclaró que no era seguro.

Ahora lo que ve es la melena rubia de Mariana. No está asomada al puente. Está en la zona de los juegos de niños, sentada en la parte baja del tobogán. Jara piensa en retroceder, no se le ocurrirá qué decir, no sabe consolar, todas sus ideas sobre lo difícil que es imprimir un sentido a una cadena de causas y consecuencias que se escapa de nuestra esfera de actuación inmediata desaparecen ante esa melena rubia, los hombros anchos, el plumas azul celeste. Las personas que se dedican a la ciencia viven en un mundo «donde la única certidumbre es provisional. Su universo es un cementerio de ideas equivocadas y teorías rebasadas, y hasta la teoría que han adoptado está presente de manera provisional, esperando a ser reemplazada por una mejor». Memorizó esas palabras cuando estudiaba, también memorizó otras, son asideros, los repite siempre que pasa algo malo. Pero ¿cómo se las va a decir a esa mujer? Jara apenas sabe ser mundana, en el mejor sentido de la expresión, y es muy consciente de esa carencia. ¿Debería preguntarle cómo era su madre? ¿Debería proponer a Mariana ir a tomar un café? Ni idea. Solo se le ocurre hablarle de la precisión, de lo borroso, de lo difícil que es encontrar el término medio, de que la vida pasa muy deprisa y a la vez muy lentamente, de que le gustaría conformarse con las pequeñas emociones pero no puede, no sabe, no es capaz de construir una aduana para ordenar el paso de lo que la aturde, esa desorganización, esa tristeza, los agujeros del sufrimiento que se pueden reabrir y no siempre por azar. Le gustaría explicarle que cuando se le hace un nudo en la cabeza no es porque esté sintiéndose Juana de Arco, sino porque tropieza en cada acto menor, como no poder invitar a una caña, no creer en el consuelo y no saber decir las palabras. No está dispuesta a aceptar un paro inaceptable y puede que eso acarree mayores inconvenientes y caos en su entorno de los que ocasionaría su conformismo. Pero aunque nadie pueda decir si en verdad somos libres para querer lo que queremos, hay una libertad a la que Jara no renuncia, no la de lo hipotético, lo que hubiera podido pasar, sino la del qué haré ahora y el hasta qué punto puedo tratar de empujar los límites injustos que me imponen los más fuertes. Cavilaciones, en fin, nada adecuadas para una conversación matinal con alguien a quien acaba de conocer y además Mariana está sufriendo por un hecho concreto, afilado, irreversible. Jara no sabe dónde meterse. Anda cada vez más despacio. Cuando está a unos diez metros de distancia, Mariana se levanta y se vuelve hacia ella.

—No tengo ojos en la espalda —dice y sonríe—, te he visto reflejada en la pantalla negra del teléfono.

Jara apresura el paso. Se detiene delante de Mariana, duda entre darle dos besos o no hacer nada.

Mariana dice:

—¿Vamos hacia al puente? —Luego, cuando ya ha echado a andar—: Venías muy despacio, te asusto un poco, ¿verdad? El dolor asusta. Siento haberte abordado ayer como lo hice, ya empiezo a remontar. Y perdóname por estar hablando todo el rato de mí. Ni te he preguntado cómo estás tú. Al principio, sobre todo, el dolor no deja ver. Anoche me despertó esta idea de golpe: a lo mejor a ti te había pasado algo terrible y yo ni siquiera te había preguntado.

Jara la mira con expresión perpleja.

—Gracias. No, no me ha pasado nada terrible. En realidad, estoy bastante acostumbrada a ser yo la que asusta a la gente.

—¿Y eso?

—Nada, mucha torpeza.

—La torpe fui yo, hablando solo de mí.

—No, no, es lógico. A lo mío ya estoy acostumbrada, no tiene nada que ver con perder a alguien.

Antes de llegar al puente, pasan junto a unos bancos de madera. En el segundo, Mariana propone que se sienten.

—Si quieres, si tienes tiempo, si no te importa.

—No. O sea, sí. Quería decir que no me importa.

—Cuando murió mi madre, ya sabes, no hubo espacio para llorar a nadie. Siento vergüenza de no poder con esta tristeza cuando ha habido tantas personas golpeadas. Te ha caído todo a ti porque no te conocía. Dices que no perdiste a nadie, pero pueden haberte pasado tantas otras cosas.

Jara no contesta. No quiere decir que está en paro. En esa expresión el «estar» se confunde enseguida con el «ser». Y además, ahí, ahora, no tiene por qué darse a conocer como una parada. Dice:

—No te preocupes.

—Oye, no llevas mucho tiempo aquí, ¿verdad? —pregunta Mariana.

—Solo unos días.

—¿No tendrás un boli?

—Un portaminas.

Jara lo saca de un bolsillo. Mariana desdobla un pequeño papel, lo rompe y escribe.

—Ten, mi teléfono, no hace falta que me des el tuyo, es solo por si lo necesitas. ¿Te apetece venir a comer a casa? Antonio sale tarde, comeríamos a las tres y pico.

—No, no, muchas gracias, eres superamable. No puedo.

A su espalda se oye el grito de un niño pequeño llamando a su madre. Mariana se encoge como si hubiera recibido un golpe. Jara toca torpemente el brazo de Mariana, y retira la mano a toda velocidad. Mariana sonríe.

—Si otro día quieres, me lo dices. Y, por supuesto, puedes venir acompañada, de hijos, pareja, amigas, gatos, perros, lo que sea.

Jara se levanta. Quiere irse. Vuelve a sentarse.

—Perdón. No sé qué decir. Gracias.

Luego se vuelve a levantar y echa andar muy deprisa, intentando que no parezca que está corriendo.

Llega a su casa, sube las escaleras a toda velocidad; cuando cierra la puerta detrás de sí le falta la respiración pero apenas lo advierte. Una vez recobrado el aliento, lleva el taburete de la cocina hasta la ventana elevada, se sube y así logra acodarse en el alféizar como hacía en Madrid. Tener los codos fuera, los brazos apoyados en el exterior, le sirve para ordenarse un poco. «Quien corre allende los mares muda de cielo, pero no muda de corazón», escribió Cernuda en «El viaje». Jara también se lo sabe de memoria: «mas nunca —sigue Cernuda— sabremos que no mudaríamos de corazón de no correr allende los mares. Lo cual de por sí sería ya razón suficiente para ir de un lugar a otro, manteniendo al menos así, viva y despierta hasta bien tarde, la curiosidad, la juventud del alma». Jara mira, los tejados solo se atisban a lo lejos, casi todo lo tapa el edificio que tiene enfrente. No le importa, alcanza a verlos, sabe que detrás hay tierra, monte y árboles. Se pone de puntillas, saca ahora un poco de cuerpo fuera y logra ver el horizonte. «Irse», pronuncia para nadie. El sonido vuelve a ella; es, piensa, una palabra poco precisa: ¿cuánto de los demás se va contigo?, ¿cuánto de ti se queda en los demás aunque te vayas? Martín de Vargas surca el aire, Jara ve la casa, ve también a su madre, espera que Lena, Hugo, Ramiro y Camelia sepan lo mucho que les quiere. Siente vergüenza por haberse ido de ese modo pero ella, la loca, la desempleada, la recluida, también lleva el horizonte dentro. Forma parte de estar viva. La vida evade los encierros. Encuentra los caminos. A veces con peligro y con dolor. En un arranque de entusiasmo Jara decide aceptar la invitación de Mariana o, al menos, llamarla para charlar un poco. Cierra la ventana y baja del taburete. Confirma que tiene en el abrigo el papel con el teléfono y sale a la calle.

Jara no llega al locutorio. Se detiene a mitad de camino en una plaza junto a una iglesia, se sienta en una repisa de piedra y anticipa la conversación.

–Mariana, soy yo, no puedo ir a comer, pero ¿puedes hablar unos minutos?

Y entonces le preguntará si a veces no tiene la sensación de que su vida ya está escrita, de que solo las cosas malas harán que se desvíe del camino y luego querrá que le trague la tierra por haber hecho esa pregunta a alguien que está de duelo, pero sigue adelante porque es una conversación imaginaria y Mariana no se va a ofender, ni le va a doler la pregunta ni la va a mirar como si no hubiera entendido nada.

Mariana contestará, supone, que la vida es increíble, cuando está con las personas a las que quiere, y comparte con ellas la perplejidad y el buen ánimo y el consuelo por los malos días y las risas encadenadas y una canción que haga avanzar el tiempo sin moverlo. Mariana dirá que a pesar de los pesares agradece poder vivir y actuar, estar aquí.

Jara se quedará callada. Mariana tiene razón y quién es ella para explicarle que a veces todo eso se quiebra y no basta. Además, no hace falta que se lo explique porque Mariana está viviendo la quebradura de la razón quizá con mucha más intensidad que ella misma. La muerte de su madre atraviesa su corazón, quién es Jara para hablar de angustia y de perder el equilibrio.

Sin embargo, Mariana es capaz de expandirse como su plumas azul, de modo que, seguramente, entenderá que cada persona es un mundo, que lo pequeño y lo enorme conviven y a veces tienen la misma forma que se clava aunque la escala sea distinta. Jara no quiere abandonarse ni abandonar a nadie, solo quiere saber cómo se aguanta cuando algo es complicado, cuando no puedes ganarte la vida porque no te dejan, y entonces la pierdes, y no tienes fuerzas para aceptar todo el rato la ayuda de gentes alucinantes que no piden casi nada a cambio y te dan de lo que tienen y no de lo que les sobra, porque no andan boyantes y sus salarios no permiten ahorrar.

Mariana seguramente insistirá en que se vean pero luego dirá que no importa, que el teléfono está bien, y añadirá algo como que sí, que ella también extraña a veces el horizonte, que también necesita a veces mirar lejos, pensar en cosas y personas que no sean las de todos los días: no porque las rechace ni porque no quiera mantenerse leal a ellas, sino porque aguantar no es un verbo sagrado, no siempre hay que aguantar aunque no puede decir cuándo será el momento del sí o del no, pues dependerá de la situación de cada persona y de que haya un sitio donde no aguantar no cree más angustia. A lo mejor le dice todo eso y entonces Jara, cabezota y memoriosa como es, le hablará de un poema de Carmen Martín Gaite, «Ni aguantar ni escapar»: «Ni aguantar ni escapar, / ni el luto ni la fiesta, / ni designio ni azar». Y le dirá que ella no ha sido capaz de cumplirlo, que ha escapado.

«Ni designio ni azar», en cuatro palabras el poema muestra con gentileza su perspicacia extrema. Al oírlo, la voz esboza una sonrisa cordial, agradecida, pues repara en que la poeta no escribió «destino», no escribió «ni destino ni azar», sino «designio». Precioso acierto dado que la vieja oposición entre destino y azar, como entre azar y necesidad, es apenas una cortina de humo para la vida humana. La cornisa cae sobre una alegre paseante, que así muere. No le importa si la caída estuvo sellada desde el comienzo del universo por efectos del destino o si obedeció al movimiento azaroso, y no simplemente aún por comprender, de una partícula del material sólido de la cornisa y ese movimiento, unido a otros, agravó la grieta y provocó la caída. Nada importa ya, en realidad, a la alegre paseante ahora sin vida. Pero, tras la ceremonia del adiós y la tristeza, quienes se quedan sí querrán vérselas con la otra pregunta, la del designio: ¿Hubo designio detrás de la caída? ¿Hubo imprudencia, dejación de funciones en el mantenimiento o una mala práctica en la construcción? ¿Hubo en el propietario un propósito del entendimiento, aceptado luego por la voluntad de, por ejemplo, no gastar dinero en vigilar la pared, o de no preocuparse siquiera por la obligación de gastarlo? ¿Hubo connivencia de la administración, o desgana y falta de atención, que son también designios por egoísmo u holgazanería? ¿O acaso no hubo nada: el sol sobre la pintura y una grieta no previsible, no esperada, no evitable, un golpe, una fatal coincidencia? Observen ahora el sendero a las afueras de un pueblo, piedras, florecillas, una mariposa, la sombra de dos árboles. Observen sus propios pasos. ¡Oh!, si ustedes están en la ciudad dentro de una minúscula habitación con una ventana que da a un patio cerrado, no observen: imaginen hasta ver sus pasos sobre la tierra, qué delicadamente un pie se posa mientras el otro se levanta, los brazos se acompasan y un suave viento recoloca algunas hierbas altas, las hojas en las ramas, sus cabellos.

Mientras caminan con sus piernas, o su mente si es que no tienen a mano un sendero, reciten solo esas cuatro palabras: «ni designio ni azar». ¿No es intrigante el modo en el que un «ni» seguido de otro «ni» presenta la idea? Encuentren acaso una de esas piedras que, a la manera de asientos, aparecen por el campo para que alguien piense. Lo que no es designio, suele decirse, es azar. Lo que no es el propósito de levantar la mano o de abrir una puerta, es el azar de coincidir con un propósito desconocido de otro ser o bien con el barullo de la vida no buscada: el chaparrón en mitad de la calle, el estribillo tarareado por un viandante justo cuando pasábamos cerca y evocábamos a la persona que nos descubrió esa melodía, la iluminación súbita de una idea con extrañas consecuencias. Pero ¿qué es, qué puede ser lo que no es ni una cosa ni otra o bien da en ser la una más la otra? Y suavemente la respuesta asoma: vivir, vivir.

Empieza a resultar un poco incómodo seguir pensando entre florecillas y moscardones, no lejos del arroyo. Dejemos pues a un lado la escenografía. Olviden el lugar donde se encuentran y pongan a toda máquina ese insolente proceso de pensar. Si no hay a mano un papel y un bolígrafo o al menos un teclado, e incluso cuando lo hay, pensar va más allá de la aritmética, no solo se añaden operaciones, silogismos, resultados provisionales, uno debajo del otro hasta llegar a un resultado. Mera ilusión de las que tanto gustan, a la inversa que pero igual que ver bailar en un escenario sin advertir cómo ese ritmo que parece fluir está siendo contado, hay números en la cabeza danzante, hay compases, hay días de ensayo, lo ahora fácil resultaba muy torpe en sus comienzos.

Ah, pensar. ¿Pensar?: «Anda jaleo, jaleo: / ya se acabó el alboroto / y vamos al tiroteo, / y vamos al tiroteo». ¿Qué hace aquí este recuerdo, por qué viene a entrometerse junto con la llamada de la tarea que dentro de diez minutos deberíamos hacer? Por no hablar de la vocecita aguda, inoportuna, amada: «¿Dónde habéis puesto mi...?». O la ligera sensación de frío en los pies, el culo incómodo, un ruido procedente de cualquier parte. Eh, tú, imagen, ¿de dónde has salido?, ¿no eres el puerto con sus contenedores de colores de la película de ayer? Y urgentemente quieres irte a donde sea, dar esquinazo a la reflexión, vagabundear. Pero, aun en su desorden, se obstina el pensamiento, persevera, ¿qué es lo que no es «ni designio ni azar»? Y de nuevo la respuesta: vivir, vivir.

Ocurre en un momento de la biografía, no siempre es pronto, no siempre tarde: ocurre que se deja de creer en los propósitos. Sin nihilismo, sin caer en el absurdo. Levántate, brazo, y el brazo sigue obedeciendo. Sal de la cama, cuerpo, desayuna, métete en el metro, atraviesa el umbral de tu oficina, siéntate, trabaja. Y el cuerpo sale de la cama, desayuna, se desplaza, trabaja. Sin duda el cerebro también es cuerpo. El cuerpo se autoordena; hacer del entendimiento, o de la mente o del cerebro, un personaje no es más que un modo de hablar. Se producen propósitos y glóbulos rojos. Ahora bien, si la vida promedio de un glóbulo rojo es de entre cien y ciento veinte días, la del propósito está por determinarse. Nadie, en todo caso, duda de que los propósitos existen incluso cuando se deja de creer en ellos. No es su existencia lo que se pone en cuestión sino, vale decir, su puntería. Qué poco aciertan a menudo los propósitos. El grado de desacierto parece estar ligado a su tamaño tanto como a su duración. Entre lo que quisimos hacer y lo que finalmente hicimos, qué barrancos, qué averías, qué tremenda distancia, qué insensateces.

Menudo revuelo: la voz escucha disentir a quienes se aplican, a quienes perseveran. No se ofendan, la voz comprende. En general ustedes se comportan, según la expresión, «como hormiguitas» por avaricia. Lo hacen en defensa propia. Se han mirado las manos ante el espejo y saben que para abrirse camino lo mejor que poseen es el esfuerzo y la fe. Ah, pero evitemos resonancias religiosas, diremos confianza. Paso a paso y propósito a propósito procuran gobernar sus vidas. Cuando llega el exceso de azar tratan de compensarlo con un exceso de designio o, lo que es lo mismo, con más esfuerzo y más confianza. A veces, al mirar al pasado, no pueden evitar un sentimiento de orgullo, uno modesto, sin prepotencia: la frágil sensación de haber logrado poner de acuerdo sus acciones con sus propósitos y con sus no-acciones, es decir, con todo eso a lo que renunciaron para mantener el esfuerzo de hacer las cosas bien. Incluso han conseguido ser a menudo personas lindas, tan lindas como para no olvidar casi nunca a quienes se esforzaron lo mismo y confiaron pero, ay, el resultado fue peor. No echan a nadie en cara lo que no hizo, no presumen de lo que ustedes sí hicieron. Simplemente, por experiencia, porque a ustedes en su caso particular les dio resultado, siguen creyendo en los propósitos, en el esfuerzo y la confianza.

Es verdaderamente agradable observar su semblante cuando fuman o piensan o riegan una planta y perciben a lo lejos el sonido del mar o de una verbena. No, por favor, no se ofendan. Esta descripción tiene bien presente que ustedes, en algún momento de su vida o en varios, incluso en muchos, habrán conocido las fauces generales del horror, y que en su buen hacer no hay jactancia ni desconocimiento. En algún momento chocaron tanto contra el sufrimiento sin culpables como contra la corrupción deliberada, y tuvieron que remediar, si es que se pudo, la decisión injusta, lo que se hizo sin esmero y por ello ocasionó un daño evitable; también tuvieron, tienen aún, que padecer y afrontar la desfachatez, el ventajismo. Lo enfrentan, se solivian, se enfurecen. Aun con todo, terminan volviendo a su ser de personas lindas, el ser ganado mediante la tenacidad. Ante la doble negación «ni designio ni azar», ustedes doblemente afirman: «y designio y azar». En verdad, designio siempre que se pueda, designio incluso para lidiar con el azar. A veces llegan a los setenta, y a los ochenta o más años con esa rectitud nada severa, amable solamente. Son admirables incluso si tuvieron suerte.

Entre quienes se aplican menos, porque no siempre les sale o pueden, o porque perdieron la confianza, el verso vuelve: «ni designio ni azar» parece estar en todos los lugares. Es el mundo del sin propósito, como cuando dicen esto es un despropósito, que viene a ser parecido a decir esto es un disparate, aunque no sea exactamente igual. En ese mundo quien más tiene puede hacer más daño, y quien menos tiene puede hacer menos. Llámese la ley inversa de la filantropía. Muchas personas estiman que se cumple. Que las grandes donaciones son deficitarias con respecto al daño causado. Que la violencia mal encauzada de la persona herida contra la aún más herida, si bien es mucha, no alcanza a la invisible solidaridad diaria. Pero dejamos ahora la estadística como dejamos las valoraciones. En el caos todo gira y se mueve según trayectorias diferentes. ¿Qué hacer con cada propósito que se desvía no siempre por error o abandono? ¿Corrigen el rumbo en el camino los humanos para acercarse más al objetivo o cambian el objetivo, dibujan otra intención o practican el entrelazamiento? A este maremágnum no se le puede llamar solo designio pero tampoco solo azar, sino designio, azar y trabajar con la maraña de causas y vivir.

Lena y Hugo han llegado pronto a casa para la cita de las nueve, pero Ramiro ha llamado diciendo que le han cambiado los planes y les ha pedido llegar más tarde. Que ellos vayan cenando y él se incorporará en cuanto pueda. Lena entra en el cuarto donde Hugo estaba escribiendo y se tumba en la cama.

—Venga, por favor, enséñame un trozo de esos que escribes, aunque sea medio —le dice a Hugo.

—¡Perjura! Ni loco.

—Soy incapaz de cumplir un juramento, y tú lo sabías. Pídeme algo a cambio.

—Ni lo intentes.

—No es morbo. Lo necesito.

—Ya, te conozco, como sabes que soy un buen tipo, cambias la presión por darme pena. Ni hablar.

—Pero lo digo en serio. He quedado con Óliver.

Ahora Hugo se vuelve del todo hacia Lena.

—¡No! Te lo estás inventando, mira que eres rastrera.

Lena se incorpora, se sienta sobre la cama con las piernas cruzadas.

—Es verdad. Lo prometo.

—¿Cuándo?

—Mañana.

—Pero ¿por qué?

—Me escribió.

—¿Y por qué? ¿Le pasa algo?

Lena se ríe.

—¡Cómo eres! ¿No puede ser que lleve todo este tiempo echándome de menos hasta que ya no ha podido soportarlo?

—Por supuesto, no digo que no. En realidad, nunca llegué a enterarme bien de por qué lo dejasteis.

—Es que no hubo algo concreto. No fue por una historia suya ni mía.

—¿Hijos?

—Sí y no. A ver, lo de que nos costara, que hubiera que hacer pruebas, tratamientos. Discutimos por eso, pero más por la tensión que por otra cosa. Al final, la decisión de no seguir explorando tratamientos la tomamos juntos. Pensamos que algún día a lo mejor adoptábamos, o que cuidaríamos sobrinas, hijas de otros. Y después seguimos juntos casi un año, así que no creo que fuera por eso. Óliver tenía una idea de la vida, ya sabes: «Si he de vivir...».

Hugo interrumpe para completar:

—... sin ti, que sea duro y cruento».

Lena ríe mientras niega con la cabeza.

—No, no, ¿de quién es eso?

—Cortázar.

—Lo de Óliver era Bolaño y alrededores: «Si he de vivir que sea sin timón y en el delirio».

—Sí, le pega más. Tú también leías mucho a Bolaño.

—Ya, pero yo tenía a Jara. Yo sabía lo que es vivir sin timón, y eso que Jara lo lleva bien, o llevaba, no sé. —Lena se calla pero luego enseguida sigue—: Bueno, el caso es que dejaron de encendernos las mismas cosas. No me creía sus planes, y él no se creía los míos.

—No entiendo eso de que no te los creías.

—Eran planes como para ir subiendo la apuesta de la intensidad, ¿sabes?, para no ser vulgares, para tocar el éxtasis y arder y tatatá y volver transfigurados. Pero es que no teníamos veinte años ni éramos Rimbaud. Además, Rimbaud ya lo había hecho y había terminado traficando con esclavos, así que las perspectivas no eran precisamente buenas. Y...

—Espera, espera, ejemplos concretos de esos planes.

—Ese era el problema, en concreto se deshacían: alcohol sin

límite, irnos a México para perdernos en una taberna como el Cónsul de *Bajo el volcán*, el sexo como arte, y el arte, el que fuera, escribir, pintar, filmar, como religión, porque al final se trataba de «salvarse», de ser distintos. Mientras tanto, ¿qué pasaba con esta habitación, seguía pagándola, o la alquilabais y luego ya no tendría un sitio adonde volver? Y allí, ¿qué trabajos haríamos? Daba igual porque, supuestamente, habríamos tocado el éxtasis y eso nos justificaría, volveríamos transfigurados, ya nunca podríamos ser mediocres ni llevar vidas mediocres.

—Ahora tus planes, los que él no se creía.

—Yo también tengo mi vena, ya me conoces. Mi «vocación investigadora», el centro social, la ciencia militante, Almería cuando ya no se puede más, y otra vez volver. Óliver decía que era lo mismo, que yo cambiaba arte por revolución y que los dos éramos unos ineptos, incapaces de aceptar que la vida sea lo que es. No te digo que no, aunque lo suyo, para mí, era demasiado individual, incluso como pareja al final acabábamos siendo solo una especie de individuo.

—La bestia de dos espaldas.

—Un rato está bien. Pero a mí me gustan los equipos, si haces las cosas en compañía es más difícil que te creas especial. A ver, que «ciencia militante» suena muy bien y luego solo son reuniones, charlas, intentos que no suelen salir. Bueno, alguna vez alguna cosilla. Y cuando no salen lo sabes. En cambio, el éxtasis que quema y vivir al borde del abismo, todo eso te lo dices tú solo, nadie puede demostrar si es o no una película que te has montado en tu cabeza.

—Pero entonces ¿por qué has vuelto a quedar con él?

—Supongo que echo de menos el tacto, el suyo, y que me intriga ver si hemos cambiado. Que pienso que había una posibilidad, que debajo de tanta literatura estaba el origen de algo que no llegó a desarrollarse. Bonito, ¿eh? O al revés, Hugo, a ver si resulta que no soy tan racional como parezco. ¿Me dejarás leer ahora lo que escribes? Ya lo has visto, es una emergencia.

—¡Qué blando soy, por dios! Vale, tú te lo has buscado, con dos condiciones. Prohibido cualquier amago de diagnóstico: uno, literario y dos, psicológico. Prohibidos porque ya los sé: retroceso súbito, y sin justificación, a mis quince años.

—Venga, venga.

Hugo busca en su móvil y se lo da con uno de los últimos que ha escrito.

—¿Puedo leerlo en voz alta?

—Ni se te ocurra.

Lena se levanta y se lleva la mano al pecho como si se dispusiera a declamar.

—Trae, anda, que lo leo yo. Hay que leerlos con voz normal, si no ya nos morimos. He elegido este porque sales:

Dice una amiga

Hugo mira acusadoramente a Lena, con fingido gesto airado.

que debería atreverme a escribirte
que las débiles señales que me envías
aunque sean débiles
son señales
y que no revelan
una cortés indiferencia
sino a lo mejor indecisión
deseo de que sea yo quien
tome la iniciativa
pues, me dice,
con tanto cuidado es posible
que tú estés tan desorientado
como lo estoy yo
y pienses
que simplemente me caes bien
y nada más.

El hecho es que llevo un par de días
imaginando
que vuelvo a escribirte
y además
te propongo que quedemos
y tú
como si tal cosa,
dices que sí y
ya solo imaginarlo, ¿sabes?,
no ha estado nada mal
aunque no puedo negar que a mi amiga
le faltan datos
y que tu indiferencia resulta incontestable
cuando no se contempla en perspectiva
como hace ella
sino desde tan cerca
como sueño a veces
que estamos
tú y yo.

Lena se ha tumbado en la cama, se ha abrazado a la almohada y mira a Hugo sonriendo.

—Mmmm, me faltan una manta y palomitas. Otro, anda, otro.

—Abusa usted de mi confianza. Aunque, mira, te voy a leer uno, el último, repito, el último, para que te apliques el cuento. Como podrás suponer es ficción, nada de lo que digo ha pasado. Pero si a ti te pasa, no seas tan cobarde como yo aquí:

Lo que falta.
Lo que falta es la historia
haber visto unos cuantos árboles
unas cuantas habitaciones
y cruzarnos la mirada
mientras que nadie sabe

y que los dedos nos sonrían
porque antes nos tocamos
y el callejón y las almohadas.
Lo que falta parece
que seguirá faltando
no habrá encuentro
excepto aquel
en que pude
declarar
lo inesperado
y no lo hice.

Lena se queda pensativa y al poco se incorpora:

—¿Tú hiciste eso? ¿Yo haría eso? Tú y yo no somos así. —Y ante el silencio de Hugo—: O sí, ¿un poco?, ¿un regular? ¿Lo somos? —Hugo mira ostensiblemente al techo—. No, no —sigue Lena—, a lo mejor en otra época. Pero ahora no. Si surge la ocasión…

—Nooo —dice Hugo con ironía—, no somos así.

—Bueno, ya sé que todos somos de todas las maneras, y puede que tú y yo más, que le tengamos un poco más de miedo a la vida que otra gente. Pero hemos ido cambiando, los dos. Hemos ido quitándonos ese miedo de encima.

—De acuerdo.

—¿Así, tan fácil? Qué cabrón, estabas de acuerdo desde el principio.

Hugo asiente.

—Solo querías oírmelo decir.

Lena se levanta y golpea a Hugo con un directo de mentira en el pecho.

Hugo vuelve a asentir y mira la hora en el móvil.

—Tendríamos que ir preparando la cena.

—Uno más, anda. Y no digo nada, solo lo escucho.

—No, en serio, no sé ni cómo has conseguido que te lea estas adolescentadas.

Lena mira la hora y también se incorpora.

—¿Medio?

—Voy a hacer algo peor. Te voy a dar uno de los que tengo escritos a mano. Lo lees después, cuando acabemos, prométemelo, sin trampas.

—Claro que sí, Hugo. Gracias ocho mil veces.

—Puede que sea el más adolescente de todos. Porque habla de creer. Podía ser más adolescente todavía, como dices que era Óliver, con lo de salvarse y la autodestrucción. Aunque, ahora que lo pienso, a lo mejor a eso no tenemos que llamarlo adolescente. A lo mejor los adolescentes son un poco más puros, por lo de que todavía no han terminado de hacerse el yo. Y es luego, en la juventud, cuando nos corroe la ambición que nos han colgado encima y a algunos les da, a mí también me dio, por jugar al tormento y el éxtasis.

—Sabias palabras, pero dame el texto.

—Sí, vale, perdónale la ingenuidad, please —dice y le entrega un papel escrito a mano—. Pertenece al género de las cosas que todavía no han pasado.

—Gracias, Hugo. La ingenuidad no es que la perdone, es que la necesito.

Antes de llamar realmente a Mariana, para tener algo distinto que contarle, Jara echa a andar en busca de otro café o bar donde preguntar si alguien ha oído hablar de algún trabajo. Ensaya una respuesta desenvuelta cuando le pregunten, o ella se adelante y diga un trabajo de... Repasa mentalmente la lista que estuvo mirando, le causa perplejidad haber llegado a considerar la oferta de Administrativo de Departamento de Logística. Porque pedían un año de experiencia, que si no se habría planteado ir ahí y ofrecerse para vigilar que no hubiera roturas en el transporte y que todo el mundo fuera acelerado. Pasó su juventud oyendo hablar a su madre del entrismo, de cómo habían soñado con hacer entrismo en partidos y otras organizaciones y cambiarlos desde dentro. Pero nadie le habló nunca de hacer entrismo en los trabajos y cambiarlos desde dentro. Le gustaría llamar a Camelia y preguntarle. El trabajo sindical es, al menos en principio, antagónico, tirar desde el otro lado de la cuerda. El entrismo sería más parecido a hacer que mute el entorno con lentitud, aunque tampoco demasiada. Así que tal vez en los lugares donde hay un marco previo aceptado, en el trabajo del funcionariado o en el de las pequeñas empresas con buena voluntad, tal vez ahí sea posible hacer entrismo para mal o para bien, meter buen o mal rollo en un centro de salud o en una cooperativa. En cambio, en la gran cadena de distribución donde trabaja Ramiro hay que ir de frente, y también en ese Departamento de Logística donde por un momento pensó pedir trabajo. Jara se asombra a veces ante esas personas que parecen encontrar siempre el matiz exacto en el gesto y en la expresión. En una situación a todas luces desequilibrada, donde la injusticia campa por sus respetos con tremendo descaro, se comportan con tacto y delicadeza. Jara duda entre admirarlas y preferir que se desmanden, que abandonen la mesura y rompan todo. Por supuesto, sabe que en la mayoría de los casos no podrían permitírselo. Sin ser sumisas, sin renunciar a no adaptarse, sí adoptan en cambio los procedimientos con amabilidad. ¿Qué más se puede pedir? La revolución, piensa Jara, las revoluciones. Le dirán que devoran a sus hijos, pero al paso que va el mundo puede que no queden hijos para devorar y, por otro lado, ¿es que no se ensayan las obras de teatro cincuenta veces, los experimentos de laboratorio mil veces, acaso no consiste aprender, y aun vivir, en ensayar y corregir y probar otra vez? Ensáyense revoluciones a distintas escalas, y si hay caos recuérdese que el latido de la materia es también el latido del caos y ha de seguir latiendo para encontrar un orden. Jara sabe que como principiante en ese trabajo de logística no habría podido ir en contra de los procedimientos. Tampoco habría sabido mantenerse entera sin dejarse abatir por la tarea de aceptar el percal, la rama injusta del miedo no solo para sí, sino impuesta por su mano a otras personas. Excepto para una capa bastante lejana de gente con suerte, trabajar es el lugar que no se elige, donde se hace lo que alguien dicta. Y si por un improbable azar sucede que lo dictado es lo que se quiere hacer, incluso entonces se quiere hacer pero de otra manera, en otras condiciones. Jara sopesa si tendrá el valor de responder lo que tantas personas han respondido a lo largo de los siglos: ¿Trabajar de qué? De lo que sea.

En todo caso, no va a decir que es economista y que empezó una tesis sobre comercio y mercado en los imperios antiguos. Entra en un bar casi vacío, se acerca al único camarero, saluda y dice solo que sabe algo de contabilidad, también de impuestos. Pero que necesita de verdad un trabajo y que puede dar clases o ser dependienta.

El camarero es un chico alto, tiene la nariz ligeramente torcida. La escucha con interés.

—Hola, soy Juanma. ¿Tú?

—Yo Jara, perdón.

—Eh, no pasa nada. Yo estoy estudiando oposiciones, ¿sabes? Me vendría de puta madre que te contrataran aquí hasta que las termine. Pero cuando las haga y hasta que me den las notas seguramente tendré que volver. Y si las suspendo, me quedo.

—Vale, por mí no hay problema. ¿Quieres que te firme algo? Lo que necesito es trabajar unos meses, luego ya vería.

—Para, para, que no sabemos si el jefe lo va a aceptar. ¿Tienes experiencia?

—Qué va, nada.

—Bueno, yo tampoco tenía.

—Y tampoco tengo cuenta en el banco. Tuve un lío y lo tengo que arreglar.

—Eso no será problema. Supongo que él preferirá pagarte al contado. Pasa aquí dentro, que te voy a enseñar cómo funciona la cafetera y un par de cosas. Luego le dices que trabajaste un verano en un bar, aunque sea hace mucho.

Jara entra, se mueve con torpeza detrás de la barra, le parece que Juanma está todo el tiempo demasiado cerca, que van a chocarse. Pregunta:

—¿Viene mucha gente aquí?

—Según las horas. Pero no demasiada. Hay un momento malo sobre las once, y otro a la hora de las meriendas.

Jara atiende a las explicaciones, los cuatro paños para la cafetera: con uno, húmedo, se limpia el vaporizador, con otro, húmedo también, la bandeja inferior. El tercero es un paño seco para limpiar residuos que caigan al mueble, y el cuarto, también seco, y oscuro, es para limpiar el filtro del café.

—Como hay que dejarlo cerca del picamarro, yo lo engancho directamente, con ese trapo se termina de limpiar el portafiltros después de vaciarlo.

Jara mira el picamarro, es una especie de papelera negra con un tubo transversal para golpear el portafiltros y que caiga el café.

—¿Esto tritura los posos? —pregunta.

—No… Se llama así por el ruido, el picamarro es el típico pájaro carpintero que hace toc, toc, creo que es por eso.

Jara aprende rápido, tiene buena memoria; le divierte saber que las tazas se colocan sobre la cafetera para que estén calientes, pero boca arriba para que no quemen los labios, o que la leche se sirve entre sesenta y setenta grados. Juanma le explica cómo encender y purgar la máquina, aunque dice que se lo enseñará mañana cuando lo haga. Luego empieza a contarle cómo va la caja registradora, pero se interrumpe porque entran tres mujeres que piden distintos cafés y tostadas aunque solo dicen:

—Lo de siempre.

Dos se van a la mesa y una se queda bromeando con Juanma. Saluda a Jara, le pregunta si va a trabajar en el bar. Jara contesta que todavía no es seguro y va a ocuparse del tostador horizontal con unas pinzas que le da Juanma. Cuando ya han preparado todo y las tres mujeres se han ido a su mesa, Jara se atreve por fin a preguntar.

—¿Hay que hablar mucho, con la gente?

—Normalmente, no. Sobre todo, seguirles la corriente con lo que te digan. Bueno, hacer alguna broma nunca viene mal. Y saberte lo que toman, eso sí o sí. Al principio tendrás que anotártelo sin que te vean, no les gusta que lo apuntes.

—Es que a mí las bromas, y charlar, no se me dan bien.

—Mira, no me atrevía a decírtelo, pero mis oposiciones son el mes que viene. Si paso el primer examen, estaré fuera de aquí dos meses largos. Pero si no lo paso, al mes vuelvo, necesito el dinero.

—Ah, bueno, un mes entero de trabajo ya me vendría bien.

—Pues eso, no te preocupes por las bromas, va a ser poco tiempo: tú sonríes y ya está. Si te preguntan, les explicas que solo vas a estar un mes.

—¿Y si apruebas?

—Entonces vengo y te doy un curso de bromas gratis, para celebrarlo. Vamos a seguir, porque quedan bastantes cosas. De mantener el grifo de cerveza se encarga el dueño, pero a veces no está y hay que revisar el enfriador. ¿Has tirado cañas alguna vez?

Jara niega con la cabeza y atiende a las explicaciones. Al rato Juanma le dice:

—Oye, ¿te quedarías en la barra mientras salgo a fumar?

Jara asiente, sabe que no puede decir que no y está sorprendida porque lleva más de una hora sin pensar en otra cosa que no sean los botelleros, el hielo, los molinillos del café y todo lo demás.

Entra un hombre con un niño. Le pregunta si va a trabajar con Juanma. Jara vuelve a decir que aún no es seguro. El hombre le cuenta que viene de llevar a su hijo al médico y que le ha prometido un chocolate y un bollo. Él pide un café en vaso. Jara prepara el café y le da el bollo. Juanma no le ha explicado cómo se hace el chocolate. Se pone nerviosa, no quiere decir que no sabe hacerlo. Ve que hay unos sobres con Cola-Cao y pregunta forzando su voz para que la oigan:

—¿Cola-Cao o chocolate?

—¡Chocolate! —contesta el padre.

Por suerte, Juanma ha debido de oír la respuesta, porque entra deprisa y se pone a hacerlo. Jara le observa. En ese momento entra una pareja de unos setenta años, se sientan y desde la mesa miran esperando que Juanma les vea.

—Ve moliendo para dos tazas de café descafeinado —le dice.

Al poco llega una mujer con un perro, luego cuatro hombres de edad mediana vestidos con corbata, luego dos chicas. Juanma no para, ella apenas puede ayudar sin sentir que está en medio, estorbando. El padre quiere pagar, los dos hombres del fondo que estaban desde el principio también esperan para pagar e irse, y las tres mujeres. Jara no sabe dónde meterse, pero Juanma le va dando instrucciones precisas y al final se siente un poco útil. Cuando vuelve la calma, Jara pregunta:

—¿Te gusta el trabajo? O sea, además de que lo necesites.

—Hay ratos buenos y malos. Aunque tengo un amigo en Madrid y dice que allí es mil veces peor. Esta zona no es de turistas, aquí la gente se conoce. Nadie es demasiado borde, saben que al día siguiente y al otro les vas a volver a ver. En el bar de mi amigo hay muchísima gente, no conoce ni a la cuarta parte, y hay bordes que le tratan como a la mierda. Además, gana como yo pero allí el dinero vale mucho menos. Sus jefes también son otra cosa. El mío es medio amigo de mis padres.

—¿Te paga bien?

Juanma se ríe.

—A ti te van a pagar mal, ya te lo digo. A mí también me paga mal, aunque mejor que a ti, seguro. Conmigo, bueno, es amable, pero cuando llega el dinero los jefes se parecen bastante.

Mientras habla, Juanma no para de hacer cosas, sacar y secar los platos del lavavajillas, limpiar la barra, comprobar los botelleros.

—Vamos a recoger esas mesas —dice.

Jara se pone con las del fondo. Tiene lógica, piensa, que alguien como Juanma quiera hacer oposiciones, cobrar un sueldo mejor, hacer algo que le guste. Se le quedó grabada una noticia sobre una encuesta hecha en más de cien países: la principal fuente de bienestar de las personas era algo como «tener un trabajo con sentido en el que sientas que te valoran». Es inquietante la ambigüedad de esa expresión, parece que ya el hecho de ser valorado es bueno. Cuando valoran a alguien como una piltrafa también le valoran, solo que se supone que entonces esa persona no «siente» que la valoran. Jara preferiría que nadie valorase a nadie, que todos los sueldos fueran más o menos parecidos y suficientes, y que cuando alguien hiciera algo muy bien las valoraciones se centraran en su acto y no en su persona, porque así cuando cometiera un error también sería su acto lo desdeñado y no su persona. Según aquella encuesta, pasarlo mal en el trabajo se traducía en estados de preocupación, estrés, tristeza e ira, y eran mucho más frecuentes entre quienes tenían trabajos manuales, en la construcción, minería, fabricación, transporte, agricultura. Estar en ese bar, aunque le paguen poco, le parece mejor que ser rider o vacunar pollos a destajo. Y además da igual, no va a andar con exigencias. En cualquier caso, la acepten o no, llamará a Renata solo para decirle que está bien, que no se preocupe, que les diga a los demás que no se preocupen. Y que no va a volver. Como tampoco quiere hacerse ilusiones, Jara, que no es supersticiosa, en lugar de cruzar los dedos mira a Juanma y al bar y se despide de antemano y por si acaso; es su exiguo y repetido mecanismo de protección.

Ramiro llega en el postre. Dice que ya ha comido, se disculpa por la tardanza. Después de ver la peli, ha llevado a Tristán a montar en skate y se les ha pasado el tiempo volando. Todos le preguntan cuándo va a traerle a casa.

—Nunca te hemos visto así, ni con tus chicas misteriosas ni con nadie —dice Camelia.

—Ya veis, soy un padrazo sobrevenido. Por cierto, ¿y Renata?

—Ha preferido no venir —contesta Hugo—. Cree que estaremos más cómodos sin ella.

—¿Habéis decidido algo?

—No —dice Lena—. Te esperábamos. Pero no te preocupes, nos ha sentado genial desvariar un poco.

En el centro hay una fuente con restos de un brownie que ha hecho Hugo. Hugo coge un trozo y se lo pasa a Ramiro.

—Ha quedado un poco blando pero está rico. He tenido que luchar para que estas bestias te dejaran dos trozos.

Ramiro lo agradece.

—Bueno, entonces ¿qué? —dice—. ¿Vamos o no vamos? Camelia, yo creo que tú eres quien menos claro lo tiene.

—Yo quiero ir, ver a Jara, abrazarla. Lo que pasa es que no sé qué se supone que vamos a hacer cuando estemos ahí. Primero, para no dar la sensación de que vamos de listos. Eh, mira, te hemos encontrado, somos la repera. Y luego, ¿qué le decimos? ¿Que deje de intentar lo que esté intentando? ¿Que se vuelva? ¿Que solo hemos pasado por ahí para saludar? ¿Que si necesita algo que nos llame? Eso ya lo sabe.

—Jo, es verdad —dice Lena—. Pensaba que llegaríamos a donde sea, le daríamos un superabrazo, nos contaría sus días, nosotros los nuestros y ya estaba. Igual se volvía o igual no, pero todo el mundo estaría más tranquilo y no la echaríamos tanto de menos. Resulta que he pensado en lo que haría yo y no en lo que haría ella, en lo que pensaría, lo mal que podría sentirse si nos ve llegar ahí en comandita. Soy idiota.

—No, no, Lena —dice Camelia—. A lo mejor la idiota soy yo por darle tantas vueltas y tenemos que dejarnos llevar.

—Uf, no sé —dice Lena.

—A ver —dice Hugo—. Yo creo que el miedo de Renata, y el nuestro, es que Jara no esté bien y no quiera llamarnos. Si la encontramos y vemos que está bien, ya está, nos preocuparemos menos. La cosa es que lo sepamos hacer sin meter la pata.

Hugo y Camelia baten sus cucharas para rebañar la fuente.

—¡Quita de ahí! —dice Hugo riendo.

Se forman dos bandos que animan a uno o a otra. Al final la fuente queda sin restos.

—A lo mejor tenemos que esperar a que nos llame —dice Ramiro—. Si no, seguramente pensará que no confiamos en ella.

—Ya…, pero es que, bueno: no confiamos del todo, vamos, me parece a mí —dice Lena—. La queremos y la conocemos. Sabemos que se le puede ir el mundo al traste en dos minutos. Igual que a los demás, sí, pero…

Se miran, agradecen que Lena lo haya dicho.

—Sí… —dice Hugo—. Claro que también hay una posibilidad de que eso no pase. Al estar allí, sin nadie que la conozca y la mire con esa desconfianza que seguramente aquí no podemos evitar. A lo mejor las cosas se van encadenando y consigue respirar un poco a su aire.

La noche se alarga, ensayan escenarios, se ilusionan, recelan luego, cambian de tema, vuelven, empieza a notarse la hora tardía y, al final, Lena propone que vaya solo Hugo.

—¿Sin Renata? —pregunta Ramiro.

—Creo que sí, sería lo mejor. Él solo, sin ocultar que pensamos en ella, pero es distinto hablar con una persona que con varias a la vez.

—¿Y por qué Hugo, Lena? —pregunta Ramiro—. Tú eres su amiga de la infancia.

—Eso —dice Hugo—. ¿Qué pasa, que dan puntos por diversidad?

—Si no los dan, deberían —dice Lena—. En serio, creo que contigo va a estar más a gusto. Y no por el lado gay, querido, sino por el talento que tienes para que la gente no se sienta presionada.

—Exacto —dice Camelia.

—¿A Renata le parecerá bien? —pregunta Ramiro.

—Seguro que sí —dice Lena.

—Creo que es una idea buenísima, así que me dispongo a retirarme —dice Camelia, y aprieta la mano de Lena antes de levantarse.

—Yo también os dejo —dice Ramiro.

Ramiro pasa la mano por el hombro de Camelia, se van juntos y luego cada uno se mete en su habitación.

—¿Vendrás conmigo? —pregunta Hugo.

—¡Pero si acabamos de decidir que vayas solo!

—Querrás decir «acabáis». A mí me habéis decidido. Ahora te decido yo, hale, vamos juntos y te escondes. Yo hablo con Jara, a ti no tiene que verte. Tú verás, Lenita. Si no, voy a estar llamándote cada tres minutos.

—No sé, Hugo. No te digo que no. Yo también me voy a dormir.

—Vale, yo voy a recoger esto un poco, que me habéis puesto nervioso y se me ha quitado el sueño.

Lena le da un beso la mejilla. Cuando ya está saliendo de la cocina, Hugo dice:

—Te enseñé mis textos. Me lo debes. Tienes que venir conmigo.

Lena le sigue la broma y asiente sin volver la cabeza.

Ramiro duerme con la puerta entornada, dice que es una costumbre. Camelia ha cerrado la suya. Hugo también la cerrará. La de Lena parece que está cerrada pero no lo está del todo, siempre deja una mínima rendija. En vez de un libro, elige para leer el papel escrito a mano que le dio Hugo:

Sentir es vivir, lo dices como si te hubieras
acordado de algo
o como si quisieras explicarme algo
y a mí me gustaría contestarte
que ya no estoy seguro
porque lo que he ido sintiendo todo este tiempo
cuando tú no estabas
más bien me alejaba de las cosas
y a veces de las personas
que tenía más cerca
y no eran tú.
Ahora que has venido
y que has puesto tu mano en mi
cuello
como si fuese lógico
ahora que me has besado sin
atropello sino
con algo parecido al hambre
y cómo me gustaba que siguieras
buscando
en mi boca conmigo,
ahora me rebelo
pues comprendo que no es sentir
lo que buscaba
ya que he sentido mucho sin tenerte
y puesto que se puede sentir a solas
desconfío
de su valor.

No quiero sentir contigo
lo que quiero
contigo
es dejar un rastro
en el hielo que cubre las rocas y el verde
para el camino
de los siguientes.

El dueño del bar y jefe de Juanma llamó diciendo que aún tenía cosas que hacer en Zaragoza, que por favor Juanma se encargase de cerrar y que él abriría por la mañana. Jara se quedó unas horas más. Convinieron en que pasaría al día siguiente por la mañana, a las once y cuarto, momento en el que Juanma y el jefe coincidirían. Ahora faltan diez minutos para las once y cuarto.

Jara recorre una calle paralela una y otra vez, lleva así casi media hora. Lo va a estropear, el dueño la pondrá a prueba y ella romperá algo, o la mirará mal y ella no lo aguantará y se irá, o le preguntará algo que ella no querrá contestar; le hará una broma molesta y Jara no logrará reírse ni siquiera con una risa incómoda; habrá un problema con que Jara no quiera cobrar por banco. O el dueño se dará cuenta, como ya debe de haberse dado cuenta Juanma, de que Jara no está bien del todo, y al pensar esto último Jara se exalta: nadie es perfecto, ja, pero después todo es una carrera para serlo, las palabras bonitas de los libros solo sirven para los genios: ser especial, neurodiversidad, una mente maravillosa. Si yo estuviera, piensa, eso que llaman «bien del todo», sería lo mismo, tendría el mismo miedo, y eso que yo tengo un sitio adonde volver aunque me dé vergüenza, mientras que hay personas que no lo tienen. Los bonitos discursos, vale, qué hago con ellos, «resignificar palabras», ¿cómo?, lograr que tener trabajo no signifique lo que significa, y proponer ¿qué? ¿Una Europa de pensionistas de cuarenta años que pone cuchillos en las vallas y solo va dejando pasar a los que no podrán negarse a recoger nuestra basura? Claro que hay que dar ayudas a quienes las necesitan. Y claro que no hay que producir por producir. Pero entre la teoría y la vida hay una distancia que no se cruza, a veces, simplemente, porque no se puede cruzar. Porque es un río demasiado ancho y la corriente es demasiado fuerte. ¿Qué más da saberse la teoría si algo en el aire presiona y hace que suene todo el tiempo en mi cabeza la obligación de trabajar para ser? ¿Qué más da que crea que el trabajo, al menos el trabajo asalariado, no debería ser la llave para vivir en sociedad si, a la vez, no puedo dejar de pensar que si soy adulta y no trabajo no existo, no soy? Me preocupa que no haya relación entre lo que se aporta y lo que se recibe, me da miedo que recibir sin dar me haga más débil y me deje sin un lugar de lucha. Sé que otras personas ni siquiera pueden permitirse ese miedo. Y que cuando creo que trabajar querrá decir que me necesitan, en realidad nunca me van a necesitar a mí, sino solo a alguien como yo. El mundo tendría que cambiar de arriba abajo para que toda persona fuese irreemplazable, y eso no quiere decir que cada una pueda hacer lo que le dé la gana ni que no deba comprobarse si está haciendo las cosas bien.

Jara recorre la calle de un extremo a otro cada vez a mayor velocidad, gesticula un poco sin darse cuenta, y choca con un chico de unos dieciocho años que sostiene en las manos lo que parece la maqueta de un gran edificio. La maqueta está a punto de caer pero entre los dos la atrapan sin dañarla.

—¡Perdón! ¡Lo siento!

—Vale, vale, no se ha roto. Me voy, que llego tarde.

Jara mira cómo se aleja, deprisa pero sin correr, pendiente de su paso, de la maqueta. Ya es casi la hora, ella también debería ir hacia el bar deprisa pero sin correr, pendiente de su paso y de la entrevista que le espera. Echa a andar, la calle está de nuevo vacía, por un instante recuerda los días del confinamiento, cuando quedaron a la vista tantas grietas, tantas vidas ya no frágiles sino machacadas por las condiciones materiales en las que debían, además, encerrarse. Recuerda el alivio cuando se empezó a poder salir y cómo enseguida el ejército fantasma de reserva, cada vez más grande y más disperso, se utilizó para dar verdadero pánico: «El paro ha llegado al 24 por ciento, el paro llegará al 27 por ciento, conformaos con lo que sea, si no, el paro...». Oye las campanas de algunas iglesias dar los cuartos. Apresura el paso.

Juanma sale a recibirla.

—Ya he hablado con Yago. Dice que no le parece mal, pero que tengo que comprometerme a estar disponible si pasa algo, si hay algo que no sabes. Vamos, que podrías llamarme a cualquier hora. Yo le he dicho que de acuerdo.

—Vaya, espero no tener que llamar mucho.

—Bah, no te preocupes. De todas formas, espera, todavía quiere hablar contigo y todo eso.

Jara entra titubeante detrás de Juanma.

Yago está sentado detrás de la barra. Tiene gafas, la mira, tiende la mano con educación y le pide que se siente al otro lado. Parece un hombre cordial, casi afectuoso, piensa Jara, pero a rachas desprende una prepotencia perceptible, como cuando la mira y en un segundo tasa su cuerpo, y cuando tras preguntarle cuánto quiere ganar, no permite que conteste pues se adelanta y dice:

—Te soy franco, Juanma necesita tiempo para estudiar y me ha dicho que a ti no te importa estar aquí solo un mes o dos. Si no te hago contrato podría pagarte un poco más. Total, por cuatro semanas qué más te da el contrato. Si el chaval aprueba y tú te adaptas bien, entonces la cosa cambia y ya hablaríamos.

El chaval en cuestión se ha puesto de perfil, literal y simbólicamente. Jara querría preguntarle con la mirada, pero solo encuentra su nariz ligeramente torcida y un ojo que mira hacia el lugar donde la barra se une a la pared. A toda velocidad piensa en Camelia y en Ramiro, en lo que le dirían. Y luego piensa en su madre, en poder escribirle pronto diciéndole que está bien y que tiene un trabajo que le gusta.

—De momento no necesito contrato —dice por fin, como si ese «de momento» salvara su dignidad.

—Muy bien. Serían ochocientos, con sábados y medios domingos incluidos. Pero a partir del uno. Los días de esta semana, como sigo pagando a Juanma, los considero de prácticas. Mientras estéis los dos, estás aprendiendo. Me ha pedido dejar de venir desde el sábado. Así que sábado y domingo te pagaré treinta y cinco por día. Más los cafés, que te salen gratis. Comidas no, aquí no damos. Cerramos los lunes. De la limpieza se encarga una mujer. Pero ya te habrá dicho Juanma que hay que dejar todo recogido.

Jara no contesta. Quiere preguntar por el horario, por los sábados además de los medios domingos, y decirle que es menos del salario mínimo, y mucho menos aún si se cuenta que no va a cotizar. Yago se adelanta:

—Es menos del salario mínimo, ya lo sé. Pero tal como están ahora las cosas, qué quieres que te diga. Además, casi no tienes experiencia, me arriesgo bastante contigo.

Jara echa chispas por los ojos y está sonriendo; se obliga a sonreír por lo que Yago debería detectar que su sonrisa es falsa, pero ni siquiera la está mirando.

—De acuerdo —dice con un hilo de voz.

Yago, que ya lo tenía preparado, saca un sobre.

—Setenta —dice—. Un adelanto del fin de semana. Bueno, chicos, os dejo. Hoy cierra Juanma. Mañana abro yo y vosotros venís a las doce. Bienvenida al barco.

Juanma sale de su parálisis. Levanta la puerta de la barra para que salga Yago y entre Jara. Ella, distraída, tarda en darse cuenta del gesto. ¿De verdad se ha dejado decir la metáfora del barco sin responder siquiera con una levísima ironía? No hay mismo barco, dime cuál es tu patrimonio, dime cuál es tu posición. Ya detrás de la barra piensa en Miguel, el dueño de la fotocopiadora donde trabajó dos meses. Tampoco estaba en el mismo barco, sin embargo lo admitía y no abusó de su poder, lo usó, no pretendió ser un igual pero la apoyó todo el tiempo porque quizá la posición no lo sea todo. También se toman decisiones. Y en el momento exacto da igual si están o no determinadas, si dependen de cómo fue la historia personal de Yago y cómo fue la de Miguel o si dependen de lo que cada uno intentó hacer con su historia. Da igual porque unas hacen más daño que otras, porque pretender que no hay barcos diferentes es ya una señal de que se está y se quiere seguir estando en uno distinto. Y aunque se hunda, aunque todos se hundan y se acabe la especie humana, el sufrimiento no habrá sido igual. Jara oye hablar a Juanma pero no le escucha, solo está ahí, de pie, calmando su respiración agitada, mientras se dice: «Como no hay cielo ni juicio final ni llamaradas, por lo menos que no mientan».

Juanma ha terminado de sacar las tazas limpias del lavavajillas y colocarlas sobre la barra con sus platos. Ahora dice:

—Hay que revisar los molinillos y…

—Muy simpático tu jefe.

—No te ha caído bien, ¿eh?

—No es una cuestión de caer bien. Pero gracias igualmente, necesito trabajar.

—Siento haber estado callado. Es que ya sabía que iba a ser así. Si me hubiera metido igual lo estropeaba más todavía.

—Vale.

—Comprueba también los botelleros y el hielo. Mira, si esto va bien, Yago igual te da una paga extra o algo. No siempre es tan cutre, él lo que quiere es no tener las manos atadas.

—Claro —dice Jara.

Cuando Juanma sale de la barra para abrir la puerta del bar, Jara dice para sí aunque en voz alta:

—Eso es lo que pasa, que en unos barcos la gente va con las manos atadas, y en otros no.

—¿Sí? —pregunta Juanma desde la puerta.

—Nada.

Óliver no ha cambiado apenas, al menos visto de lejos y desde el otro lado del cristal. Lena dejó pasar un par de días y al final le llamó por teléfono. Ha sido él quien ha propuesto esa vieja taberna con dos ventanas al exterior. Ha elegido una mesa al fondo, no mira el móvil, no lee un libro. Tampoco tiene un cuaderno y un bolígrafo como otras veces que quedaban y él la esperaba con el aspecto de ser un escritor de San Francisco que había viajado a un país exótico para experimentar otra forma de vida. A pesar de su nombre, Óliver nació en Madrid de madre y padre españoles. Si hubiera sido una niña la habrían llamado Olivia, en cambio Oliverio no les gustaba y decidieron llamarle Óliver. En primaria, la serie de manga *Oliver y Benji* hizo que su nombre resultara normal en el colegio. Luego ya se dejó de dar importancia a los nombres distintos a excepción, quizá, del propio Óliver, piensa Lena mientras le observa desde la calle. Ha salido de su ensimismamiento, mira a su alrededor, se levanta. Aún faltan unos minutos para las siete. Lena aguarda a que vuelva de la barra con un vaso de vino en una mano y en la otra un platito con trozos de queso. Entonces entra. Óliver se levanta otra vez al verla, se saludan con un beso indeciso en la mejilla.

—¿Un vino? —pregunta Óliver—. Es que he llegado antes de tiempo… —dice señalando al suyo.

—Sí, un vino, ya voy yo.

Mientras Lena espera en la barra, piensa que siguen haciendo buena pareja. Ella delgada, un poco alta, el pelo corto y moreno y el aspecto de una exclamación final. Él más ancho, un poco más bajo, el pelo rizado aunque no mucho y esos ojos perplejos que le hacen parecer una interrogación andante. Quizá ya ninguno de los dos sea «esa insolencia de latido», pero quizá tampoco ninguno de los dos quiera ya vivir dentro de la letra de una canción.

—¿Nos ponemos al día? O igual no hace falta, ¿no? —pregunta Lena. Le gustaría que se pudiera empezar a partir de hoy, hablar solo de ayer por la tarde y de esta noche o de mañana. Pero ve la mirada desconcertada de Óliver y añade—: Bueno, un prólogo sí. Cuéntame de tus viajes.

—Mis viajes. Solo han sido dos. El de México no salió bien. Creí que encontraría un sitio donde vivir y dar clases. Y lo malo fue que lo encontré. Y que era todo bastante parecido a lo de aquí. No me refiero al sitio, sino a la sensación de estar haciendo siempre cosas porque están pendientes, porque no hay más remedio, pero no porque las quieres hacer. Y cuando por fin llegaba el momento de hacer lo que quería, tenía cero ganas; aun así me ponía a ello, pero me daba igual.

Lena escucha al mismo tiempo que observa las grietas oscuras en la madera gastada de la mesa. Luego sube la mirada hacia los ojos de Óliver, la deja vagar por la pared que hay detrás y se pregunta si podrían revivir lo que tuvieron, no igual pero parecido, no la letra de una canción pero sí su efecto, aquella atracción continua, tiempo de sexo y paraíso, y algún infierno pero nunca lo gris, nunca la sensación de la vida que se escapa entre los dedos; hasta el estrés del trabajo estaba tocado por la espera y la rememoración. ¿Podrán volver a sentir, aunque sea de otra manera, que les está pasando algo único y descomunal?

—Después de un año volví y enseguida me fui a Valencia. Unos amigos me dejaban su casa porque iban a estar fuera todo el año. Encontré trabajo en una academia de idiomas. Pensé que a lo mejor podía centrarme y preparar de una vez las oposiciones a técnico de administración civil.

—¿Tú, oposiciones? —pregunta Lena con estupefacción, y los dos ríen.

—Verás, verás. Estuve estudiando disciplinadamente durante tres meses. Al cuarto ya vi que no iba a aguantar. Entonces convocaron unas al Cuerpo General Auxiliar, vamos, archivo, registro, cálculo sencillo, el secretario de toda la vida. Y me presenté, Lena, y las saqué. Ahora tengo un trabajo en el Ministerio de Política Territorial y Función Pública. Si me oyera Bolaño, ¿eh?

—Bueno, supongo que le parecería bastante lógico. Además, los detectives salvajes no se transforman, solo se crean o se destruyen. Tú sigues siendo uno de ellos.

—No me seas irónica, que te conozco.

—Bah, que sí que lo pienso. —Lena sonríe—. Bolaño escribió sus libros cuando ya tenía una vida estable, sin grandes seguridades pero estable. Aunque tomase referencias de fuera o del pasado, los personajes iban por dentro.

—Él sabía que iba a morir pronto.

—Es verdad, pero nadie tiene garantizado el futuro. ¿Sigues escribiendo?

—He abandonado mi novela maldita. No he tenido el valor de borrar los archivos y destruir la copia en papel. Pero lo haré pronto. Hace un año que no la miro. Me he pasado al ensayo. Brevísimo. Escribo propuestas de dos folios sobre lo que veo en la administración, cosas que podrían mejorarse, y las envío como si no fueran mías. Nadie las lee.

—¿Me estás vacilando?

Óliver se encoge de hombros despacio.

—No, en serio. Me gusta hacerlo.

—Enséñame algo.

—A lo mejor.

—¿Has venido a pedir mi mano ahora que tienes un sueldo fijo y que has sustituido tu pulsión autodestructiva por la sana intención de hacer algo útil?

Óliver se echa a reír.

—Haces que suene horrible. De todas formas, doy el pego pero sigo siendo el mismo desastre. ¿Y tú? Venga, cuenta, ¿cómo va tu trabajo? ¿Y el camarote de Martín de Vargas?

—Todo sigue igual, Óliver. Aquí no hemos cambiado. No es una crítica, ¿eh? No sé si es bueno o no.

Lena toma un triángulo de queso, lo mordisquea mirando a Óliver. Él no ha hablado de parejas y ella tampoco lo hará. Se pregunta si él también estará recordando los días del deseo. En realidad, admite, su frase sí era una crítica. No quiere más Rimbaud, ni más Ulises Lima ni más Cónsul de *Bajo el volcán*. Pero de ahí al funcionario bondadoso que acaba de pintarle Óliver va un trecho quizá demasiado largo. Será, piensa, porque el malditismo al menos está cerca del rencor. En cambio, la pura aceptación del mundo le da miedo. Y no se refiere a la aceptación razonada y necesaria de lo que existe, esa la quiere, no más delirios. Se refiere a esa resignación entre cínica y acomodaticia de los triunfadores a cualquier escala.

—¿Sabes? Durante la epidemia he pensado mucho en la buena gente. No mal. Sí, por un lado, como tantas personas, acabé odiando las frases bonitas, la falsa retórica del todos juntos y adelante. Pero una cosa son las frases y otra los hechos. Ni se me ocurre cuestionar los hechos de la buena gente, son buenos y punto. Odio tanto la retórica hueca como la de quienes dicen que todo les trae sin cuidado, que se la sudan las buenas personas aunque luego, por supuesto, sus propias cosas nunca les traen sin cuidado. Pero el caso es que he acabado pensando que también hace falta rencor.

—A ver qué entiendes tú por rencor.

—No es la competencia para decir o pensar la mayor porquería sobre los demás. El rencor que me gusta sería algo así como confundir lo personal con lo general y que esté bien confundido. Es la imposibilidad de aceptar que basta con hacer las cosas bien desde el punto de vista personal.

—Ya, sí, pero ¿qué relación tiene eso con lo que te he contado? ¿Me estás diciendo que yo te gustaba más cuando era un nihilista esteticista y aspiraba a que un solo verso pudiera hacer estallar la historia?

Lena se echa a reír.

—No, por dios. Cuántas discusiones hemos tenido. En otro siglo nos habríamos batido en duelo por admirar obras distintas. No estuvieron mal las discusiones, pero más no. Lo que pasa es que, al oírte ahora, parece que has llegado a un sitio acogedor y has dicho: Bien, me quedo aquí. En Martín de Vargas no hemos llegado a ningún sitio. Nuestros trabajos nos tragan, no tenerlos también. Ramiro y Camelia siguen haciendo cosas que mucha gente desprecia porque les parecen trasnochadas. Les dicen que pelearse para mejorar un poco las condiciones de trabajo es inútil, que en breve se van a destruir muchos más empleos de los que se destruyeron con la pandemia. O que sus organizaciones dejan mucho que desear. ¡Como si ellos no lo supieran! Yo no desprecio lo que hacen, cómo podría si ni siquiera he conseguido que en mi empresa se hagan elecciones sindicales. Encima, ellos hacen más cosas: estudian, discuten, tratan de ver qué medidas pueden tomarse para que no acaben enfrentándose las empresas térmicas y las del automóvil, con las de los cuidados y la energía verde.

—¿Te parece que demos un paseo? Tengo ganas de aire libre.

—Vamos afuera, sí.

Sin necesidad de ponerse de acuerdo, echan a andar hacia el parque Tierno Galván. Se está haciendo de noche.

—¿Y Hugo y tú? —pregunta Óliver.

—Buah, ¿te acuerdas de cuando nos dio por aquella teoría de que te enamoras desde el bajón: primero estás que no consigues que los días tengan sentido, la famosa sobrecarga depresiva, y es eso lo que te predispone al enamoramiento?

—Sí, me acuerdo; aunque no recordaba el término exacto, «sobrecarga depresiva», se las trae.

—Ya, pues Hugo y yo debemos de estar fatal porque nos oyes hablar y, a ratos, vale, solo a ratos, es como si tuviéramos dieciséis años, ultrapredispuestos a enamorarnos. –Lena se para y empieza a mover las manos mientras razona en voz alta, marcando los argumentos con ironía–. El mundo se hunde pero nosotros seguimos buscando ese estado en el que, uno: concedes a alguien todo el poder. Dos: le exiges que lo use para darte la absolución, para decirte que le gustas como eres, que todos tus errores y manías se disuelven en algo más grande, lo que tú eres en conjunto. Tres: eso que tú eres tiene que estar bien porque por algo le gusta no a cualquiera, sino a una persona increíble, magnífica. Por supuesto, no es que sepas que es magnífica, sino que has decidido que lo sea cuando te has enamorado.

–La cabeza no parece que la hayas perdido.

–Qué va, yo también doy el pego –dice Lena, más pensativa ahora.

Se quedan los dos callados.

–¿Y Jara?

–Bien –contesta Lena demasiado deprisa–. Quiero decir, como siempre, sin trabajo, animosa, con sus ratos negros que nadie vemos. Con sus prontos y sus ensimismamientos. Ahora le ha dado por la causalidad.

–Yo ya la recuerdo hablando de eso.

–Pues ahora más.

Lena clava el punto final de la frase. El tema, deja claro o así lo espera, ha terminado. Al poco, Lena dice:

–No callo ni debajo del agua, siempre me pasa contigo. Y tú, dime más de ti. ¿Cómo llevas tu nueva vida? ¿Por qué has aparecido?

–Pues pensaba que la llevaba bien, o por lo menos no mal. A lo mejor tengo que hacérmelo mirar, ¿no? A lo mejor tengo una sobrecarga depresiva enorme porque –Óliver aminora algo el paso pero no se detiene– te echo un montón de menos, Lena.

Están al lado del parque, ya es noche cerrada. Pasan dentro y se quedan cerca de la puerta, donde hay más iluminación y algunas personas diseminadas.

—Me gustaría ir a la zona del auditorio —dice Lena—, pero ya no da tiempo.

—Otro día —dice Óliver.

Lena evita mirarle aunque por dentro vuelve a oír «Te echo un montón de menos» y le gusta y quiere aproximarse a él, rozarse, y el deseo crece pero mantiene la distancia.

—Vale —dice por fin—. Otro día. Y me enseñas una de esas propuestas de dos folios que escribes ahora. Tengo que irme ya.

Cuando están saliendo del parque Óliver roza deliberadamente su mano. Lena no aparta la suya, sabe que luego evocará ese roce, piensa en Hugo y en las ganas que tiene de contárselo, y en que algo le ha impedido hablarle a Óliver de Jara, y no es que tenga miedo, es que sentir no es todo y necesita tiempo.

Al día siguiente Lena y Camelia coinciden en el desayuno.

—Entonces ¿te parece bien que vaya Hugo? —pregunta Camelia.

—Sí, sí. Bueno, me ha pedido que le acompañe, que me quede escondida, solo hablaría él con ella pero supongo que prefiere que alguien ande cerca.

—¿Por qué no? Si le tranquiliza. Y seguro que a ti un poco también.

—Sí, puede.

Lena sirve el café a Camelia.

—Ayer estaba con un amigo —dice Lena sin atreverse a añadir que era Óliver— y hablé con mucho orgullo de Ramiro y de ti. ¿Qué pensáis de nosotros, Camelia? ¿De Hugo, de mí, de todas las personas que hablamos mucho y no hacemos nada, bueno, cositas, mínimas resistencias que no frenan nada? ¿Te lo puedo preguntar?

—Ya lo has hecho —dice Camelia con esa tendencia suya a no dejar pasar las cosas. No hay una voluntad de ofender, es así siempre y a Lena le gusta y le hace sonreír aunque esconde la sonrisa para no distraer a Camelia, quien continúa—: A ver, Lena, que nos conocemos. No se te ocurra idealizarnos. Ramiro y yo hacemos nuestro trabajo. También nos organizamos, pero, al menos en mi caso, siempre con la sensación de que lo más importante es lo que no hago, he tomado una dirección equivocada y debo volver.

—Da igual, ponéis todo de vuestra parte…

—No, no. ¿Cuatro o cinco horas más a la semana que otra gente? Eso no es nada. Hay una utilidad radical, cuando ayudas a levantarse a alguien que no puede pero necesita levantarse, todo eso. Lo nuestro no la tiene, porque no estamos siendo capaces de ser una verdadera fuerza.

—¿Y las cosas que sí hacéis? No me digas que no van a ningún sitio.

—Pues es mejor que nada, claro que sí. No me va lo de la falsa modestia, ya lo sabes. Pero ni se me ocurriría decir que las personas que no han encontrado la organización adecuada, o que no tienen tiempo para buscarla, o que necesitan tener la cabeza en otra parte, son distintas. No hay ninguna raya entre Hugo y tú y Ramiro y yo.

—Sí que la hay, Camelia.

—No, Lena, no. Me gustaría que la hubiera. No una raya de separación, ¿eh?, me gustaría que fuera como tú lo imaginas, que estuviese así de claro que lo que estamos haciendo sirve.

—Es que lo está. Habrá altos y bajos y equivocaciones, pero sirve. En cambio, otras personas vamos a la deriva. Y no nos importa. Yo creía que las ganas de entender qué hacemos aquí es lo que nos mueve. Pero no. Si nos moviera eso, prestaríamos más atención a esa utilidad radical que decías, y no. Te cuentan algo y piensa: Anda, qué bien esta persona que entregó su vida a algo radicalmente bueno. Y, luego, mira qué poca gente entregamos la nuestra, es que ni siquiera unas horas para hacer lo previo, para conseguir que el orden de la vida cambie y que no haya nada excepcional en hacerlo. No sé si es que en el fondo pensamos que no compensa tanto eso de una utilidad radical, o si es que lo de ir a la deriva es más grave de lo que parece, es un abatimiento que no se arregla hasta que no cambia el viento o arreglas el motor.

—A ratos, Lena, a ratos. En la vida todo va por rachas y por ratos, qué le vamos a hacer. Y oye, estas conversaciones a estas horas, a ver, que estoy hambrienta y me tengo que ir ya.

—Jo, lo siento.

Camelia hace el gesto de quitar importancia con la mano mientras mastica a dos carrillos su tostada, y sonríe con los labios cerrados. Después pregunta:

—¿Qué ha pasado? ¿Por qué te ha dado por esto a estas horas?

—Ayer quedé con Óliver.

—¡Y me lo dices ahora! —Camelia se levanta para empezar a recoger—. No llego, Lena, en cuanto vuelva me cuentas.

—Vale. Vete, corre, yo recojo.

Pero Lena no recoge. Va al salón, se tumba en el sofá, disfruta de estar en la casa vacía. Luego se levanta, va a buscar la esterilla a su cuarto, vuelve con ella, la extiende en el suelo y hace algunos ejercicios suaves de yoga. Al terminar se estira mirando al techo, eso es lo único que quiere, estar así, prendida de una altura que no toca, y luego cerrar los ojos y pensar en el mar de Almería, en ese azul que no es del todo mediterráneo, pensar que volverá con Jara allí. De repente la frase que le ha escrito Óliver ya no le hace efecto porque es con Jara con quien ahora la imagina, ¿en qué lugar lejano, Jara, seguimos caminando asidas de la mano? Pero falta la primera parte: me pregunto adónde hemos llegado. Lena no lo sabe, se siente hoy tan perdida. No es que Hugo quiera que la acompañe, es que ella tiene que acompañarle porque debe de estar entrando en barrena en una sobrecarga depresiva de tres al cuarto y no, ni hablar, no va a dejarse caer en los brazos de Óliver así, desde la confusión absoluta.

Se levanta, guarda la esterilla y empieza a recoger el desayuno mientras llama a Renata por teléfono.

—¿Puedes hablar?

—Sí, Lena.

—Es de lo que te conté, que habíamos decidido que fuera Hugo solo a buscarla e intentar hablar con ella si la encuentra.

—Dime.

—Pues estaba pensando en ir con él. No me acercaré a Jara, seguimos convencidos de que es mejor no abrumarla, que piense que sobre todo es algo de Hugo. Pero yo estaría ahí, por si acaso, y para acompañar a Hugo también. Y bueno, que a lo mejor prefieres ir tú en mi lugar.

Después de un pequeño silencio, Renata dice:

—Sí prefiero, pero no debo, Lena.

Y, como pasa a veces con Renata, en un segundo estalla su risa, inesperada, inexplicada pero al final contagiosa incluso por teléfono.

—Pero, Renata, de qué te ríes —pregunta Lena sonriendo a mares.

—Es que…, es que por un lado me da la sensación de que estáis convencidísimos de que la vais a encontrar, y me lo acabo creyendo. Y por otro, ¿tú me oyes?: «Prefiero, pero no debo», si parezco una mojigata. Siempre dije que a los ochenta, si llego, iba a comer huevos fritos con whisky varios días a la semana. Ya no me falta tanto, a lo mejor lo adelanto. Ya en serio, Lena. No debo ir. Una vez Jara me mandó por whatsapp un mensaje que decía que yo había sido capaz de no dejar de tener expectativas sobre ella, y al mismo tiempo hacer que no le pesaran. Por whatsapp, entre un chiste y dos tonterías.

—Sí, me habló de eso. Me dijo que un día tuvo miedo de que dejases de esperar algo de ella, pero que nunca lo hiciste.

—Ni lo voy a hacer. Pero no voy a ir, Lena. Ella ya sabe que estoy aquí.

—Y ¿crees…?

—Ni lo preguntes. Por supuesto, Lena. Ve con Hugo, por si no la encontráis o por si la encontráis y a Hugo le da la pájara.

Lena capta esa alusión a la pájara, clave de horas compartidas, de pájaras vividas juntas, muchas de Jara pero no todas, no siempre. Un desfallecimiento en teoría limitado a los deportes de resistencia, el ciclismo, el atletismo. Una respuesta fisiológica, dicen, ante un agotamiento de las reservas de energía.

¿La pájara? «Si la hidratación y la nutrición no han sido adecuadas, puede que llegue sin avisar ante el descenso repentino de los niveles de glucosa, como un mecanismo de protección.» A los humanos, entonces, les faltan las fuerzas, todo les da vueltas, es la pájara, la deportiva, también la cotidiana. Inmersos en la vida salvajemente civilizada, no pueden seguir a los demás, sean compañeras, compañeros o rivales, y se sumen en una impresión de soledad absoluta y apatía. El desfallecimiento se propaga, se desfondan también las emociones, hay vértigo, mareos, desorientación, y una terrible sensación de cansancio. A veces se tiene mucho frío. La pájara, el momento en el que alguien se rinde, puede durar segundos o años. Pero ¿qué es «alguien», quién es «alguien»? ¿Se rinde primero la fábrica de energía, se rinde el alma? La explicación deportiva dice que el cerebro compite contra la fuerza en las piernas, ambos en busca de una glucosa que ha devenido escasa.

En cuanto a si, en la vida, compite o no la razón contra el peso de la pena en los pulmones y hace que se desate entonces esa otra pájara próxima a la quimera, hay casos y teorías. La pájara es extraña porque no encaja; se parece al momento en el que un grito rompe el cristal, como sucede, por coincidencia. No lo rompe el grito más agudo, sino el que logra que las móleculas del cristal vibren, o bailen, al son del grito. Depende de la frecuencia de resonancia de cada tipo de cristal y de cada grito que el estallido se produzca. Las explicaciones no mencionan, sin embargo, de dónde viene el canto o el graznido de la pájara, la pena, el grito. En la escuela se aprende pronto a asignar pesos y medidas a las cosas. Pero una conducta no es una cosa. ¿Quién dirá: De cada cien veces que esa persona se comportó con prudencia, sesenta y dos obedecieron a su medio ambiente, vale decir, cultural, y treinta y ocho a su biología? Sin embargo, la tendencia a pensar en estos términos crece sobre todo a medida que han ido surgiendo explicaciones «biológicas» para un ataque de epilepsia, para una alergia, para lo que se ha dado en llamar una dificultad de aprendizaje.

Quizá la pretensión de calcularlo todo se atenúe al comprender que el tipo, la etiqueta, es una abstracción y que solo accede al tacto la diferencia específica. Existen ideas generales y leyes y regularidades. Pero en la ciencia de lo vivo los manuales de instrucciones son únicos y contemplan la redundancia, la contradicción, la dosis no prevista, el equilibrio impensable. De la semilla de pino nace un pino, aunque nace, en realidad, ese pino, que es igual y distinto de ese otro, y crece en un lugar diferente. No se interpreta una partitura como el diseño de un puente, ni es la excepción ajena a la regla, pues no hay teoría angelical y ajena a los comportamientos, ni hay, sin acción, conocimiento posible.

Vivir, la comprensión no olvida, consiste en actuar, vale decir, modificar; vivir es una continua producción de diferencias. Quienes poseen una idea agresiva de la comprensión como aquello que apresa, dirán quizá que comprender encierra. Sin embargo, comprender no solo significa abarcar, rodear por todas partes o contener. Hay un significado más humilde: entender; quizá, simplemente, entrar. Asomarse, pasar bajo el dintel y estar ahí, conectando los actos y sus frutos. Sin tomar nada todavía del lugar, con la atención puesta en lo practicado y en los hechos que se conectan entre sí. Cuando llega la pájara conviene conocer y realizar los actos necesarios —no siempre, en determinadas condiciones, posibles— para que se vaya: pararse, buscar una sombra, hidratarse, comer barritas, frutos secos, gominolas, y otros símbolos de un poco de vida buena. Comprenderla es también eso, aunque no solo.

Lena cuelga el teléfono. Camino ya del trabajo, salta, literalmente, de alegría y ganas de viajar, de hacer un agujero en el calendario y poder poner un trozo de mundo en pausa. Aplazar llamadas, citas, lo previsto, incluso alguna exigencia laboral, sentirse ya un poco más ligera, poder decir a Óliver que se verán pero a su vuelta, retrasar la comida familiar y esa cita con amigas que desea y al mismo tiempo le inquieta porque le falta un poco del impulso con que se zambullía en las risas y las complicidades. Apenas un trayecto de no más de tres horas en tren y sin embargo, qué ganas de repente, qué ecos de otra edad y de otro ímpetu, cuando saturados de juventud buscaban horizontes que no eran destinos turísticos y citaban de memoria: «Pero los verdaderos viajeros son los únicos que parten por partir; corazones ligeros, semejantes a globos. De su fatalidad jamás ellos se apartan, y sin saber por qué, dicen siempre: ¡Vamos!».

Hoy es el último día que Jara pasará con Juanma en el bar. En teoría las jornadas son de ocho horas, más la media previa a la apertura, que al principio será casi una pues necesita tiempo para hacerlo todo. A las siete llega el dueño, se queda un par de horas sirviendo cañas y se encarga de cerrar.

—Eso es en teoría —insiste Juanma—. Bastantes veces, Yago llama para que me quede yo y luego cierre. Casi nunca me paga más, lo que hace es abrir él por la mañana. También en teoría. Al principio yo apuntaba las horas pendientes, pero dejé de hacerlo porque solo me creaba mala sangre. Algunos días le cubres dos horas y media y él solo te cubre una y media, o ese día no puede. O cuando llegas ha abierto, sí, pero la mitad de las cosas no están listas. Si por lo que sea no puede venir al día siguiente, alguna vez me ha soltado unos euros.

Jara no dice nada, el silencio es su única forma de protegerse ahora ante el miedo a equivocarse el primer día. Estar en el bar poniendo cañas por la tarde le parece otro trabajo distinto y no se ve capaz de hacerlo. Juanma interpreta el silencio como un justo reproche y continúa:

—Lo siento, tenía que haberte advertido antes. Es que fue tan providencial que aparecieras. Yago se negaba a contratar a alguien de aquí. Y me lo juego todo en este mes. Necesito un cambio, si apruebo… No es excusa, lo sé. De todas formas, a lo mejor contigo se porta un poco bien, más que nada porque no le hará gracia dejarte las tardes ni que cierres tú.

Jara tampoco contesta esta vez. Sigue inquieta y piensa demasiadas cosas. Que ojalá Juanma hubiera dicho algo el día que les presentó, pero que vale, que ya está. Entiende que se callara, porque ella también lo hizo y porque si Juanma hubiese cabreado al dueño y eso la hubiera dejado sin el trabajo, ella habría echado la culpa a Juanma en vez de echársela al dueño, lo cual es irrazonable. Piensa que está colapsada, lo único que le preocupa en este momento es hacer algo mal, aunque al mismo tiempo no es verdad: le preocupa tanto hacerlo mal como que eso se haya convertido en lo único que le preocupa.

—No me lo has preguntado, pero te lo digo —sigue Juanma—. ¿Por qué no me limité a largarme? Yago cotiza poco por mí, pero algo de paro tendré. Sí, lo que pasa es que, si me largo y suspendo, luego no me vuelve a contratar y mira, me he hecho a este trabajo. A mis padres se les descuadró todo con un terreno de manzanos que enfermaron, mi salario es lo más seguro que ha estado entrando en casa. No lo digo por justificarme, ¿eh? Pero es como te dije, si suspendo tengo que volver a este trabajo. Yago lo sabe, y así cualquiera negocia.

Jara se ríe de repente, un momento solo, una de sus carcajadas algo bruscas y mal medidas. Luego contesta:

—No te preocupes por mí. Entiendo tus escrúpulos, pero serán solo unas semanas. Intentaré aguantar para que puedas estudiar.

Jara se siente extrañamente liberada porque se da cuenta de que es ella quien está en posición de hacer un favor. Y aunque tiene el mismo miedo de antes a equivocarse, a que la echen, a estropearlo todo, oír hablar a Juanma le ha permitido pensar que esta vez no es ella la que se examina.

Juanma la mira con un punto de extrañeza. Solo dice:

—Gracias, ojalá apruebe y puedas quedarte aquí, si es lo que quieres.

Jara entra en el pequeño cuarto con la máquina de hielo. En vez de chequear las bebidas, abre la máquina y mete dentro las manos para sentir ese frío porque de repente ha echado mucho de menos a Lena. Es como si al sentirse bien, al estar por un momento relajada, hubiera sentido a la vez la cuerda que las une y que había querido ocultar, disolver en la noche para así no sentir la ausencia de Lena ni la dimensión de su propia huida. Saca las manos, tan frías ahora, piensa en llamar a Lena o a Renata. Pero no puede. Si lo del bar sale mal, si la despiden mañana o pasado mañana... Tiene que esperar. Vuelve a abrir la máquina y apunta las bebidas que faltan.

—Voy abriendo —dice Juanma.

Jara sale. Se nota alegre detrás de la barra. Si Camila y Ramiro conocieran las condiciones de su trabajo, por mucho que Jara no tenga experiencia, por mucho que el puesto sea provisional y ella problemática, se subirían por las paredes, y con razón. Termina de colocar las tazas boca arriba sobre la máquina del café y entonces todo pasa a la vez: oye sonar el móvil de Juanma junto con un «¡Buenos días!» de un hombre de unos setenta años que siempre pide un café con leche con la leche templada y una tostada de pan con aceite, junto con el «¡Hola!» de los dos pintores de la obra de enfrente, quienes también dan por hecho que se sabe lo que van a tomar. Pero Jara no sabe lo que toman los pintores y Juanma sigue hablando. Empieza a preparar el café del hombre mayor y su tostada. En cuanto oye a Juanma despedirse se le acerca, pero él habla primero:

—Por lo visto se hizo un cambio en el temario de las oposiciones y yo me acabo de enterar. ¿Puedo irme ahora? Creo que lo controlas todo, si tienes dudas me llamas. Es que tengo que quedar...

—Vale, vete. ¿Qué toman los pintores? Oye, dile a Yago que me pague este día, me vendría genial.

—Espera, te lo pago yo. Cuanto más tarde se entere de esto, mejor. No le gustan los cambios. Un café solo doble y uno con leche, la leche fría.

A Jara no le gusta la idea pero están los pintores esperando, y la tostada del hombre mayor. Coge el dinero de Juanma.

—¿Algo de comer?

—Dos porras.

—Aún no las han traído.

—Mira, ahí llegan. Me voy. Gracias, Jara. ¡Suerte!

Cuando Juanma ya ha salido de la barra, Jara dice:

—¡También para ti!

Pero no se atreve a gritarlo y no está segura de que Juanma lo haya oído.

El hombre de las porras y los churros espera, se llama Ángel. Jara lo atiende, comienza su primera jornada sola en el bar. Al principio no piensa. Pone desayunos, cobra, responde a los comentarios de la manera menos torpe posible, informa sobre la ausencia de Juanma, en los ratos más tranquilos recoge las mesas, pone las tazas en el lavavajillas, prepara el terreno para los próximos cafés. Pasadas las doce, algunos minutos se despejan, no queda nada pendiente y nadie está esperando. Jara observa las mesas, a las personas que hablan animosas junto a sus cafés y a las que están solas mirando sus móviles o la televisión, leyendo el periódico o sin hacer nada. Prueba a imaginar cómo la cadena de causas y consecuencias se despliega en ese bar, en esa pequeña ciudad, en toda la tierra y se le despierta una ternura inédita. Pues su temperamento arisco no suele rimar bien con la ternura. Sin embargo, tal vez porque hoy tiene un sitio que le parece firme, aunque sepa que no lo es, mira desde ahí y percibe con el cuerpo, con un dulce asombro, que nadie sabe lo que será de ella, de él, en la hora siguiente.

Cobra los dos cafés de una pareja mayor. Les ve salir, andan despacio, tal vez sepan también que nada se puede prever, y conozcan la comicidad que hay en intentarlo. A veces, se quiera o no, hay que ponerse a planear. Pero no siempre, piensa, y muele una nueva tanda de café.

La mañana ha ido bien, por la tarde Juanma la llama, Yago quiere que cierren ellos. No le ha dicho que él no está. Comienza de nuevo la rueda. Al rato ya piden vinos y cañas, patatas, aceitunas. Jara se pone más nerviosa con las cañas: una vez se le olvida pasar la copa por el mojacopas, y aunque está segura de que no quedaban restos de jabón se siente mal, dicen que sin agua las burbujas se pegan al cristal, ella no lo notaría pero desecha la caña por si acaso y eso la retrasa. Tampoco consigue siempre la espuma perfecta, la crema. Y le cuesta medir bien el tiempo de descarga del grifo para que no caiga cerveza oxidada en la caña nueva. Tan concentrada está en hacer cada una de las cosas que no ve que ya son casi las nueve. Empieza a recoger deprisa. No sabe cómo pedir a las tres personas que quedan que se marchen. Al final inventa una llamada telefónica; aunque no tiene móvil habla desde el cuarto del hielo a voces con la puerta abierta:

–Sí, sí, ya cierro. Las nueve, sí, ya sé. Enseguida voy. ¡Hasta luego!

Sale y comprueba con pasmo que ha conseguido lo que quería. De una mesa ya se han levantado y esperan para pagar, en la otra se están levantando. Repasa cinco veces los pasos previos al cierre: la caja, la cafetera, la luz, el grifo, las llaves, comprueba una sexta vez que está todo y sale del bar.

Paloma, la compañera de Camelia, entra muy alterada en el despacho. Acaba de hablar con Gema, una dependienta de zapatería miembro del comité de empresa de un gran almacén. Le ha contado que estaba volcando las cajas vacías en la tolva, un gran montacargas donde se tira todo el cartón, cuando su jefe se ha colocado detrás de ella y le ha dicho: «Lo fácil que sería para mí tirarte ahora, ¿eh?». Gema no se ha arredrado. «Si me tiras me engancho y caigo encima de ti», le ha respondido. Pasado el momento de tensión, su jefe le ha dicho algo del día siguiente y se ha marchado como si tal cosa.

Las dos conocen a Gema, es fuerte, desde que está en el comité le intentan minar la moral todos los días, le dicen que es una mierda, que su trabajo no vale, aunque no lo pueden demostrar, y ella se burla. Siempre dice que lo hizo muy bien ante los de selección de personal: se mostró débil, sumisa; ahora les subleva tenerla ahí y no poder echarla.

—Está abajo —dice Paloma—, me voy a tomar una cerveza con ella.

—Dale un abrazo de mi parte.

Cuando sale Paloma, Camelia atiende la llamada que ha retenido.

—No he podido ni empezar a montarlo, tía.

Es Alba, la chica de Stop Despidos. Aunque recibe cientos de llamadas, Camelia ha reconocido su voz y su forma de hablar directa, sin presentaciones.

—Hola, Alba. ¿Qué ha pasado?

—Pues que todo es un jodido puzzle. Mira, al principio de la pandemia yo veía que las empresas se reconvertían. No parecía tan difícil: dejabas de hacer perfumes y empezabas a hacer geles desinfectantes, dejabas de hacer lo que fuera y empezabas a hacer respiradores. Pues igual con lo demás, ¿no? Y así produciendo menos, mejor y otras cosas, a lo mejor se aminoraban un poco los colapsos que se avecinan. Pero fueron cuatro gotas. Como en aquella reconversión industrial que me contaba mi padre: lo llamaban reconvertir, pero lo que se hacía era cerrar.

—A ver, Alba, ¿no solo quieres que no despidan, sino que además cambien su actividad?

—Ya te digo. No, bah, me gustaría pero no voy tan lejos. Es que hoy estoy sin filtro. Se lo he oído a una dependienta en una tienda al lado de casa. Le decía a un cliente: «Como no lleguen ya las vacaciones, no sé qué voy a hacer, ya estoy sin filtro. Al próximo cliente maleducado que me hable le contesto y no te creas que le dirán algo a él, me echarán a mí». ¿Te das cuenta? Hasta el filtro le quitan, y lo peor es que debería ser una liberación pero es una condena, sin filtro se queda desarmada. Bueno, mi caso es más leve. Yo solo estoy sin filtro de lo probable, de lo razonable, pero ya me lo pongo.

—No, no te lo pongas, dime tu plan.

—Una puta fantasía. En vez de por la pandemia, ahora lo paramos todo por sentido común y reconvertimos de verdad. Hacemos una lista de lo necesario, de lo superfluo que también hace falta, de lo que no sirve y perjudica. Por lo visto se puede parar por miedo, pero no para arreglar un poco todo esto.

—Hubo empresas que por parar se hundieron, o se las comió una empresa más fuerte. Otras resistieron pero por las ayudas, y porque fue algo general y cerraron poco tiempo.

—Eso me dicen. Vale, vale, no es tan fácil, lo sé, lo sé. ¿Y lo de ahora? ¿Es fácil? Lo de ahora no es nada fácil. Hay angustia, y las resistencias están dispersas. Y luego están los «deberíamos». ¡Me descorazonan! Siempre quise decir esto: ¡Me descorazonas! Bueno, tú no, Camelia.

—¿Qué son los «deberíamos»?

—Ya sabes, deberíamos acabar con esto, y con esto otro, y… ¡joder, que ya lo sé! Deberíamos abolir casi todo, la explotación, el trabajo por cuenta ajena, el trabajo de cuidados cuando es una imposición. Yo sé que es así, pero a ver, es que hay que coger fuerzas, si te echan o si no te dejan entrar, si no puedes pensar en otra cosa que no sea cómo arreglártelas para vivir, ¿de dónde vas a sacar las fuerzas para rebelarte?

—Alba, si quieres te meto en el grupo de trabajo que hay aquí. Se están organizando comisiones, haciendo estudios, hay propuestas…

—No tengo tiempo, doña Flor, gracias de todas formas. En realidad, vosotros tampoco tenéis tiempo. Aunque no os deis cuenta.

—Nos la damos, pero…

Alba se ríe.

—Eso es, os la dais, la hostia, con perdón para quien sea, os la estáis pegando y el cacharrazo va a ser memorable. El mío también, oki. Pues me dedico solo a parar despidos. Y ¿qué pasa? Faltan efectivos, o yo qué sé. Y hay mil casos donde ni siquiera te despiden porque no tenías papeles y no te hicieron contrato, así que se te quitan de encima y saben que te aterra protestar porque entonces te pueden descubrir. Luego está el miedo a que se enteren de que has participado en la movida, aunque no vayas, aunque vaya otra gente y no te saquen la foto a ti: es que entre la esperanza de quedarte y el miedo a que te echen, te atrapan. Sé que es difícil, pero ¿no estáis para eso también, para luchar desde fuera además de negociar desde dentro? ¿No era que el trabajo no tenía que servir para separarnos, para individualizarnos, sino para unirnos, y también para unirnos a los que no lo tienen? Bueno, me callo, a ver, yo ya no voy a necesitar un trabajo, y sé lo que es el miedo a perderlo, porque lo he perdido. Ya ves, justo ahora sí que me haría falta. Cuando supe el tiempo que me quedaba, me decían: Viaja, descansa, qué va, no tengo ningún interés. Quiero hacer algo. No una gran cosa, ¿eh?, una normalilla, que sirva un poco. Adivino las llamadas en espera, estarás sufriendo.

—No, Alba.

Alba ríe otra vez.

—Es verdad —dice Camelia—. Parpadean sus luces y me gustaría contestar, pero también quiero que me cuentes. ¿Por qué no quedamos cuando termine, a mediodía o después de las siete?

—Sí, bueno…

—¡Espera, espera! Si no puedes no cuelgues.

—No sé si puedo.

—Entonces seguimos. —Camelia se levanta para no ver las luces en el teléfono, se da la vuelta y se sienta en el borde de la mesa, de espaldas a la puerta—. Lo que dices del miedo es real, sí. Aunque todas las luchas y las huelgas existen porque hay algo igual de importante que el miedo.

—¿Igual? ¿No más?

—No sé si más, Alba. Casi siempre, cuando alguien hace algo y no tiene claro el porqué, cree que el motivo real es peor, más turbio, más egoísta. Por lo menos eso dicen muchas historias y películas. Ay, pero es que casi nunca sospechamos al revés. Como si no hiciéramos algunas veces las cosas por motivos buenos y los escondiéramos hasta de nosotras mismas. Esas personas que te dicen que tienen miedo, a lo mejor tienen más miedo a la vida que llevan, pero renuncian a librarse de su miedo por alguna lealtad que no conoces, y que si conocieras quizá no compartirías, pero esa es otra historia. Parece que pensamos que «la gente», así, como expresión, «la gente no tiene mente», «la gente» es cómoda, «la gente» está asustada. ¿Qué gente, cuánta gente, en qué momento? De la misma manera podríamos decir que «la gente» piensa muchísimo las cosas y se guía por razones importantes.

—¡Eh, Camelia!, que yo no juzgo a esas personas.

—No lo digo por ti. Soy la primera que tiende a buscar primero motivos oscuros, juzgo porque me juzgo. Me parece que tú también te juzgas. Me has dado a entender que lo que haces ahora no tiene valor porque sabes que vas a morirte. Pero claro que tiene valor. Mucho. Lo que nos falta no es valor, es…

—Venga, dilo, no me dejes así.

—Ay, nunca lo digo en voz alta. Es claridad. ¿A que entiendes por qué no lo digo en alto? La claridad, eso sí que asusta. Como si hubiera que elegir: o compasión o claridad, o matices o claridad, o ironía o claridad. Pues no: es posible compadecerse de los errores que todo el mundo cometemos cuando la vida se nos enreda, y, al mismo tiempo, reconocer cuánta falta nos hace un poco de claridad.

—Tía, estoy contigo. Claridad, por eso me gustan las películas de boxeo y de artes marciales. Hay un combate, las cosas están claras. Si hubiera claridad, ahí me tenías: toma, tres meses de mi vida enteritos, úsalos como quieras y gana este combate. Pero ¿cuál es el combate? Nada, oscuridad, confusión. Te vienen con lo de vivir cada segundo como si fuera el último. Que no, que eso no quiere decir nada, ya te lo digo.

Camelia cree percibir un ligero desfallecimiento en las últimas palabras de Alba, aunque quizá se lo imagina.

—Oye, Alba. ¿Y yo puedo ir a verte?

—Eh, eh, no me cambies de tema. Claridad, lo has dicho tú. ¿Qué puedo hacer, entonces? ¿Cuál es el objetivo?

Camelia se sienta otra vez. Pone su chaqueta encima del teléfono. No puede dar a Alba la misma respuesta que le dio a Ramiro, todo eso de los actos de cada día. Así que solo dice:

—Encontrarlo. En serio: el objetivo es encontrar el objetivo.

—Eso me gusta. Te volveré a llamar.

Camelia cuelga después de Alba. Aunque las luces de las llamadas atraviesan el tejido de la chaqueta, no contesta. Está cansada, sabe que cualquiera, en cualquier momento, puede ser Alba, nadie tiene garantizado nada. Y piensa en las personas que exhiben su suerte como si les diera poder, antes le creaban rechazo, ahora procura atenuarlo porque, al final, se dice, todo el mundo está desprotegido; no, no en la misma medida, ni de casualidad, hay personas diez, mil y cien mil veces más protegidas que otras. Si atenúa su rechazo en medio de la desigualdad es porque a veces se pregunta cuántas de esas seguridades rutilantes solo esconden el pavor a no ser capaces de soportar algo terrible.

Camelia desbloquea la pantalla y busca los ficheros que deberá consultar cuando vuelva a contestar llamadas. Abre la carpeta, abre el correo, descuelga el teléfono. Procura no distraerse pero, en cuanto puede, prueba a imaginar cómo será Alba, qué cara tendrá, dónde vivirá. Le gustaría que se lo hubiera inventado todo, que fuera una mentirosa patológica o alguien con un problema concreto pero con solución, a quien le ha dado por desvariar. Luego piensa en Raquel y en que esa noche, sí o sí, va a escribirle una carta. Lleva tiempo queriendo hacerlo pero siempre lo pospone. Esa noche lo hará, le dirá las pocas cosas que sabe, casi todas se las ha enseñado alguien. Siempre ha retrasado la escritura de esa carta, ¿qué poner en un papel que luego Raquel pudiera guardar? Y ahora piensa que la carta o, mejor, las cartas sucesivas, tratarán de todas esas personas que se ha ido encontrando y que le han entregado, sin que ella se lo pidiera, sin darle la menor importancia, un gesto, un secreto, una verdad pequeña pero tan real como cuando toma una piedra de río y la coloca en la palma de la mano.

Por la noche, Lena y Hugo están en el sofá del salón buscando sitios posibles para dormir. Ramiro se acerca.

–¿Puedo ir también? Como Lena, yo me quedo donde haga falta. Tú eres el único emisario, Hugo. Pero me encantaría ir con vosotros.

Hugo y Lena se miran con sorpresa, no es propio de Ramiro querer hacer ese viaje.

–¡Claro! –dicen a la vez.

–Lo malo es que el viernes no puedo salir pronto. A las siete y media apurando mucho.

–No importa, mi amiga Julia nos deja su coche –dice Hugo–. No tenemos horario.

–Muy bien, decidid vosotros todo y me lo contáis. Tengo que hacer una llamada.

Ramiro se mete en su cuarto pero no llama a nadie. Se pregunta si las personas con un cuerpo pequeño echarán de menos a veces otra envergadura. Él alguna vez sí piensa en cómo sería ser un poco más bajo, menos ancho, y que su mera presencia pudiera decir cosas distintas de las que ahora dice. Está nervioso por algo que le ha pasado y le sobra cuerpo por todas partes. Se sienta y se encoge un poco, como un acordeón en vertical que al plegarse se hace más pequeño pero que, cerrado, adquiere contundencia, no es solo su superficie expuesta al mundo, es caja, es cofre. Al poco vuelve con Hugo y con Lena.

Le muestran el sitio que han encontrado para dormir. Le piden que se siente en el sofá, con ellos, y no en la butaca de al lado donde se ha acomodado Ramiro. Él obedece, su cuerpo grande se arrima, los tres miran el portátil. Durante un momento no es Jara lo que les reúne, no son los años de amistad y esa certeza de que tejer los lazos es tejerse el propio cuerpo y no hay más; no. Durante un momento atienden, separados y juntos, la llamada de lo lejano. No necesitan mares del Sur, ni expediciones a la Antártida. Hoy la simple idea de alejarse un par de cientos de kilómetros del lugar donde viven les parece una puerta a lo desconocido. A diferencia de lo que han sentido otras veces, no lo consideran un escaqueo, tampoco una tregua merecida. Hoy piensan, cada uno a su modo, que quizá ya se les ha pasado el tiempo de distinguir entre irse y quedarse. Allá donde estén, allá donde vayan, seguirán al tanto porque seguirán entrando en otras vidas y porque ya no podrán olvidar que todo comportamiento es suma, que el diseño del mundo se hace mediante un agregado de todas las conductas. Claro que volverán a perder la cabeza y el norte más de una madrugada, y estará bien. Hoy, entre huir del todo y quedarse para tirar abajo aunque solo sea un átomo de lo que es injusto, encuentran una distancia de horas, un alejarse, un abrir la ventanilla de sus vidas y que el aire les lave la cara.

Cuando ya han acordado la hora, el lugar donde pasarán la noche, el momento del regreso, Ramiro dice:

—¿Y vamos a dejar a Camelia aquí?

—No, es verdad, no podemos —dice Lena.

—Llámala —dice Hugo.

Ramiro le manda un mensaje, pero Camelia no da señal de haberlo visto.

—Si no contesta en un rato, llamo —dice.

Aunque ya no necesitan mirar el ordenador, aún siguen hombro con hombro, como si no quisieran reacomodarse en el sofá, como si necesitaran menos el espacio libre que el contacto. Acaso sea por la lluvia, ese ruido que hace pensar en lugares fuera de la ciudad, en las hojas mojadas de los árboles.

—Y si la encontramos, ¿qué le digo? —pregunta Hugo—. Os habéis puesto enseguida de acuerdo para comisionarme, y ¡hala!, como si con eso ya estuviera todo arreglado.

—Tienes razón, Hugo —dice Ramiro—. Ni idea. Tendrás que escuchar primero.

—Sí, Hugo —dice Lena—, nadie escucha como tú. No preguntas, no presionas y, de repente, ya te lo hemos contado todo.

—Pero Jara es mucha Jara. Saldrá por donde menos me lo espere. Y no sabré qué hacer y me sentiré fatal por haberos defraudado.

—Ni se te ocurra —dice Lena—. Vas tú porque lo hemos decidido entre todos, lo que tú hagas lo estamos haciendo todos.

—Ya…, sí, es bonito, pero si me equivoco…

—Un poco de razón tiene, Lena. Es la soledad del delantero, mucho peor que la del portero ante el penalti. Sí, son un equipo pero luego…, y lo malo de las equivocaciones es que no pierden intensidad. Por lo menos en mi caso. Cuando me viene un recuerdo de algo que hice mal, me viene como si hubiera sido ayer, aunque hayan pasado diez años.

—Salvo si al final pudiste arreglarlo, ¿no? —dice Lena.

—Sí, pero entonces no son equivocaciones —contesta Ramiro—. Las verdaderas son las que se quedan así para toda la vida.

—¿Y con esas —pregunta Hugo— no puedes hacer cosas que, aunque no lo arreglen, arreglen un poco cosas parecidas? Yo me calmo así, pienso que si no hubiera cometido aquel error habría metido la pata la vez siguiente y que, al menos, he conseguido no tropezar en la misma piedra la octava vez.

—Sí y no —dice Ramiro—, cuando de pronto algo me hace recordar de forma inesperada la equivocación, por mucho que piense esas cosas, el error me salta con la misma fuerza.

—Pues me lo estás poniendo fácil —dice Hugo, y se echa a reír.

—Al final —dice Lena—, las equivocaciones siguen doliendo porque pensamos que podríamos no habernos equivocado.

—Por mucho que Jara diga que no podríamos haber hecho otra cosa, ni siquiera ella vive así —dice Hugo—. Eso de que estamos condicionados lo crees con la cabeza, pero es casi imposible creerlo con el cuerpo. Jara se pasa la vida intentando hacer mejor las cosas.

—Sí —dice Lena—. Solo lo decía para cuando habléis. En ese momento, harás lo que puedas hacer, no podrás hacer otra cosa porque además no serás tú, serás también Camelia, Ramiro, hasta Renata, yo. Lo que hagas, o lo que no hagas, se deberá a que te hemos dejado ahí, a que no hemos ido contigo. Lo que hagas o lo que no hagas ha empezado a pasar ya porque hemos pensado que Jara estaría más a gusto hablando con una sola persona.

—Hmmm, funciona, pero poco —dice Hugo—. Bueno, un poco más que poco. Estás muy callado, Ramiro.

—No…, bueno, sí. Porque me gustaría contaros algo, creo que es algo bueno. Aunque no estoy seguro y no sé si viene a cuento.

Lena y Hugo se abalanzan sobre él, fingen retorcerle un brazo.

—¿No estarás haciéndote de rogar? —pregunta Lena.

Ramiro se suelta riendo. Luego se pone más serio.

—Ha sido esta mañana. Iban a echar a Rosario, se lo habían insinuado, yo también lo sabía. Le quedaban cuatro años para jubilarse. Trabaja como cualquiera, es seria, menuda, dicharachera a ratos. Pero desde que se lo dijeron no abría la boca. Venía como un fantasma, trabajaba y se marchaba sin saludar, casi parecía que no respiraba. Hoy la han llamado. Y, como diría Jara, «ha querido la casualidad» que yo lo oyera. Porque, estando como estaba Rosario, fijo que no me habría avisado. Le he dicho que iba yo. No ha contestado pero tampoco se ha opuesto. Y he subido a dirección. Me he arriesgado. Aunque no, no es verdad, el riesgo era suyo y yo lo he tomado nada prudentemente. Todavía tengo el miedo en el cuerpo. Ha salido bien pero he sido un irresponsable. Porque llega a salir mal y lo habría pagado ella. No he podido evitarlo, ni siquiera lo llevaba pensado. Es que tendríais que conocerla; nunca he visto que dejara una tarea por hacer que pudiera caerle a otro. Al revés, mil veces ha hecho cosas que tendría que haber hecho otro. No en plan mártir, ¿eh? Al menos en mi trabajo hay pocos caraduras, alguno hay, pero cuando algo queda sin hacer normalmente es porque el responsable realmente no ha podido, ha pasado algo en su casa, se ha encontrado mal, o ha habido algún error, que también los hay, claro. Y no sé cómo, Rosario se enteraba, lo arreglaba y volvía a toda velocidad a lo suyo.

Ramiro se ha separado un poco de Hugo y Lena para poder mirarles; está apoyado en el brazo del sofá, gesticula con sus manos grandes, a veces roza sin querer el hombro de Lena y agita la pierna derecha sin cesar.

—Cuando hicieron el ERTE, Rosario me lo dijo: «En cuanto pasen los meses obligatorios me van a echar, soy mayor para ellos, van a hacer limpieza». Yo no quería creerlo. Cuando por fin lo dijeron, no reaccioné, o sea, hice lo mínimo: reunirme, lograr subir una miseria la indemnización que le iban a ofrecer. Hay tantas cosas acumuladas ahora. Esta mañana, que la llamaran me pilló por sorpresa. He subido y entonces de buenas a primeras voy y les digo que la plantilla no va a dejar que la despidan. Que si no hay trabajo para Rosario habrá que buscar otras tareas, que a lo mejor la tienda tiene que cambiar, pero que si la despiden van a tener un conflicto de los que ya no se recuerdan. Camila me había contado una historia de una chica que quería montar un Stop Despidos dentro del sindicato. Se había encontrado con muchos problemas, no es para nada fácil montar algo nuevo dentro, pero yo tiré de esa historia. Dije, y eso era verdad, que Rosario es un símbolo. Que el día del finiquito ella no iba a firmarlo porque no lo quería: quería seguir trabajando, y aquí me disparé: dije que no íbamos a dejar que lo firmara, que habíamos acordado quedarnos en la tienda, tendrían que sacarnos a rastras. Dije que a veces una persona se convierte en la gota que colma el vaso de la desesperación y Rosario era esa persona. Que la gente había pasado por mucho pero esto no lo iba a aguantar. «Llevamos días preparándolo: Rosario se queda», dije. Ahí estaba el jefe de recursos humanos, bastante más joven que yo. Moderno, sereno, impecable, y el director, de la edad de Rosario, que debía de haber venido solo por deferencia a ella, porque nunca da la cara. Los dos sentados y yo de pie. Me dijeron que no podían aceptar amenazas. Lo dijo el director, se levantó para decírmelo. Y ahí fue cuando sentí pánico. Si echaban a Rosario con lo mínimo sería mi culpa.

Ramiro mira a Hugo y luego a Lena y luego a Hugo y luego a Lena.

—Que sepáis —dice— que en ese momento hice un cálculo rápido de todo el dinero que podría conseguir para pagar esa indemnización si se perdía por mi culpa, y que conté con vosotros. Como estaba pensando en eso no contesté. No sé si mi silencio les desconcertó o si mientras tanto ellos también hicieron sus cálculos. Pero, de pronto, va el jefe de recursos humanos y le dice al director que tienen que hablar. Me hacen salir del despacho. Tenía la frente llena de sudor frío. Me la limpié, me pellizqué la cara porque supuse que debía de estar blanco. Cuando me llaman otra vez, me dicen: «No hemos oído nada. Hemos reconsiderado el caso de Rosario porque ha sido una persona muy valiosa en la tienda y pensamos que podemos buscarle otra ocupación. No vas a decir nada a Rosario ni, por supuesto, al resto de la plantilla. Cuando bajes, le explicas que hemos estado hablando de otros asuntos, porque con ella queremos hablar directamente a mediodía. Le vamos a preguntar si le interesa quedarse haciendo otras tareas. Tú ganas, pero nosotros también ganamos porque ya estamos avisados. Esto no va a repetirse. Si alguien llega a saber que nos has amenazado, no te echaremos a ti, echaremos a los más débiles, Rosario la primera y mal, la echaremos mal. Nunca hemos tenido esta conversación». Miraron hacia la puerta y yo salí.

Ramiro se ovilla, la cabeza escondida entre las manos, está temblando. Hugo se levanta, se sienta en la mesa, le toca las manos.

—Tío, si lo has conseguido, ¿por qué estás tan nervioso? Eres mi dios.

Él se quita las manos de la cara y le mira.

—Gracias, Hugo. Pero no. Los faroles valen para los juegos. Pero para las personas, no. Si hubiera salido mal…

Lena se apoya en el hombro de Ramiro y le coge el brazo.

—A la mierda los «si» hipotéticos, solo queremos síes con acento. Si hubiera, si hubiera. Nada, no hay si hubiera posible.

—Además, alégrate, ellos creen que han aprendido pero no han aprendido nada porque en realidad no saben lo que ha pasado —dice Hugo—. Y tú sí.

—¿Camelia qué te ha dicho?

—Todavía no se lo he contado. —Ramiro mira su móvil—. No ha visto el mensaje, ¿la llamo?

—Sí.

Camelia, sin embargo, no descuelga. Al poco le llega un mensaje a Ramiro: «Ahora no puedo hablar, llegaré tarde. Si es urgente, dime. Si no, mañana hablamos».

Camelia está en casa de Julio. No escribe, pero si lo hiciera a lo mejor venían a su mente líneas como las escritas por Hugo hace dos días:

Eliges
un cuerpo,
uno,
ese.

Camelia mira dormir a Julio, no tiene fantasías con el día siguiente ni con la semana siguiente. Agradece el contacto, esa presencia al lado y que su añoranza de Raquel y la conversación con Alba lleguen a la vez que el sonido constante de la respiración de Julio. Ha empezado a escribir la carta a su hija. Sabe que le llevará un tiempo pero no tiene prisa, quiere hacerla bien. Procura amoldar su respiración al ritmo de Julio para que así le venga el sueño. Pero está tan despejada. Las palabras de Alba resuenan en su cabeza como si hubiera hablado con ella hace un instante. Si en vez de intentar dormir se levantase y llamara a Ramiro, podría escuchar la historia de Rosario y pensar en cómo encontrar mañana a Alba para poder contársela. Sabría también que Ramiro ha decidido sumarse al viaje en busca de Jara el próximo viernes y que esperan que ella se una. Abraza el cuerpo de Julio y el suyo se ablanda por el sueño mientras no imagina la expedición en coche de Martín de Vargas ni escucha la voz azulada de las distancias ni recrea tampoco la victoria de Alba que Alba no conoce, ni cómo se la contará. Las expectativas son, de alguna manera, conocimiento en el tiempo.

Mañana, viernes, se cumplirá la primera semana de trabajo de Jara. Por el momento, solo ha roto una copa y una taza y ha tenido un pequeño malentendido con un cliente. Nada demasiado grave, según espera. Le preocupa más el cansancio mental que descubre cuando echa a andar en dirección al parque y ve cómo el ruido de la cafetera, la anticipación constante de acciones pendientes y la imagen de la pantalla de la caja se superponen sobre todo lo que mira. Piensa que ojalá coincida con Mariana en el lago, pero también que ojalá llegue después que ella, para así haber dispuesto de unos minutos en los que mirar el agua y dejar que el bar de su cabeza se sumerja.

Mariana no está. Jara camina hacia el puente. No le alegra su ausencia porque ahora teme que no aparezca, que haya dejado de ir, han pasado muchos días y ella perdió el papel con su teléfono y no la avisó de su trabajo, de que ya no tendría las mañanas, a excepción de hoy y solo porque anoche Yago le pidió que cerrase el bar a cambio de abrirlo él esta mañana. Cierto que Jara no sabía cómo iban a ser las cosas cuando se despidió de Mariana, pero después perdió el papel y ahora siente el peso de su distracción. Lo siente más porque en ese peso concentra el de toda su fuga, su no haber mandado una sola señal a Lena, a su madre, a la casa entera de Martín de Vargas. Vuelve la cabeza a cada poco y convoca todo su talento para la superstición: si Mariana aparece significará que su madre está bien, que Lena la ha entendido, que en Martín de Vargas la siguen queriendo. Luego se acelera, es tan fácil pensar que está haciendo una tontería, que una relación asalariada es una relación viciada y que vivir sin ella no ha de ser traumático. Jara lo entiende con la cabeza. Sin embargo, le gustaría hacerles entender a ellos que cuando trabajas te necesitan. Puede que no a ti, puede que solo a una como tú. Pero ¿quién se hace fuerte desde la nada? Y no quiere su ración de poder, sino lo que casi se atreve a llamar su ración de existencia. Se llevarán las manos a la cabeza, le dirán que ella existe para muchas personas, que esa idea de que los trabajos remunerados son los que confieren identidad, esa idea del triunfo social y el éxito medido con la cuenta corriente es algo caduco, gastado. Pero, en el fondo, tal vez comprendan, ¿quién habla de triunfo, quién siquiera de identidad, quién de éxito? Jara solo quiere contar, ser una más en el recuento. Que sí, que lo sabe, que el vínculo entre la vida y el mundo no debería ser el trabajo asalariado, como sabe que no lo es para los rentistas y otras gentes, y rechaza que alguien tenga el privilegio de poder darte o no trabajo como quien te da o no permiso para vivir. Pero entre lo que debería ser y lo que es pasan los años. El tiempo cuenta así a favor de lo que existe, se dice que lo real es necesario quizá porque lo que aún no ha sido necesita ventura y tiempo. Jara contaba antes para Martín de Vargas, sí, pero de algún modo no contaba para el mundo y si su trabajo dura, si Juanma aprueba, si entonces un día les mira a los ojos desde la barra, van a entender lo que quiere decir.

—Íbamos a cambiarlo todo —dice en voz alta sin darse cuenta, y al oírse mira a su alrededor y ve a Mariana—. ¡Hola! —dice contenta y avergonzada—. Perdón por no avisarte, es que me salió un trabajo y perdí tu papelito, lo siento.

Jara se sonroja por la ilusión infantil con que ha usado la expresión «me salió un trabajo», como si fuera algo que le pasa de vez en cuando, pero Mariana no lo ve, las dos siguen mirando al lago.

—No pasa nada —dice Mariana—, yo creía que te había asustado. Me puse tan intensa…, no tenía que haberte contado nada.

—¡Qué va!

—¿Puedo preguntarte qué es eso que decías de que ibais a cambiarlo todo?

—Ay, perdón, me da por hablar sola. No me hagas caso.

—¿Nos sentamos? —pregunta Mariana.

Retroceden por el puente hacia la zona de los bancos.

—Me refería, no sé, a las personas que pensábamos que así no, que la vida no podía ser esto.

—No es fácil.

—Aun así…

—Algunas cosas se hacen. En la epidemia surgieron redes solidarias. Muchas cayeron, pero aquí hay una…, todavía seguimos.

—¡Sí! Perdona, odio esta forma de quejarse, no sé por qué me ha dado por ahí.

Se sientan en un banco, las campanas dan las diez.

—¿Te gusta trabajar desde casa? Llevas webs, ¿verdad?

—Sí, eso hago. Unos días me gusta y otros no. También tengo que hacer visitas a los sitios, así que un par de días a la semana es como si trabajara fuera. Bueno, no es igual. Trabajé en una oficina varios años. Estaba bien la sensación de estar en un sitio, pero no las rencillas, los agobios cruzados. O cuando tenías que obedecer órdenes sin sentido. No sé, supongo que depende bastante de con quién te toque trabajar. ¿Tú estás bien en tu trabajo nuevo?

—Estoy empezando. Es un bar. ¿Quieres venir mañana y te invito a un café? Es uno que hay junto a la plaza del magnolio.

—Lo conozco, vivo cerca. Mañana voy.

—Muy bien, tengo que irme.

Jara tiene tiempo aún pero ha rebasado todos los límites de su estar ahí, como si no se pusiera nerviosa con cada palabra que dice o deja de decir. Como si el remordimiento no la atropellara, el remordimiento de lo menor. Al instante tararea por dentro su estribillo de «abajo lo dramático». Luego decide que llamará a Renata para avisarla de que está bien y que se lo diga a los demás. No quiere volver a caer en lamentos como el que le ha soltado a Mariana. Ojalá Yago se marche en cuanto ella aparezca, añora estar sola detrás de la barra del bar, tiene ganas de que la exploten, qué dirían Ramiro y Camelia. No dirían nada, piensa, lo entenderían, no es tan complicado de entender, no hay un conflicto entre vida y economía, pues la economía es vida, el conflicto está entre vida de quiénes y rentabilidad de quiénes. Acude a una de las frases que memoriza para tranquilizarse: «Asusta pensar que no se sabe algo, pero debe asustarnos más el pensar que, en gran medida, el mundo está gobernado por gente que piensa, erróneamente, que sí sabe qué está sucediendo». Reconoce que hay algo de escapatoria en esas palabras, en no querer admitir que a veces, pese a todo, sí es posible saber. Porque a veces lo es. Y porque otras veces hay que vivir como quien sí sabe. Aunque la maceta esté ya suspendida sobre nuestras cabezas y programada para caer mañana hay que vivir como si se supiera que no hay maceta y que hay que continuar.

Hugo ha terminado la primera parte de su código antes de lo previsto, tal vez porque ya está con un pie fuera de Madrid, esa noche salen de viaje. También ha moderado un poco el tiempo que en secreto ha pasado guiando a sus pequeñas huestes de bits hacia Chema. Con el sentimiento de liberación que precede a los viajes, saca el móvil y busca su contacto. Hugo se marcha a menudo pero sin irse, se marcha dentro de su trabajo o cuando ya termina y solo vuelve a casa, o cuando no tiene tiempo para hacer lo que debe o cuando le preguntan qué tal y dice tirando y le contestan ya es algo. En cualquier parte, en fin, cierra el volumen del altavoz exterior, deja de oír los coches y las cuentas, deja de mirar lo que tiene delante y llama a Chema sin marcar, mientras en su cuerpo se aviva un entusiasmo oculto. Con él iluminándole la cara, Hugo deja esta vez que su dedo pulse el dibujo del pequeño auricular verde y aguanta sin colgar hasta que oye la voz de Chema:

—¿Hugo?

—Hola, no es una llamada de trabajo. ¿Puedes hablar ahora?

—Sí, dime, ¿pasa algo?

Hugo se tambalea con la pregunta, lo sabía pero ahora le queda más claro que Chema no está en su situación, de esa llamada no laboral no espera una cita, sino alguna emergencia. Bien, no importa, todavía hay un diez por ciento de probabilidades de que Chema también esté actuando.

—No, nada. Era por vernos un día, si te apetece.

—Ah, bien.

—Yo me marcho fuera este fin de semana, pero a la vuelta, no sé, ¿el miércoles? ¿A las ocho?

—Mejor el jueves, si te da igual.

—Sí, sin problema.

Hugo ve las palabras mientras las dice, triviales, sin dobles sentidos, sin silencios.

—¿Confirmamos el mismo jueves? —pregunta Chema.

—Vale, perfecto.

—Que tengas buen viaje.

—Gracias, y tú buen fin de semana.

Cuelga y enseguida se levanta. No sabe si ha cometido el mayor error estratégico del mundo. Casi seguro, prevé, antes de la cita recibirá un mensaje de Chema diciendo que no puede. Pero ahora no le importa, la disposición al viaje predomina y piensa con tanta inquietud como alegría en la posibilidad real de encontrar a Jara. También sin darle vueltas, llama a Renata.

—Hola, Hugo.

—Hola, Renata. ¿Crees que podríamos vernos hoy un rato a mediodía? Es que, ya sabes, soy el encomendado, y me gustaría hablar un poco contigo.

Están muy lejos uno del otro pero hallan un punto intermedio en un bar junto a la plaza de Castilla.

A las tres se encuentran en la puerta. Como Hugo debe volver pronto, se sientan en la barra, piden una caña y un pincho de tortilla.

—Podríamos haber hablado por teléfono, para que no tuvieras que correr tanto —dice Renata.

—No, no, prefería verte en persona. Además, no tengo ninguna pregunta concreta.

—Soy atea, pero no me importa darte mi bendición, Hugo, que es como desearte suerte y decirte que si no la tienes no será culpa tuya, ni de Jara.

Hay ruido en el local, la gente se aproxima para pedir algo en la barra y les empuja sin querer; ellos apenas lo notan.

—María, mi sobrina de diecisiete años —dice Hugo—, me dijo el otro día que estaba horrorizada porque se había dado cuenta de que solo le quedaban veintitrés años para tener cuarenta. Los que yo tengo. Como si a los cuarenta se acabara todo. No lo decía por la crisis ecológica. Lo decía porque, supongo, a esa edad piensas que hasta los cuarenta es el tiempo que dura la verdadera vida.

—Luego se pasa —dice Renata.

—Ya, sí. No supe qué contestar. Le dije: «Menudo cálculo agobiante que has hecho, a quién se le ocurre», y nos echamos unas risas. Creo que su generación es más inteligente que la nuestra, a la fuerza ahorcan. Pero aun así me temo que terminará siendo carne de cañón de algo que ni siquiera puedo imaginar.

—¿Lo dices por experiencia? —dice Renata mientras parte un trozo de tortilla.

—Sí y no. Nosotros, no hablo de generaciones, sino de mi entorno, nosotros fuimos carne de la idea de que había que hacer las cosas bien. Mi hermano, el padre de mi sobrina, que me lleva siete años, hablaba de devolver a la sociedad lo que te ha dado, él es casi un poco boomer. Nosotros ya llegamos tarde a eso. Lo que nos cayó encima fue el hacer las cosas bien: las cosas del trabajo, las cosas del querer, las cosas del común. Y nos costó lo nuestro, porque, a ver, es como esta tortilla.

Renata sonríe.

—No está muy allá.

—No está nada allá. Pero no tenemos ni idea de cuánta gente trabaja en la cocina, ni cuánto tiempo. Hacer bien una tortilla, y sobre todo veinte tortillas, tiene su aquel. En cambio, con nosotros mismos eso no valía, buscar justificaciones era una especie de escaqueo. Hasta que llegó Jara, ¿sabes?

Hugo percibe la mirada alerta de Renata y se adelanta.

—No pongas esa cara, Jara no nos trajo el caos ni por su culpa dejamos de esforzarnos, qué va. El caso es que con ella empezamos a ser un poco más libres. No solo porque nos acabó metiendo dentro la idea de que había que seguir intentando todo, pero sin perder esa humildad fatalista y bastante divertida que tiene ella.

Renata pregunta al camarero cuánto es.

—Ni hablar, invito yo, te he hecho venir —dice Hugo.

—Pero mis años, pequeño —dice Renata.

—Ah, no, yo tengo ya unos cuantos.

Hugo se apropia de la cuenta y paga.

—Gracias, vamos afuera, ¿te importa? Hay demasiado ruido aquí.

Una vez en la calle, Renata sugiere volver.

—La plaza de Castilla no es humana. Solo en coche te das cuenta de que es una plaza.

—Vamos al intercambiador —dice Hugo—. Allí no se está mal. Compro dos cafés para llevar y nos sentamos en un banco.

Renata pone cara de no creérselo pero pide un café solo largo. Hugo vuelve con los dos vasos y un cruasán.

—Como no hemos tomado postre —dice sonriendo.

Luego la lleva a un banco del intercambiador.

—A esta hora no hay mucha gente. Yo miro los autobuses verdes y consigo aislarme, me meto en esos viajes, como si estuviera en una estación de tren pequeña.

Renata da un pequeño sorbo al café.

—Tienes razón, no se está mal aquí, y el ruido es diferente, es más un mar de fondo. Me decías que Jara os trajo algo además de ese fatalismo caótico suyo.

—Sí. Creo que somos más libres con ella, porque cada uno es un poco menos él mismo, o ella misma. Lena es menos Lena, yo soy menos Hugo, Ramiro y Camelia, lo mismo.

—¿Y eso es bueno?

—Buenísimo. Que le den a la autenticidad.

Hugo parte un trozo de cruasán y se lo ofrece a Renata. Luego parte uno para él, quita con cuidado la tapa del vaso y moja el cruasán en el café. Renata le imita.

—Un postre perfecto —dice.

—¿A que sí? Oye, con lo de pasar de la autenticidad no me refiero a ser hipócrita. No creo que lo contrario de la autenticidad sea la hipocresía. La autenticidad es darte bola a ti mismo todo el rato. Una pizca de autenticidad, a ratos, vale, pero ¿por qué suponer que nuestras obsesiones tienen más valor que las de otras personas? Con Jara, de pronto ya no éramos cinco autenticidades viviendo juntas. Jara se nos metió dentro y por fin cada uno podía ocuparse un poco menos de sí mismo, porque éramos un conglomerado. No una familia, ¿eh? No tengo nada contra las familias pero, con las mil excepciones que quieras poner, en ellas cada miembro es aún más él. Esto era otra cosa. Vale, algún marrón había, sí. Pero, joder, a mí me encantaba nuestro conglomerado.

—Si la encontráis, ¿le vas a pedir que vuelva por eso?

—Qué va. Salvo que me digas otra cosa, no voy a pedirle que vuelva. Escucharé. Y puede que sí, que le cuente que estamos un poco perdidos sin ella, pero espero que no suene a chantaje.

—Da igual cómo suene, no se lo va a creer. Así que, por ese lado, tranquilo.

—Ese es mi bus. Suele estar parado un poco, pero tengo que cogerlo.

—Vamos.

Tiran los vasos y servilletas en una papelera y se ponen en la cola del autobús.

—Siento no tener consejos, Hugo. El de «Sé tú mismo» no te lo iba a dar. Abrázala, si se deja. Un abrazo mío también. Y si no la encontráis, no te lleves un disgusto; podemos seguir buscando.

Renata abraza a su vez a Hugo, es un abrazo lento pero al mismo tiempo breve. Luego se marcha. Hugo sube al autobús, desde la ventanilla aún alcanza a distinguir el bamboleo del vestido largo de Renata y el color granate de su pelo. Es una persona barca, piensa, no hay tantas, navegan calles y cafés, se las reconoce porque tienen los pies grandes incluso cuando usan números pequeños; si tienes la enorme suerte de dar con una, de que te hable, sentirás que puedes navegar con ella en los días de grandes temporales.

TERCERA PARTE

Están haciendo el equipaje. Ha sido fácil convencer a Camelia. Terminan de meter los bultos en la maleta del coche prestado. Es pequeño, pero no tanto como para que no quepa Jara si acaso la encuentran y quiere volver. Han decidido picar algo en casa y así no tener que parar en el camino. Conduce Camelia, Hugo va de copiloto. Ramiro y Lena se colocan detrás con la esperanza de recuperar un poco de sueño.

—¿Música? —pregunta Camelia.

—Lo que tú prefieras —dice Hugo.

—¿Y los de atrás?

—Lo mismo.

—Pero ¿no ibais a dormir?

—Dormimos con lo que sea. Mejor heavy que melancólico, ¿verdad, Lena?

—Sí, lo que queráis, yo duermo de pie.

—Entonces, música.

Lena ya ha cerrado los ojos cuando suena el punk rock de Milky Wimpshake, una de las bandas favoritas de Camelia. Como preveía, el ritmo cortante y el empuje de las voces la ayudan a dormir. Cuando despierta están en una zona poco iluminada de la autopista y suena la música del móvil de Hugo, Le Ren, una cantante folk canadiense, nada heavy y bastante melancólica, aunque al mismo tiempo contundente: «But I just can't stand to be treated that way, no, love can't be the only reason to stay». Lena se deja llevar por esa voz que imagina de un verde alegre y oscuro. Ramiro duerme apoyado en su hombro. Con cuidado para no despertarlo, Lena estira su mano y la pone primero sobre el hombro de Hugo y luego sobre el de Camelia: «Hola», dice en voz baja. Camelia sonríe desde el retrovisor, Hugo retiene la mano de Lena cuando ya la está retirando, apenas unos segundos. Luego se quedan los tres juntos, despiertos en la noche, compartiendo ese momento en que te has ido y todavía no has llegado.

Han reservado en un hotel de autopista, a cuatro kilómetros de Arcos del Jalón. Todos arrastran el cansancio de la semana, solo quieren dormir, al día siguiente ya pensarán qué hacer. Mantienen la misma distribución del coche para las habitaciones. Camelia y Hugo, que son más madrugadores, planean levantarse temprano para dar un paseo por las afueras del pueblo.

Mientras Lena se ducha, Ramiro se queda mirando por la ventana los coches que pasan por la autopista. La vista le hace pensar en Gabi, un amigo del colegio y luego del instituto. Vivía en el barrio de Batán, y su casa estaba casi dentro de la autopista. A Ramiro siempre le impresionaba estar tan cerca de los coches, podían ver con detalle a las personas que iban dentro.

Al día siguiente Hugo y Camelia se levantan temprano, se internan por el primer sendero que ven y avanzan por una zona escarpada con el manchón amarillo de las aliagas en flor. A Camelia le gusta observar pájaros, reconoce un colirrojo tizón y le dice a Hugo:

—¿Sabes que a este pájaro lo llaman también «rockero solitario»? O sea, con «q» pero yo siempre lo imagino con «ck».

Pierden el camino, se adentran en una de esas veredas hechas por animales. Allí encuentran un grupo de piedras donde sentarse.

—¿Cómo está Raquel? —pregunta Hugo.

—Creo que bien —dice Camelia—. No, no me hagas caso, sé que está bien. Pero me da pavor que eso cambie en cinco minutos y yo no me entere por estar lejos. Dentro de dos semanas cumple diez años.

—¡Es verdad! Ya estamos en marzo. Su primera década. Tenemos que hacer un fiestón.

–Sí, sí. Pensaba decíroslo pronto y que preparemos algo. Lo celebrará allí, con su clase y todo eso. Pero cuando venga quiero buscar a sus amigas de aquí y hacer algo bonito. ¿Sabes? Vivo en un hilo. ¿Y si quiere quedarse a vivir allí? Hay mar, está contenta en su colegio, tiene una hermana. Lo peor es que si de repente no quiere, también me preocuparé, no sabré si es por estar conmigo o porque está mal.

–Raquel te adora. Tú no lo ves porque estás cerca. Pero yo veo cómo te mira. Dentro de poco se pondrá furiosa contigo como cualquier adolescente. Pero no la vas a perder. Viva donde viva.

Camelia le señala el cielo con un dedo.

–Es un halcón peregrino, Hugo, hoy estamos de suerte.

Se quedan mirándolo y el tiempo se para con su vuelo. Camelia se pone de pie y tira de la mano de Hugo.

–Tenemos que volver –dice, pero enseguida le abraza–, gracias por lo que me has dicho.

Echan a andar, Hugo detrás de Camelia, hasta que salen de la vereda y llegan al camino.

–Pues yo también estoy muertito de miedo.

–¿Por Jara?

–Voy a meter la pata seguro, ya te lo digo.

Camelia se ríe.

–Seguro, lo que se dice seguro, con Jara no hay nada. Además, no sé, no me pega este sitio para Jara, ¿a ti?

–Ni lo he pensado. A ver cómo es el pueblo. No sé, Jara es tan errática que no creo que haya elegido el sitio pensando en si le pegaba o no.

–Sí, es errática pero tiene sus normas –dice Camelia.

–Como el caos –dice Hugo–, estás hecha una filósofa.

–Tenemos que volver, Ramiro y Lena ya estarán desayunando.

Apresuran el paso, Hugo se pone a silbar y Camelia tararea. Piensa en lo que le ha dicho Hugo; le gustaba la filosofía pero tenía tantas ganas de irse de casa, y no porque estuviera especialmente mal con su familia, quería respirar, quería vivir a su aire. Tal vez se equivocó eligiendo estudiar psicología y abandonando la carrera después. Nunca se ha arrepentido. Solo ahora, al oír a Hugo, ha pensado que algún día le gustaría volver a estudiar, no para terminar la carrera ni para tener un título. Le gustaría estudiar, quizá más literatura que filosofía, como cuando aprende a reconocer los pájaros.

Ramiro y Lena están guardando sus cosas en el coche. Camelia y Hugo corren a por las suyas. Bajan, Hugo las guarda y se acerca a Lena.

—Consejo, por favor, uno, medio. Si me la encuentro no hago como que pasaba por aquí, ¿verdad?

—No, Jara no se lo va a creer. Si te la encuentras la estrujas, si puedes, y le preguntas si quiere que deis una vuelta juntos en algún momento. Y si no, improvisas, Hugo, que se te da bien.

Dejan a Hugo en el centro del pueblo. Los demás irán a ver el castillo y esperarán su llamada.

Hugo entra en un supermercado para preguntar si ha llegado alguien nuevo al pueblo con el aspecto de Jara. Lleva una foto suya en el móvil, si hace falta la usará pero preferiría no hacerlo, y cree que a Jara tampoco le gustaría.

Nadie está pagando, la cajera le atiende con amabilidad. Le dice que es difícil saberlo, la gente de las casas rurales, del hotel de Somaén y de otros pueblos, acuden a veces a comprar ahí. Siempre hay alguien nuevo. Pero así, una mujer que lleve muchos días seguidos, no le suena. Claro que puede estar yendo a comprar a otra parte, aunque sería raro si vive en el pueblo no haberla visto. Hugo agradece y pregunta por un sitio para tomar un café, el madrugón para el paseo le está pasando factura.

Cuando llega al bar, pide un café solo bien cargado y aunque hace fresco pregunta si puede quedarse en una mesa todavía sin montar al aire libre. Fantasea con ver pasar a Jara, mientras lamenta su propia imprudencia al aceptar ser el emisario. Emisario ¿de qué? ¿Qué va a decirle, que vuelva adónde? Martín de Vargas es un sitio, sí, pero está dentro de algo mayor que no lo es. Y Martín de Vargas no está aislado, aunque intentan que sea refugio, que tenga un clima propio y no pasen los tornados de fuera, a veces pasan, claro que pasan. De todas formas, en realidad, y es lo único que le calma, Hugo no piensa pedir a Jara que vuelva. Solo quiere hacerle saber que ella les importa. Le da igual que alguien diga que ese empeño en decírselo denota una flaqueza. No siempre es así. A veces hay que reiterar, hay que operar sobre lo que ya está pasando para que siga pasando. Quiere reiterarle a Jara que extrañan su diferencia, y que él la echa muchísimo de menos. Supone que a Jara le gustaría alisarla, parecerse a cualquiera, ser cualquiera. Y quiere decirle que la querrían igual si mañana amaneciese siendo cualquiera porque ya es cualquiera, porque cada cualquiera es una combinación de diferencias con algunas semejanzas.

Hugo imagina la cara que estaría poniendo Jara y le habla ya directamente: Vale, sí, la cantidad importa pero al final, Jara, ninguno sabemos por qué situaciones vamos a pasar y en cuántas vamos a echar de menos tus rarezas más que a nada en el mundo. Sé que a menudo lo fácil es poder pasar inadvertido, cosa que a mí me ha costado y a ti cincuenta veces más. Pero, si se puede pedir, no nos olvides.

Aún no ha visto a nadie en la calle donde está sentado. Debería marcharse y seguir preguntando. Se levanta, lleva la taza, paga. Mientras espera el cambio piensa que ojalá consiga encontrar la forma de decírselo, de hacer saber a Jara que les tiene, que le van a guardar la habitación el tiempo que haga falta mientras puedan, y si no pueden, también, porque algo inventarán. El mundo arde, Jarilla, de calor, de miseria, se azuza a las personas como si en la pelea no hubiera tiempo para mirar alrededor, para pensar en los agravios que volverán, en el deseo de justicia que clamará incluso sobre el polvo y los hogares arrasados. ¿Qué haremos, di? No podemos solucionarlo todo, nadie puede, pero ¿cómo se vive si no es pensando que en parte sí se puede, que en parte podemos evitar la guerra y atenuar la catástrofe?

Hugo guarda el cambio y al fin se atreve a preguntar a la mujer que le ha atendido si ha llegado alguien nuevo al pueblo o a algún pueblo cercano, tal vez a Ariza. En concreto una mujer de unos cuarenta años, morena, atractiva.

—¿Por qué la buscas?

—Ah, claro, perdón. No es mi pareja ni nada parecido, de hecho soy gay. Si quieres te enseño fotos, no sé.

—No, no hace falta.

—Jara es mi amiga, y cuando se fue tenía pequeños problemas. Pensé que volvería antes, estoy preocupado, me gustaría decirle que puede contar conmigo.

—Ya, que yo sepa aquí no ha venido nadie. De qué tiempo hablamos.

—Un mes largo.

—En Ariza, no sé. Aquí, yo creo que lo sabría. Para más seguridad pregunta en la pastelería, está cerca, en la avenida de Zaragoza.

—¿En la pastelería?

—No es porque tu amiga vaya a comprar dulces. Es que tienen casas por la zona, para alquilar.

Hugo duda, no cree que Jara haya alquilado una casa para ella. Acaso una habitación, pero no pierde nada por preguntar. Agradece la información y se despide. Mientras busca la avenida de Zaragoza recuerda haber leído a alguien que se pedía el superpoder de hacer blandos los huesos de los borrachos inseguros para que no les pasara nada cuando los caballos los arrollaran. Le gustó esa idea de una compasión no sentimental sino práctica: yo también me lo pido, piensa, el poder de ablandar huesos en el momento oportuno y volver a endurecerlos después.

Acaba de encontrar la calle. Ve la pastelería en la acera de enfrente. Apresura el paso ahora que hay una ligera posibilidad de que le digan algo sobre Jara. Recuerda un día no hace tanto en que Jara usó la expresión: «Cuando la realidad no nos había pasado por encima». Lo dijo en plural, no se refería a su caso, Jara hablaba muy poco de su situación, se refería a todos ellos, y quizá no solo a los de Martín de Vargas, aunque tampoco a una generación. Supuso que se refería a ese día, a ese momento en que lo sabes, sabes que algo más grande que tú ha sacudido tu vida y la de tu entorno, sabes que lo de que tu buena suerte te voltee la espalda es general, casi nadie se libra. Y al mismo tiempo sabes que no es cuestión solo de suerte, que la realidad que te pasa por encima está hecha también de cimitarras, que una parte del daño no viene porque sí, lo sabes y lo vas a saber ya para siempre, por más que envejezcas y cambies no dirás que es imposible discernir, separar la suerte de la injusticia, no dirás que fue un sueño.

Después de haber buscado a Jara sin éxito en Arcos, en Ariza han encontrado una pista. La dependienta de una droguería les ha contado que su hermano, que vive en Calatayud, le dijo que habían cambiado al camarero de su bar de siempre por una chica alta y callada. Saben qué bar es. No obstante, han seguido indagando por si era una pista falsa, aunque no han encontrado nada más. Luego han hecho una ruta por el monte, han comido al aire libre y se han echado la siesta bajo varias mantas. Llevan en el maletero productos de la zona, y en los ojos, lejanía, kilómetros sin que ningún bloque de edificios se interponga. Eso les ha concedido un poco de perspectiva: los trabajos, las familias, los amores, las amigas, las tensiones han disminuido de tamaño por un rato.

En busca de un bar abierto atraviesan una calle paralela a la calle donde está el altillo de Jara. El viento lleva sus voces, que pasan rozando la pared del altillo, pero Jara ya ha cerrado su ventana. Lava su plato, enjuaga su vaso mientras la sombra de la sombra de un sonido se mezcla con el agua corriente y le trae una sensación de familiaridad. Luego se tumba en la cama de su altillo. Desde niña le gustaban las historias que pasaban en lugares desconocidos, lejanos. Coloca la almohada en vertical; si se incorpora un poco alcanza a ver el cielo detrás del ventanuco, un cielo que podría estar en cualquier parte. Para Jara no es ilógico que su gran viaje la haya llevado a poco más de doscientos treinta kilómetros de Madrid. Desconfía, en cambio, de esas afirmaciones según las cuales es posible ser libre estando preso, aunque muchos presos hayan logrado que no quebranten su espíritu ateniéndose a sus convicciones. Quizá en vez de espíritu haya que decir ánimo, fuerza y racionalidad. En todo caso, lograr que no se quiebren no equivale a escapar. Jara no está presa pero le gusta mirar el cielo del ventanuco, oír los ruidos del pueblo, pensar que cerca está el río y la montaña escarpada, que a lo largo de la superficie de la tierra se extienden hogares, casas con techo, pisos superpuestos los unos sobre los otros, favelas, chozas, caminos innumerables.

Ha sido un buen día para ella. Mariana ha ido a verla al bar. Desde la primera vez que fue, ha cogido la costumbre y acude cada dos o tres días. Jara recuerda con detalle esa primera vez. Le había dicho que lo intentaría. Pasadas las once, Jara dejó de esperarla. Y entonces, a las doce, llegó. Iba sola, cosa que a Jara le alegró aún más pues no tendría que estar pendiente de acompañantes, con miedo a resultar inoportuna. Mariana pidió el café, se sentó en una mesa ni cerca ni lejos de la barra, estuvo atenta y cuando vio que Jara tenía un momento de tranquilidad se acercó a hablar con ella. Jara llevaba la camiseta azul marino de media manga con el logo del bar y sus vaqueros. No alcanzaba a saber qué aspecto tendría pero se sentía radiante, orgullosa de estar allí, de haber podido invitar a Mariana al café y de que ella la viera atendiendo a las demás personas y ocupándose de la barra como quien conduce una máquina quitanieves imaginaria y hace que las mañanas de algunas personas sean transitables. Aunque fuera absurdo estar orgullosa de eso a sus cuarenta años, no le importaba, absurdo ¿para quién? Ya sabe que estar en un bar no es ideal y peliculero, ni en su caso ni en millones de casos en los que nadie viene a contarte algo especial y en los que no tienes ni tiempo para que te lo cuenten. También trabajó un mes en una librería y vio que en las historias sobre librerías casi nunca salían las horas dedicadas a hacer y deshacer cajas de cartón, llenarlas de libros, vaciarlas, comprobar albaranes, hablar con clientes que solo quieren aquel que no tienes y lo quieren para hoy.

Jara sonríe al recordar aquel primer momento en que Mariana la vio tranquila, dejó la mesa, se sentó al otro lado de la barra y empezó a hablarle, como una amiga, de su vida, de sus trabajos. De cuando se fue de su casa para estudiar en Zaragoza, del viento que hacía, de su fascinación por la informática, de sus primeros trabajos en empresas medianas, de la ilusión de pertenecer a un equipo, cobrar un sueldo suficiente para lo que necesitaba y hacer bien su trabajo. De cómo aquello se estropeó con la crisis de 2008, cerraron empresas, el ambiente se enrareció, las condiciones eran muy malas. Antonio, su pareja, trabajaba en el Ayuntamiento pero con un contrato laboral y la amenaza constante de que no se lo renovaran. Mariana hizo cursos de lo más demandado, seguridad informática, para pagarlos gastó todo el dinero que había podido ahorrar, y consiguió trabajo, aunque descubrió pronto que no le gustaba.

—Era vivir la suspicacia constante, vigilar a todo el mundo, obligar a todo el mundo a que desconfiara. Es mucho peor si no lo hacen, desde luego; trabajé en juzgados y en ayuntamientos que tenían brechas serias de seguridad. Ojalá pudiéramos vivir con la puerta de la casa abierta, pero no se puede y esas casas eran de todos. Hay que vigilar, solo que yo no quería encargarme de eso. Entonces murió mi padre. Pensé que no estaría mal vivir cerca de mi madre. Volver aquí en parte fue una derrota, no lo niego. A Antonio no le importó tanto, de hecho le gusta más trabajar en este Ayuntamiento. Para mí fue ese momento en el que ves, o crees ver, los límites de tus sueños. Aunque también fue una victoria, porque pude haberme equivocado. Haber terminado donde no quería y, qué va, no me gustaría nada haberme perdido estos años con mi madre.

Jara dijo:

—Te entiendo.

A lo mejor en realidad no la entendía, aunque suponía que sí. Después cobró cafés, sirvió otros. Mariana había seguido yendo a verla y a Jara siempre le parecía un milagro. Recuerda que otra de las veces, en uno de esos huecos de las conversaciones, le pareció que debía decir algo que pudiera acompañar la tristeza de Mariana. Solo se le ocurría acudir a otra de las ideas de Spinoza que, para no resultar estrafalaria, no citó, la contó como si la hubiera oído en alguna parte:

—Dicen que es más fácil encontrar serenidad cuando somos conscientes de haber cumplido con nuestro deber y comprendemos que, simplemente, nuestra potencia no habría podido evitar las cosas malas que han pasado.

Mariana asintió, no pareció extrañada por la frase sino que fue como si la acogiera. Luego dijo las dos palabras que Jara temía:

—¿Y tú?

Tras un silencio desconcertante, Jara solo acertó a repetir:

—¿Y yo?

Mariana se rio.

—Nada, que te he metido un rollo y por si querías contarme algo, cómo has llegado aquí, ese tipo de cosas. Pero no es obligatorio.

Esa vez la petición de dos tostadas vino a salvarla, y un café de la mesa cinco, y dos cañas en el otro lado de la barra.

Jara no sabía por dónde empezar. Pensaba en lo que no quería decir. De ninguna manera quería usar la frase «Al menos tengo trabajo», pero de algún modo lo vivía así y le dolía en el alma que la frase se hubiera encarnado en ella.

Miró a Mariana a los ojos. Tal vez era la primera vez que hacía eso desde que había llegado, mirar a los ojos de alguien, no solo establecer contacto visual sino quedarse en esos ojos más de dos segundos, más de cinco incluso. La voz acudió entonces, pues cinco segundos en una mirada convocan a la voz casi siempre. Cuando suceden, la chapuza vital, el impulso de la justicia y la llamada de lo lejano baten sus alas, no de plumas sino de, seguramente, pequeños fotones y, sobre todo, de neutrinos o partículas a cuyo cargo está conservar la energía en los procesos de desintegración. Tras cinco segundos de mirada, a veces antes, el manto de tristeza que va depositándose en las biografías puede aligerarse, pues la tristeza, dijo alguien, exacerba la sensación de singularidad, de ser un individuo único, distinto, cuyos pesares no coinciden con los de nadie más, incluso aunque su causa pudiera ser semejante. Y Jara no lo supo, ni lo supo Mariana, pero ambas notaron un poco menos de opresión en el pecho.

Desde el taburete, Jara se asoma ahora por la ventana e intenta no pensar más allá de mañana, en cualquier momento Juanma regresa, o ella rompe algo o se equivoca y Yago la despide. Dicen que para mirar bien el cielo hay que conocer primero las constelaciones porque, si no, no puedes verlas. Aunque también podrías inventar una nueva, es lo que hace ella; con las siete estrellas que ve crea y nombra la constelación de la calandria, tiene forma de pájaro, sus estrellas van de la cola hasta el pico, también dibujan el vientre y el ala. La calandria sabe imitar el canto de otras aves, por eso en el romance del prisionero cuando canta le responde el ruiseñor. A Jara le encantó estudiarlo en el colegio porque ella también se ve a veces como una imitadora, como si no estuviera segura de cuál es su canto e imitara el de los demás, pero quizá, supone, eso que le pasa a ella también les pasa a otras personas en distintos momentos, pues las personas no son pájaros y no tienen un solo canto.

Ramiro, Lena, Hugo y Camelia llegan a la cervecería que les han indicado.

—Va a ser catastrófico —dice Hugo en cuanto se sientan.

—Ay, míster blanco y negro —dice Camelia—. No será perfecto y no será terrible, Hugo.

—Ya sé, ya sé, que casi nada es blanco o negro, pero es que a veces sí lo es. Además, te recuerdo, querida amiga, que sin los injustamente denostados blancos y negros no existiría el moderado y amable gris.

—A mí me lo vas a contar, si estoy todo el día a vueltas con blancos y negros —dice Camelia—. Mira, piensa en lo que siempre dice Jara, eso de que las cosas no se pueden juzgar por los resultados porque el mundo es incierto. Puedes tener un buen resultado y sin embargo estar haciendo algo mal, como los generales que ganan batallas pero arriesgan demasiado imprudentemente las vidas de sus hombres. Y puedes perder la batalla pero haber tomado bien todas las decisiones, solo que al final aparece el clavo que suelta la herradura, hace que caiga el mensajero, el mensaje no llegue a tiempo y pierdes por eso. Lo único que se puede controlar un poco es el proceso, y el proceso lo hemos hecho entre todos.

Hugo se levanta, da un par de besos a Camelia y la saca a bailar durante medio minuto hasta que traen las cervezas y las patatas fritas. Brindan, hablan, ríen, y Hugo recae.

—¿Te acuerdas de lo que me contaste de Smiley, Lena, el personaje, eso de que escuchaba bien porque no esperaba nada de sus semejantes, no criticaba nada y disculpaba lo peor que hubiera en cada cual mucho antes de que esa persona lo hubiera contado?

—Más o menos.

—Es que… yo no soy así. Claro que espero algo de la gente, y a veces critico. Casi nunca me doy cuenta de las cosas antes de que me las digan, así que no puedo ni disculparlas ni dejarlas de disculpar.

Las voces se atropellan para negar lo que ha dicho Hugo, para acusarle de falsa modestia e imitar el ruido de la moto que Hugo les estaría vendiendo.

Cuando vuelve el silencio, Lena dice:

—No sabemos si el bar estará abierto, ni si Jara estará allí. Si está, no podrá hablar contigo hasta que salga del bar. Y cuando hables, a lo mejor descubres que nos hemos equivocado, que tiene miedos que no conocemos, o sueños. No pasa nada, en realidad no será una equivocación, Hugo, porque la forma de ser de Jara está mezclada con las nuestras.

—Ya, sí. A veces dejo de ver gente y me quedo con cosas que me dijeron, o que pensé por ellos, y luego vuelven y no son como yo las recordaba, ni siquiera ellos se recuerdan así, aunque para mí han sido así. Pero…

—Pero nada, Hugo —dice Ramiro—. Hemos venido a verla, la queremos. Para ser respetuosos, dado que ella no nos ha invitado, te hemos mandado a ti de avanzadilla de todos, eres todos, venga, ya está.

Así consiguen olvidar el tema, recuerdan tontas anécdotas del día, se ríen. Regresan al hostal.

Esa noche Lena duerme con Hugo. Al llegar a la habitación, Lena dice:

—Nunca te dije nada del texto que me pasaste. Me sirvió. Mucho.

—Bah, no exageres. ¿Cuál era?

—«Sentir es vivir, dices como si te hubieras acordado de algo, o como si quisieras explicarme algo, y a mí me gustaría contestar que ya no estoy seguro…»

—¡Para, para! ¿Cómo tienes esa memoria? Eres igual que Jara, me dais una envidia… Ahora, estás muy mal si te da por aprenderte una de mis parrafadas.

—Entera, me la he aprendido entera:

> … ya no estoy seguro,
> porque lo que he ido sintiendo todo este tiempo
> cuando tú no estabas
> más bien me alejaba de las cosas
> y a veces de las personas
> que tenía más cerca
> y no eran tú.

Hugo se arrodilla y vuelve a interrumpirla:

—¡Por favor, para, te lo suplico! Me muero de vergüenza. Además, lo estás diciendo en verso libre, lo noto. No tenía que haberlo escrito así. Es párrafo vulgaris nada más.

Lena sigue, no declama, lo va diciendo despacio, casi un poco, aunque no del todo, para sí:

> Ahora que has venido
> y que has puesto tu mano en mi cuello
> como si fuese lógico…

Hugo se ha metido debajo de la colcha y cuando Lena termina no dice nada.

—Me sirvió, Hugo, «no quiero sentir contigo», en realidad es un texto cómico, en el mejor sentido de la palabra, si es que tiene alguno malo. Por lo menos a mí me hizo mucha gracia.

Hugo va asomando la cabeza.

—Sentir, vienes a decir, lo hace cualquiera, lo puedes hacer solo y hasta inventándote los motivos.

—Sí…, vale —dice Hugo—, pero anda que el resto… Eso de dejar un rastro, eres cruel poniéndome delante mis tonterías.

—Y si lo son, que no lo sé, ¿qué tienen de malo las tonterías? Va en serio. Aquí, en este contexto. ¿No te había gustado a ti ese libro sobre lo cuqui, el que decía que ya está bien de ser auténtico y autorresponsable? Menos «auto» y más al lío. Asumir el aquí de las cosas, hacerse cargo, a lo mejor es preferible el desvío, sobre todo cuando el rumbo de esta sociedad es el que es.

—Muy interesante, querida, pero ¿me dirás qué tiene esto que ver con mi parrafito adolescente?

—Pues que tus palabras son un poco eso, tener el valor de reconocer que no hay sentido y decidir ponérselo sabiendo que no está, que lo coloreas: «No quiero sentir contigo, lo que quiero es dejar un rastro en el hielo que cubre las rocas y el verde para el camino de los siguientes», a mí me va bien, ¿sabes? Porque conozco a gente que lo ha hecho, y dicho así suena como si tal cosa, que es como tiene que sonar.

—Me vuelvo a mi cueva.

Hugo se mete otra vez bajo la colcha pero enseguida se destapa y se incorpora.

—No creas que esto ha terminado, comentarista de textos. Ahora tendrás que decirme exactamente qué pasó con Óliver y para qué te sirvió.

Lena se tumba a su lado.

—Pues no pasó casi nada. Está un poco cambiado. Normal, supongo.

—Pero ¿os seguís gustando?

—Sí…, sí, creo que era mutuo.

—¿Cómo que crees? ¿No…?

—No.

—¡Pero Lena! No hay que planificar tanto, mañana aparece otro virus y ya ves tú, carpe diem, Lenita, carpe diem.

—Ya, sí y no. A ver, es Óliver, si empezamos no va a ser un día, nos conozco. La razón de que no empezásemos fue… No quise hablarle de este viaje. Mira, esto no se lo digas a Jara pero sí quiero que lo sepas. No sé si a ti te pasa igual. Con nuestra casa yo creo que es la primera vez que he notado algo distinto del «sálvese quien pueda».

—Hmmm, no sé, hay más situaciones, ¿no?

—Sí, debe de haber muchas, espero. Pero digo notar. No voy a decir que seamos mejores, ni tampoco peores, que otras formas de relacionarse. Lo que noto es que puedo descansar de ser yo y que eso no significa entregar mi criterio ni nada parecido.

—¡Justo le dije yo a Renata! Poder ocuparse un poco menos de ser uno mismo.

—¿Verdad? Pues necesito entender bien esto que tenemos antes de estar con Óliver o con quien sea. Es algo que no puedo cambiar por otra cosa porque no equivale a otra cosa. A lo mejor termino con Óliver, pero no puede ser a costa de esto, sino con esto.

Hugo apoya la cabeza en el hombro de Lena.

—¿Y si Jara se va? Me refiero a si se queda aquí o dondequiera que esté.

—Ya, no lo sé, ¿qué es irse o quedarse? No solo cambiar de sitio o seguir en el mismo, creo.

—Ay, demasiada filosofía a estas horas, Lena.

Lena se ríe, aparta con cuidado la cabeza de Hugo y se incorpora.

—Es tardísimo, sí.

Hugo se levanta temprano, procurando no hacer ruido para no despertar a Lena. Sale del hotel sin desayunar y camina entre la niebla hasta llegar a la plaza mayor. Las mesas y sillas de las terrazas están apiladas, se sienta en un banco, observa que los contornos de algunas fachadas no son rectos, se amoldan como cuerpos de personas para sostenerse una en la otra; según les contó Camelia, se debe a la permeabilización que el río causa en sus cimientos. La comparación es inevitable, Hugo la piensa y luego la niega: ellos no pueden ser como esas casas. Ni pueden pedir a Jara que vuelva para que no se desmorone el resto de la fila, ni pueden pensar que Jara sin ellos se desmoronará. Las personas también se sostienen unas a otras en la distancia, y a veces viven en tiempos diferentes aunque estén juntas, y otras en el mismo tiempo aunque estén lejos.

Desde la altura, Hugo parece un muñeco pintado: su cabeza, un borrón de tinta; el cuerpo, líneas de bolígrafo azul. Las manos se confunden con la madera del banco, las deportivas grises con el color del suelo. El tiempo se desliza y ¿qué es lo importante? En cada vida, ¿cuáles son los momentos que quedan sin contar porque no se dijeron a nadie, porque se disolvieron en el recuerdo o porque, estando muy presentes, no salieron jamás a colación en una conversación, en un texto, en una fotografía? Mientras Hugo piensa en su próxima hora, la intensidad se mueve por el mundo sin descanso: alguien sale con intensidad a flote desde la mayor pesadilla, alguien celebra con intensidad el reencuentro esperado, sobrevienen, con intensidad, crímenes, violaciones, desmoronamientos y con intensidad ocurre el cataclismo. La intensidad frecuenta la euforia y la desdicha, el énfasis, lo abismal, los llamados misterios de la condición humana, la erótica del poder, el indiscreto encanto de lo truculento. Suele ser ella quien administra las historias y ahora se ha personado ante la voz para pedir explicaciones. Quiere saber por qué este banco y este personaje, más aún, por qué esta peripecia sin incendios, este viaje sin asaltos, ¿por qué la voz le ha impedido soplar, traer una agresión descarnada o un naufragio, un duelo de traiciones, un triunfo no por esperable menos musical, o una esquina doblada del instinto y de la muerte?

La voz mira a la intensidad y no se achanta. Niega con la cabeza. Tras contemplar un instante más la silueta de Hugo pensativo, la voz conduce a la intensidad hasta el altillo donde Jara, aún en la cama, recién despierta, recibe la luz del ventanuco, se mantiene en ese estado previo al comienzo de la mañana y murmura su única oración: que todas las personas puedan tener una vida que esté siendo vivida. La voz lleva luego a la intensidad hasta el hostal donde Lena sale de la ducha con el pelo mojado; envuelta en la toalla, se sienta en la cama para escribir en su móvil a Hugo: «Bajo a desayunar en 10, por si quieres», y se distrae, mira la cama vacía de Hugo, el agua del pelo le moja los hombros pero apenas se da cuenta de que está cogiendo frío. De ahí pasan al cuarto de Ramiro y Camelia. Los dos duermen aún; la voz muestra peripecias y percepciones de cada uno remezcladas en sus sueños. Camelia se da la vuelta, parece que va a despertarse pero sigue durmiendo todavía.

La voz y la intensidad suben ahora al borde del tejado del hostal, allí se sientan, con sus piernas ficticias colgando. En lugar de echar a suertes su papel en la historia, la voz expone su caso. Algunas historias, dice, requieren no transitar por los límites de lo insoportable y lo extraordinario. En los momentos ordinarios, la chapuza vital, el impulso de la justicia y la llamada de lo lejano encuentran un peso tal vez equivalente; los humanos tratan de responder como mejor saben a esa tríada, hay momentos espléndidos que, como grandes robles, extienden sus copas, hay caídas y tiempo de pena, hay intentos perfectos si bien no logrados y un discurrir a través de los días con afecto atento, un discurrir a veces intrincado, un poco lóbrego y sobrecogedor, a veces espacioso y al borde del mar. Y esta es la vida sin sus desafueros, también cuenta, y también forma parte del camino.

Dice la voz que nadie, nadie confunde en el fondo nunca los errores con la mezquindad y la caradura, ni el cansancio con la excusa y la elusión de la tarea común. Dice que cuando las embestidas lo rompen casi todo, y la chapuza les abate, la injusticia clama al cielo o, ante la llamada de lo lejano, la necesidad, la urgencia, el miedo a la miseria superan con mucho el instinto de aventura, dice que incluso entonces importa conocer los días comunes de una historia no demasiado hiriente. Porque para preservar esos días, para que mejoren y se generalicen, se vive, se organiza la lucha, se dura cuando durar es posible. Y habría engaño en callarlos, como lo habría en revestirlos de otro esplendor distinto al que poseen.

Después la voz le cuenta que a veces escucha o lee, por ejemplo, cosas como que ciertos libros, o ciertas historias, mantienen viva la libertad del mundo. Le gustaría creerlo, dice, pero no puede. Los hechos cantan su verdad, ni siquiera la esperanza o el anhelo que se tenga hacia ellos puede alterar lo que, sencillamente, no pasa. Los libros necesitan de los humanos, son los humanos y sus mecanismos quienes mantienen viva, o no, la libertad y es que no existe tal cosa como la libertad del mundo, sino solo la libertad en lugares y momentos concretos. Cuando, pongamos, el ánimo de Ramiro decae y Ramiro se retira y nadie le sustituye y una batalla por cambiar lo que daña deja de darse, decae un poco la libertad. Ningún libro compensará el terreno que se perdió ese día. Quizá otras noches o mañanas la disposición de las frases en un libro sople sobre el ánimo casi vencido de un humano. Y si por esa causa sucediera que cualquier humano respirase hondo, no cejara y permaneciera con su pelea por un trecho de justa libertad, recuerda, intensidad, que nada habría podido el libro sin el gastado corazón de los humanos que se empeñan.

¿Por qué me dices esto ahora?, pregunta la intensidad. ¿No contradice tu argumento? Según me ha parecido, insistías en la razón de ser, o en el valor, de algunas historias aun cuando yo me ausente. Y ahora vas y me dices que las historias, en general, apenas importan.

No, no, responde la voz, vayamos por partes. No pido que te ausentes de esas historias comunes. Quédate pero sin que siempre hagan falta cataclismos, alumbra y logra que por un tiempo baste el filo de la hoja y no siempre la puñalada, habilita otros caminos para llegar a conocerte. Sostenlos aunque sean corrientes y no traigan movimientos súbitos, laderas que se desprenden, avalanchas. Solo un breve viaje, el antes y el regreso, la sección dibujada de unos meses, sus materiales y cómo se agregan vidas con vidas, formando figuras cambiantes. Observa que la noche siga al día, y al día siga la noche y, entretanto, quede en la historia algo ni turbio ni sublime, sino calladamente exacto, inestable y sin embargo no exento de la fuerza de una llama que tiembla pero puede quemar una desdicha.

En cuanto al valor de las historias, no digo que no importen, digo: asiste al momento en que con ellas los humanos trasladan el sentido hacia lugares y tiempos a veces abarcables y, así, construyen ideas y propósitos mientras ponen, en las luces y sombras de unos días, en las escalas cambiantes que abarca la mirada, un fulgor leve y no por eso menos duradero, deja que su razón lo guarde, que en un momento, tal vez inesperado, acudan a ese fulgor y lo desplieguen.

Al final de estas palabras los zapatos ficticios de la voz junto con los de la intensidad comienzan a difuminarse, luego las piernas, el cuerpo todo, los brazos y las manos, el cuello y las cabezas; sobre el tejado del hostal apenas queda una claridad momentánea del aire, una transparencia ligeramente llamativa que, enseguida, se mezcla con el entorno y desaparece.

Jara desayuna un café rápido y echa a andar hacia el bar. Repite allí la rutina de poner en marcha la barra. Le gusta quedarse en la puerta mirando la calle y pasear luego un momento, despacio, por el bar.

Hugo termina de desayunar con los demás. Nadie habla de Jara, de Hugo ni de lo que harán si la encuentran o si no la encuentran. Solo acuerdan estar atentos al móvil. Se despiden, Hugo llega a la calle del bar y espera en la esquina. Ve entrar a un hombre solo, a dos mujeres, a dos personas vestidas con mono de trabajo. Pasan luego unos minutos sin que entre nadie. Hugo se acerca a la puerta. Jara está de espaldas, moliendo café. Porque es Jara, sí. A Hugo se le hace un nudo de nervios en el estómago, pero se calma y entra. Jara se vuelve al oír la puerta. Mira a Hugo sin verle, termina de moler el café mientras su cerebro reconstruye esa figura en claroscuro que ha entrado y que le resulta perturbadoramente familiar. Se parece a Hugo, es Hugo, no puede ser Hugo. Jara se demora más de la cuenta frente al molinillo, de espaldas a la barra. No quiere comprobarlo, por un lado le generaría una gran angustia saber que Hugo la ha encontrado. Por otro, advierte con algo de sorpresa, le apenaría que haya sido una confusión suya, que Hugo no estuviera realmente ahí, sino solo alguien de complexión y rasgos parecidos.

Por fin se vuelve. En un primer momento no ve a nadie. Hugo ha ocupado un sitio en la mesa del fondo, y antes de alcanzarle la mirada de Jara se detiene en Mariana, que ha debido de entrar cuando ella estaba de espaldas y ahora se acerca, sonríe, le pide un café doble.

—¿Doble? —pregunta Jara—. ¿Va todo bien?

—Sí, he pasado la noche dando vueltas a cosas, pero no malas.

Jara se vuelve para prepararlo y aplaza el momento de comprobar quién es la persona de la mesa del fondo. Luego, con el café en las manos, Mariana avanza hacia una mesa; Hugo, no hay duda de que es él, hacia la barra.

El brazo de Hugo choca con el codo de Mariana, que sujeta el plato con la taza. Se derrama una pizca de café. Hugo se disculpa, Mariana dice que no importa, sorprendida por el nerviosismo de ese chico, o no tan chico, sino de su edad. Al llegar a su mesa se coloca de cara a la barra y ve la expresión atribulada de Jara frente al chico: sonríe, está seria, al parecer la anchura de la barra les impide darse un beso y se toman de las manos un momento. La expresión de Jara sigue cambiando. Se da la vuelta como para preparar un café pero Mariana ve que está quieta, seguramente controlando los intervalos de su respiración: cuatro segundos para inhalar, siete reteniendo el aire, ocho para exhalarlo, según le contó una vez que hacía para calmarse. Ahora ya se mueve, y mientras Jara coloca el café en el cacillo, Mariana decide volver a la barra a pedir una tostada o cualquier cosa y así saber si Jara puede necesitarla.

—No vendrás a darme una mala noticia, ¿verdad? ¿Mi madre está bien?

—¡Sí, Jara, perdona! Es lo primero que tenía que haberte dicho. Renata está bien y los demás también.

—Yo también —dice Jara.

Y Mariana piensa que lo ha dicho demasiado deprisa. Y lo piensa Hugo y lo piensa Jara, y los tres se miran sin pretender mirarse, como buscando escapar cada uno en el otro. A Jara la desconcierta ver a Mariana ahí.

—¿Te cobro?

—No, quería una tostada, con mantequilla y mermelada.

Mariana hace ademán de irse. Y cuando Jara está otra vez atenta a Hugo, varada en su desconcierto, Mariana se sienta en un taburete como si estuviera esperando la tostada.

Jara se da la vuelta, coloca el pan en el tostador. De espaldas, le dice a Hugo:

—Supongo que no pasabas por aquí.

—No… Pensé que podías estar por esta zona.

—¿Lo pensaste tú, en singular?

—Bueno…

Dos hombres mayores se acercan a la barra.

—Lo de siempre —dice uno.

Jara asiente, y ellos se van a la mesa.

Jara da otra vez la espalda a Hugo.

—¿Has venido solo?

Mariana mira la expresión compungida de Hugo. Se reconoce en ella, es la expresión de quienes no saben mentir. Y por instinto, sin pensarlo demasiado, le ayuda.

—¿A qué hora sales hoy, Jara? —pregunta antes de que Hugo pueda contestar.

—En teoría Yago viene a las doce, pero siempre se retrasa, doce y media, supongo. ¿Por?

Jara ya se ha dado la vuelta y mira a Mariana mientras coloca la mantequilla y la mermelada en el plato.

Ahora es Hugo quien interrumpe:

—¿Podríamos dar un paseo a esa hora? —dice. Y luego, a Mariana—: Es que vengo de Madrid y me marcharé pronto.

—Claro, claro, disculpa —dice Mariana. Y a Jara—: Quería enseñarte un sitio, pero no hay prisa.

—Vale —dice Jara.

Hugo y Mariana se miran como esperando ser presentados, pero Jara no cae en la cuenta y sigue con los cafés.

—Soy Hugo.

—Yo Mariana.

Al poco Jara trae la tostada y Mariana abandona la barra.

—Te he hecho un café de los tuyos —dice Jara.

—Gracias, qué buena pinta. ¿Vengo a buscarte a las doce y media, entonces? —dice Hugo.

—Sí.

—Estoy impresionado, lo sabes, ¿verdad?

Jara se echa a reír con su risa un poco demasiado estridente y, al momento, frágil y delicada.

—Hasta enseguida. ¿Cuánto te debo?

—Estás tú bueno. Adiós, que está entrando gente.

Hugo se lleva el café a la mesa. Pasa por delante de la de Mariana y mira hacia la barra. Jara está de espaldas. Pregunta entonces a Mariana si podrían hablar fuera cuando ella termine. Mariana asiente.

Mariana ha llevado a Hugo al bulevar del paseo y han escogido un banco bajo los plataneros. En ningún momento pensó en llevarle a la zona del lago, le habría parecido una traición a Jara. Por el camino Hugo se presenta, le habla de Martín de Vargas. Advierte cierta preocupación en Mariana, como una vigilancia protectora, y le explica que no es en absoluto una expareja de Jara con una historia turbia. Luego le cuenta sus dudas, su temor a haberse presentado donde no le llamaban y romper el clima de Jara.

Ya en el banco, Mariana pregunta:

—¿Y yo, en qué puedo ayudar?

—No lo sé, dime cómo la ves. La has conocido aquí, tienes una mirada más nueva que la nuestra, menos lastrada por el pasado.

—La veo bien. Por lo que sé, vive en una habitación con cocina y baño, pequeña, pero no parece del todo incómoda. En el bar le pagan poco y el trabajo es provisional, pero creo que le gusta. No puedo decirte mucho más.

—Nos preocupan sus… crisis, bueno, que a veces se le van las cosas de las manos.

—¿Y a quién no? Sí, Jara no siempre parece muy estable, pero quien más quien menos… No sé, ¿querríais que volviese a Madrid?

—Ni idea —dice Hugo—. Ella va a hacer lo que quiera, eso lo tengo claro. Nos angustiaba que le hubiera pasado algo. También que le pase algo ahora.

—El riesgo no se puede evitar. Al final algo aparece y lo descuadra todo.

—No, me niego. Bueno, sí, disculpa, por supuesto que lo que dices es verdad. Pero es que también hay muchas regularidades, y eso no es solo la rutina de mierda, aunque algunas veces lo sea.

Mariana no contesta, en un segundo ha viajado a cinco mil años luz.

—Sí, claro —dice después, como si nada.

—¿Sois muy amigas? —pregunta Hugo.

—37,3.

—¿Décimas de fiebre? Vale, lo he pillado. Ganas de medirlo todo. Estoy empanao.

—Más bien nervioso, diría. Pero me parece que lo veis todo en una sola dirección, «lo que le pasa a Jara» y eso. ¿Y lo que os pasa a vosotros?

—Mariana, ¿Mariana, verdad?, tienes toda la razón del mundo. Somos unos putos narcisistas. Se nos hace muy raro estar sin ella, pero en el fondo pensamos que no, que venimos aquí a resolver el problema de Jara como si no fuera el nuestro. Y al revés, como si su aventura no fuera también un poco nuestra.

—Algo así quería decir, pero sin hacerte sentir mal, lo siento si parece que te estoy echando la culpa de algo.

—No, qué va. Es verdad que me pillas nervioso, y me has ayudado muchísimo.

—¿Qué tiene Jara? ¿Por qué os preocupa tanto?

—No sé si puedo contarte. No es que haya nada secreto, pero ella conoce bien el poder de las etiquetas. Y siempre procura esquivarlas.

—Muy bien. ¿Te digo yo entonces lo que sé y me dices si más o menos lo veis igual o si me falta alguna pieza importante?

—Ok.

—Me contó que al principio lo llamaron ansiedad, luego la trataron de un TOC, un trastorno obsesivo compulsivo, ¿no? Que el paro aumentó su inseguridad y viceversa. Y pequeños desastres intermitentes.

—Pues sí, buen resumen. No hay más misterio, ni un pasado oscuro. Una vez oí la expresión «biobucle», un problema se enreda con la vida que se enreda con un nuevo problema, y creo que lo de Jara es algo así. A todos nos pasa, pero hay gente que ha llegado más cerca del límite de lo aceptable y el bucle termina disparándose hasta sitios que no pensaron.

—¿Como este? —pregunta Mariana.

Hugo mira los plataneros, a algunas personas paseando.

—Este no está nada mal. Y el bar tampoco. Se la veía contenta detrás de la barra.

—Sí… Oye, tengo que irme. Si me das tu teléfono te hago una perdida por si queréis algo.

Cuando Mariana se marcha, Hugo se queda mirando el móvil. «En algún lugar alguien está viajando furiosamente hacia ti a una velocidad increíble, viajando día y noche a través de tormentas de nieve y del calor del desierto, surcando torrentes, atravesando desfiladeros angostos. Pero ¿sabrá dónde encontrarte?, ¿podrá reconocerte cuando te vea?, ¿te entregará lo que tiene para ti?» El viento sopla; como partículas propulsadas con motores cohete viajan los deseos, las angustias, los placeres, la aprensión y los asombros; van dejando parte de su masa detrás de sí, y esa parte vuela de una mirada a otra, trata de coordinarse, de componer coreografías lógicas, pero la vida es un caballo desbocado. En medio del desorden, no obstante, los humanos trazan líneas todavía, componen figuras y funciones, geometrías que se sostienen unos años antes de estallar en pedazos. Y qué perfección a veces en los ratos compartidos, en la dicha menor y chapucera, en la naturaleza sin propósito. Exactamente ahora, cada medio segundo alguien se pregunta cómo preservar esta clase de vida y transformarla al mismo tiempo, cómo cambiar las relaciones entre los seres vivos para que el mundo no muera y no exista el sufrimiento evitable, pero se lo pregunta sin dejar de afirmar que, aun con su chapuza, la vida es más de lo que se mueve y más de lo que está quieto, es la figura pero también el trazo que quedó sin dibujar y que el entendimiento completa sin casi darse cuenta. Ven, antorcha, tú que procedes de la sombra y volverás a la sombra, habita este relámpago, telefonea y pregunta si hay una misión y quién no te la dijo y por qué el carácter se construye dando tumbos, y la libertad golpea contra los hechos o los hechos contra la libertad, y es tal la fuerza de ese choque que saltan chispas pero también catástrofes, pregunta por qué no hay plan de reparación y de mejora, sino solo el baile de los intentos, descoordinado, en estampida, sin música, sumando un resto de justicia que no logra compensar las desigualdades, no al menos hasta ahora. Pregunta por la odisea sin regreso de la inocencia, por cada una de las vidas derribadas con sombra y sin motivo distinto de la mecánica de la acumulación. Pregunta por las horas de trabajo cuando son cansancio y miedo. Ven, acércate al tanteo cotidiano de quien simplemente quiere no disgregarse, y encuentra que los caminos están cercados, y trata de abrirlos.

En el bar, Jara prepara cafés mientras una zona de sí misma solo recrea la impresión de ver a Hugo. Al recordar su imagen no puede evitar que detrás aparezca Lena, en quien ha procurado no pensar apenas últimamente porque se le abre entonces un vacío y siente que la arrastra la añoranza. Daría lo que fuera por, cuando salga, encontrarla en compañía de Hugo y abrazarla, sentarse a su lado en un banco y mirarse los zapatos con las piernas estiradas, apoyar la cabeza en el hombro de Lena o dejar que ella apoye la suya, y no explicar, dejarse ir como si la tierra fuera una balsa de agua que se mueve.

—¿Me cobras?

Jara percibe el reproche en la voz, debe de ser la segunda vez que se lo piden y la primera no lo ha oído. Da una cifra de memoria, casi a la vez una mujer pregunta:

—La tostada, ¿te acuerdas?

Sí, se acuerda, pero corre a sacarla y después pasa por la caja para llevar el cambio al hombre que quería que le cobraran pronto, mientras repasa todo lo que debe dejar listo para Yago. Aunque a veces ha discutido de esto con Camelia y con Ramiro, cuando se trata de lidiar con los comportamientos nocivos recela de la palabra «complicidad», prefiere «inepcia» o «ineptitud» o ambas, quizá porque no tiene fuerzas para interpretar a Yago, no quiere saber sus motivos, sino que cambien los procedimientos. Y es que los motivos pueden coincidir, a lo mejor Yago solo quiere ser querido, ser amado en esta tierra, sentir un respaldo por parte de su entorno y Jara no forma parte de ese entorno, pero sí quienes alrededor de Yago encomian sus rentas.

Jara sale a recoger las mesas y limpiarlas, y enseguida vuelve porque ya hay alguien en la barra esperando para pedir su consumición. La anota en la cabeza, deja las tazas y platos sucios, la prepara. El hombre mayor que le ha pedido un café con leche templada le dice:

—Vaya días llevo. Y a ti, ¿qué, te gusta vivir aquí?

—Sí. ¿Le ha pasado algo?

—Soy Javier. Háblame de tú, por favor, que todavía no soy un anciano. Me he jubilado hace poco, en plena epidemia. A mí que me encierren, qué me dio, paciencia no me falta. Pero es que tengo a mis dos hijos, uno se quedó sin trabajo el viernes y al otro parece que lo van a echar pronto. Es la impotencia, no puedo con ella.

—Es que…

—¿Qué?

—Que nuestras impotencias están por ahí, aisladas, buscándose cada una la vida como puede.

Jara se da la vuelta y empieza a preparar cafés.

—Ay, hija, ¿crees que no he estado metido en cosas, o que te voy a decir que no sirve para nada y que estoy de vuelta? No y no. He estado metido en cosas y sé que sirve. Pero tendríamos que ser muchos más.

—La pescadilla, ¿eh? Como no somos suficientes, no vale para mucho, y como no vale para mucho, no somos suficientes. Algo habrá que hacer.

—Nunca te he oído hablar tanto. La gente me decía que eras huraña, y un poco muda.

Jara se ríe con ese graznido corto y extraño que es su risa.

—Hoy estoy habladora, sí, es que me han dado una sorpresa.

Va a la caja a cobrar y luego sale otra vez para recoger dos mesas. Cuando vuelve, Javier dice:

—Buena, ¿verdad? La sorpresa.

—Mala no.

Javier se ríe de la respuesta de Jara y se marcha a su mesa con su café. Jara se queda pensativa. Tiene ganas de ver a Hugo, pasear con él, contarle alguna chorrada y que él le cuente, también, alguna. Hoy no quiere teorías ni que se las pida, no quiere interpretaciones y mucho menos conclusiones. Le aterrorizaría ver desplegar a Hugo una colección de argumentos para que vuelva, aunque sea solo un fin de semana.

Las campanas de las espadañas reciben la lluvia primero y hay un sonido como de conchas de mar o piedras pequeñas cuando chocan entre sí, un tintineo azulado del agua contra el metal ahí en lo alto, quizá solo los pájaros lo oyen. Poco a poco, la lluvia cubre el suelo con gotas semejantes a sombras; durante los primeros minutos aún pueden contarse, después todo el suelo está cubierto y brilla.

Hugo espera a Jara de pie, bajo el soportal menor del balcón de un primer piso. La ve venir, camina a un ritmo inalterado por la lluvia. Hugo sale de su refugio, la abraza, mejilla contra mejilla. Jara no se escabulle, los dos juntos ahí, el cuello, el pelo, el calor y apretar los brazos contra la espalda del otro, tiempo y tiempo. Después echan a andar, mojándose.

—¿Tienes frío? —pregunta Jara.

Hugo dice que no mientras se pone la capucha.

—Quería llevarte a una ermita que está un poco lejos, a ver si no llueve mucho. Está en un cerro y se ve toda la ciudad.

Sería más lógico, piensa Hugo, un sitio resguardado y que esté cerca, pero hay otras lógicas; aunque haga viento, aunque puedan empaparse, tal vez sea mejor la de Jara, andar deprisa, no ponerse al día, irse acostumbrando a la mutua presencia, llegar a un sitio donde se pueda mirar lejos. Jara no aminora el paso cuando empieza la subida, ni cuando deja de llover. Ninguno de los dos habla, pero Hugo aguanta mal el silencio y al poco dice:

—«Por lo demás, ¿qué hacer? ¡Y qué dejar de hacer, que es lo peor!».

Jara se ríe y sigue andando más deprisa. Está nerviosa, no sabe qué hacer ni qué dejar de hacer y le conmueve pensar que Hugo tampoco lo sabe. Aunque recuerda cómo continúa el poema no lo dice, no quiere refugiarse en las palabras de otros pues quizá, por fin, aunque solo sea hoy, no quiere refugiarse.

La cuesta es cada vez más empinada, Hugo le pide que espere y se vuelve para mirar atrás. Una ciudad no muy grande, bloques de pisos blancos y de color ladrillo, tejados rojos; la rodea un muro de barrancos, roquedales y un pequeño cerco de lo que, imagina Hugo, serán álamos, chopos, olmos y fresnos. Jara se queda quieta, querría seguir andando, agotarse, subir la cuesta corriendo. Pero con tantos años de vivir juntos ha ido aprendiendo a pulir sus manías.

Hugo reanuda la marcha, Jara aminora la velocidad ahora para ir a su paso, llegan juntos a la explanada del aparcamiento y, desde allí, al punto más alto al lado de la ermita. Buscan una zona de piedras, Jara pone su parka encima y se sientan.

Hugo piensa en preguntar «¿Estás bien?» y lo descarta, luego en decir que han estado buscándola, lo descarta. Al final es Jara quien pregunta, directa:

—¿Cómo me habéis encontrado?

—Josune me dio una pista, se le escapó sin querer. A partir de ahí…

Hugo ha empleado el singular a propósito, teme que ahora Jara le pregunte si ha venido solo, pero Jara está callada y esta vez Hugo se le adelanta:

—¿Cómo lo has hecho? En pocas semanas ya tienes trabajo. Estás muy guapa.

—Es un trabajo provisional. Si Rami y Camelia supieran las condiciones… Pero todo se andará. Y estoy bien. Supongo que es fácil cuando tienes un sitio al que puedes volver. ¿Mi habitación…?

—Tu habitación va a seguir ahí.

—No, pero…

—No hay peros. Si nos echan de la casa, o si pasa algo, hablamos. Si estamos como ahora, no vamos a alquilarla, Jara, no es discutible.

—Pero…

—Sin peros. Tú puedes querer irte del todo, quemar las naves. Es tu decisión. La nuestra es esperarte. No son incompatibles.

—Y si me agobia…

—Ah, se siente. Nos has llenado de recuerdos. Pensamos en ti a veces. Podemos vivir sin tu presencia, eso tenlo claro. Y también el otro lado: estás enredada con nosotros; aunque te vayas a otro planeta, Jara, nos has hecho mejores, qué le vas a hacer. En la vida no funciona lo de las películas de astronautas, cuando alguien corta el cable y se queda perdido en el espacio, lejos de la nave para siempre.

—¿Mejores, yo? —Jara se ríe carcajada tras carcajada sin poder parar. Luego se queda pensativa y dice—: Pero… ¡tío, Hugo, imagínate que fueras mi exnovio! Qué mal rollo, ¿no? Toda la vida manteniendo una habitación vacía para mí. Menuda presión chunga.

—Ya, joder, Jara, no lo veas así.

Hugo se calla. Al cabo de un momento dice:

—Perdona, tienes razón. Tienes todo el derecho del mundo a verlo así. Si quieres soltar lastre, todo el lastre, nos lo dices. Además, no va a ser siempre, iríamos hablando. Pero bueno, una cosa es que te echemos horriblemente de menos, y otra que vivas eso como una presión, aunque no sea chunga.

—Claro que no es chunga. Lo siento. También vosotros estáis en vuestro derecho a hacer lo que os dé la gana con mi habitación. Pero no…

Es ahora Jara quien se calla. Hugo espera y por fin dice:

—… pero no en el de venir a buscarte, ibas a decir eso, ¿verdad?

—Sí y no. O sea, que iba a decirlo pero no lo he dicho. Y no lo he dicho porque me alegra un montón verte, Hugo. Me gustaría ser alguien fácil, ¿sabes? Durante una época pensaba que tener irregularidades en la mente o en la vida o en el cuerpo no era lo que llaman un defecto. Porque mucha gente a la que admiro las ha tenido y no sé si gracias a eso o no, el hecho es que han mejorado bastante lo que tenían cerca. En cambio, los que están como asegurados contra el dolor pues, la verdad, pasa mucho que están demasiado encantados de conocerse. Aunque puede que no haya ninguna relación causa efecto, o que haya muchos factores de confusión. O que solo sea cuestión de cantidad. Más gente atenta en un lado, menos en el otro, y excepciones en los dos lados. Ahora mismo me gustaría no sentir la necesidad de desaparecer, no tener agujeros en el cerebro, qué sé yo. Me gustaría que no tuvieras miedo de equivocarte viniendo a verme. A veces pienso que me encantaría ser un mecanismo. Uno de esos de cuerdas y poleas. Ahí sí que funcionan la causa y el efecto. Se rompe la cuerda, arreglas la cuerda. A la gente le gusta ser más complicada que un mecanismo, pero los mecanismos son amables, no te desconciertan. ¿Qué, echabas de menos mis peroratas?

Hugo pasa el brazo por el hombro de Jara y la abraza así, apoyan cada uno la cabeza en el otro.

—Hay tanto que hacer, Hugo, y, sin embargo, aquí me tienes. No creas que no estoy perpleja. Es como si el sentido de la vida no pudiera estar en trabajar pero tampoco pudiera estar en no trabajar. Por lo menos en esta clase de mundo.

—Sí que las echaba de menos, Jara. Tus peroratas. Pero mucho, ¿eh?

—Pues déjame que te cuente la última, te lo prometo, y luego hablamos de lo que hayas venido a hablar. El otro día había dos médicas en el bar, las conozco de otras veces. Estaban comparando el sida con la pandemia, y una decía que el sida había sido más duro. La otra le daba la razón. Cada muerte es trágica, dijo: por ejemplo, un hijo se muere de meningitis, o una persona joven de un cáncer, pero, dijo y se me quedó grabado: la enfermedad es así, la medicina es así, está llena de cosas que no deberían pasar. Luego siguieron comparando el sida y esta pandemia. Cuando se fueron a una mesa yo me quedé enganchada con lo de «la enfermedad es así». Supongo que es lo que pasa en medicina, ven tantas cosas que no tienen solución que se acostumbran: es así y es así, y no se puede evitar. Mejorar, curar, es solo una parte de la medicina. En la otra están las cosas que no se pueden mejorar, y entonces toca estar ahí para nombrar lo innombrable. Hay que aguantar el peso de nombrar lo que no puede cambiarse, sino solo, quizá, acortarse. Conocen los diagnósticos y forma parte de su trabajo mostrarlos, no esconderlos. Luego ya cada persona hará lo que sea con eso que le han dicho. También está cómo lo dices, sobre qué pones el acento, qué sitio dejas para lo incierto. Pero, a pesar de todo, en medicina se acostumbran a tratar con lo irreversible. ¿Y en lo demás? ¿Cómo te acostumbras en lo demás?

—Bueno, es la ultrafamosa oración de Alcohólicos Anónimos, ¿no? Serenidad para aceptar lo que no puedo cambiar, valor para cambiar lo que puedo, y sabiduría para reconocer la diferencia.

—Ya, ya, pero eso de «la diferencia» se las trae. A veces alguien te dice que no te encalles en las cosas, que vayas a lo siguiente. Seguramente es un buen consejo, pero también hay una sabiduría en decir: Por aquí no paso, por aquí no. Aunque sea algo que en teoría no pueda cambiarse.

—Sí, bueno. También es difícil detectar esas situaciones en las que puedes negarte a seguir. En las pelis están muy claras. Luego, en la vida diaria, son bastante complicadas.

—Claro, Hugo; pasamos de buscar mártires. Es solo que, si nos quitan eso, o si renunciamos, nos quitan también el futuro. Te plantas porque crees que va a haber un después, aunque no sea para ti. Y ahora ha llegado este «a vivir que son dos días».

—¿Por eso te fuiste?

—A ver, yo aquí no me he plantado en nada. Este trabajo

del bar es una sustitución y he aceptado sin rechistar lo que me han ofrecido, o sea, mal. Pero creo que se trataba de no resignarse a que te digan cómo ser, a que te empujen al borde. Yo quiero poder vivir de lo que hago, es el derecho más elemental, Hugo. Si decido que no soy capaz, que necesito vuestra ayuda o la del Estado, que sea por una decisión. Las cosas, ahora, no van así, la mayoría de las ayudas las piden personas que podrían estar haciendo algo y no lo hacen porque no les dejan, porque no hay lugar para ellas.

—Jara, nunca te hemos dicho cómo ser.

—¡No, no, Hugo! ¡No me refiero a vosotros! Me refiero a las reglas del juego. Me encantaría poder ser como esas personas que toman una causa sobre sí, y no tienen grandes medios ni nada, pero, por algún motivo, les va la vida en que la injusticia que han padecido, o la que han visto, no se repita. Y como están dispuestas a persistir, se organizan y llegan a tener un poco de capacidad para desequilibrar el juego de poder establecido, para convertirse en lo inesperado y, a veces, logran victorias. Yo no estoy ahí ni de casualidad. Sé que no es la odisea personal, sino la organizada la que consigue cosas, aunque a veces se junten. Yo estoy antes de que empiece la línea de salida. Y quiero que me dejen ponerme en ella. No es por competir, solo quiero estar donde estáis todos.

—Joder, Jara, lo entiendo. Nos dejaste preocupados, lo reconozco. Por eso he venido. Y te echaba de menos.

—Estoy bien, Hugo. Tengo una amiga, la has visto en el bar. Y estoy bien porque sé que os encontráis al otro lado. No se pueden borrar las huellas. Yo quería sentir que esto iba a hacerlo sin vuestra ayuda, que iba a tomar el destino en mis manos, como esas otras personas que te decía, las que toman en sus manos una reclamación, una batalla. Pues en mi caso es mucho menos, ya ves, solo pretendo que no tengan que encargarse otros de mi propio destino. Aunque esté a merced de las moléculas, del caos, de las reglas sociales que no se votan, también depende de lo que valoramos y hacemos. Pues, aquí viene lo mejor: no, Hugo, no puedo tomar mi destino en mis manos y ahora sé la suerte que tengo. Nunca he sido, en este pueblo, una partícula suelta, siempre iba con vosotros. Y que no me venga nadie a decir que esto es miedo a la libertad y a perderse en lo colectivo. ¡Venga ya! ¿Cómo va a perderse la rama en el árbol? Se pierde quien piensa que puede derribar el árbol porque no lo necesita. —Jara se levanta y dice—: ¡René Char!

Hugo ríe al oírle gritar el nombre del poeta junto a la puerta de una ermita, luego se levanta también y se une a Jara:

—«Calles de la ciudad: por ellas va mi amor. Poco importa hacia dónde en el tiempo escindido. Ya no es mi amor, cada cual puede hablarle. No se acuerda ya; ¿quién en verdad lo amó y lo alumbra de lejos para evitar que caiga?».

Jara vuelve al lugar donde estaban sentados.

—Todo siempre se escribe para el amor, ya vale —dice—. Tendrán que aparecer poemas menos rígidos con la diferencia entre el amor y la amistad. O a lo mejor ya han aparecido y no los conozco. En este fragmento que me enseñaste podemos cambiar «mi amor» por un nombre, que no haya que pensar que se está hablando de un tipo de relación determinada. Y en vez de «ya no es mi amor», decir: «ya no vive en nuestra casa». Bueno, luego eso de «cada cual puede hablarle» suena un poco como si estuviera dando permiso, yo lo quitaría directamente. Y en vez de «no se acuerda ya», algo así como: «no dice su secreto». Y luego, para terminar, el verbo en pasado lo cambiamos al presente.

Hugo aventura:

—«Calles de Calatayud: por ellas va Jara. Poco importa hacia dónde en el tiempo escindido. Ya no vive en nuestra casa. No dice su secreto; ¿quiénes la siguen amando y la alumbran de lejos para evitar que caiga?».

Los altibajos de la risa de Jara resuenan por el entorno; Hugo ríe con ella. Dos jóvenes con mochila que están subiendo la cuesta levantan la cabeza al oírlos. Cuando se les pasa, Jara dice:

—No vamos a medirnos con nuestro querido poeta de la resistencia francesa. No hace falta, lo que has leído ahora somos nosotros. ¿Has venido solo, Hugo?

Hugo mira a Jara a los ojos, no puede mentirle y no quiere decir la verdad.

—Vale —dice Jara—, un comando de rescate entero y tú de avanzadilla.

Se levanta otra vez porque no quiere llorar ni darse por vencida.

Hugo se pone a su lado.

—Te juro que no es eso. Nadie viene a rescatarte. En todo caso a rescatarme a mí si meto la pata. Estamos preocupados. Tú también lo estarías si yo desaparezco sin decir adónde voy.

—Borra lo último. No voy de nada, Hugo. Entiendo que estéis más preocupados por mí de lo que sería al revés, lo entiendo. No estoy enfadada, me da rabia que las cosas sean así. Ya debería haberme acostumbrado. Diles que estoy bien, ¿vale? Que tengo un trabajo y que, aunque no sé lo que va a durar, voy a quedarme, y si no dura voy a intentar buscar otro. ¿Volvemos?

—Vale a todo.

Por la cuesta Jara baja muy rápido, Hugo la sigue a duras penas.

—¿Renata? —pregunta Jara.

—No ha venido. Está bien.

—¿A qué hora os vais?

—No tenemos nada pensado. Hoy seguro, porque trabajamos mañana.

Hugo sabe que le queda poco tiempo. Conoce a Jara, en unos minutos le dará un beso brusco en la mejilla y se alejará por una calle diciéndole que dé besos a los demás.

—Nosotros tampoco sabemos, Jara. Que trabajemos mañana ayuda a ordenar los días, pero nada más. Como si no nos conocieras… El otro día Camelia me contaba que le gustaría tener unas pocas normas para contarle a su hija, y que se desconcierta porque no consigue imaginar cómo será su mundo. La solidaridad, me decía, sí, pero no vale con las palabras abstractas. Quiere mostrarle verdades concretas y teme equivocarse.

—Vale, Hugo. Imagina: mira, estás aquí para hacer esta acción y este servicio, que es, lo miré, como María Moliner definía la palabra «función». En el trabajo parece que te lo dicen, lo que pasa es que es arbitrario, pero al menos sabes qué tareas te corresponde realizar.

—¿Y si no tenemos ninguna función?

—Es que no la tenemos —dice Jara—. Por eso nos gustan tanto las historias de alguien que se hace cargo de algo con gran coste para el resto de facetas de su vida. No es que ese coste no le importe, claro que le importa, si no, no tendría valor. Pero lo asume porque debe seguir adelante con su función. En muchas de esas historias la función está relacionada con algo que se considera justo, o grande. Bueno, pues lo que pienso es que al final no nos importan tanto la justicia o la grandeza, que lo que nos atrae en esas historias es ver a personas que saben cuál es su función. Ya, ahora se ha puesto de moda lo de que la función es simplemente estar vivo, para un rato, vale; luego hay que seguir tomando decisiones.

—No sé, Jara, a mí me gustan esas historias. Aunque no solo. Al mismo tiempo necesito otras, historias de supervivencia, historias locas donde se trata de cómo vivir, pero en un contexto desquiciado donde la moral y la justicia se entremezclan con todo el filo de los días, el cuerpo, la noche, con narcisismo si quieres también, con un dolor que no siempre es racional.

Jara se detiene en medio de la calle, se apoya en la pared de una casa.

—Sé lo que dices, Hugo, vaya si lo sé. Es que… para mí ya no sirve. Es como la frase «Tiene mucha personalidad pero ningún carácter». Nos pasamos la vida persiguiendo la personalidad, en las redes, en las storys, los vídeos, en la vigilia de nuestra esperanza, pero ya no. Prefiero perseguir el carácter. No sabemos qué hacemos aquí, vale. Nos toca, en el margen que se tenga o cuando se tenga margen, ponernos fines. No digo que hayamos venido a forjarnos un carácter. Pero si no tengo un carácter, no tengo nada para hacer después.

Hugo se acoge a su fama de persona que sabe escuchar. Porque en ese momento le ha salido una réplica fácil y gilipollas para Jara y la contiene. Entrecierra los ojos. No pregunta: ¿Y vas a encontrar el carácter en el bar? En lugar de eso, espera. Callado. Puede que cuando mire otra vez Jara se haya ido.

Jara conoce esa expresión de Hugo cuando se concentra en escuchar, cuando lucha contra sí mismo para no interrumpir ni replicar, y solo permanecer a la espera. Le toca en un hombro y aunque quiere hacerlo suavemente, el movimiento le sale brusco y Hugo se sobresalta.

—¿Dónde están los demás?

—No lo sé, he quedado en llamarles en algún momento.

—Yo me voy ahora. Diles que si quieren quedamos a las cinco. Nos vemos en la plaza mayor. Si tenéis el coche a mano vamos a un sitio que no está lejos.

Hugo sonríe antes de darse cuenta de que está sonriendo. Jara siempre se sale por donde él menos imagina. Piensa en la alegría que les va a dar a los demás.

—Vale, perfecto —acierta a decir.

Jara hace una reverencia oriental, luego se aleja rápido para doblar la esquina y así saber que Hugo ha dejado de mirarla. Su altillo queda lejos de donde está pero le gusta callejear. Aunque esta vez va más alerta que de costumbre, no quiere encontrarse con Camelia, Ramiro y Lena ahora. Necesita tiempo.

Ya en la habitación, echa de menos el sofá de la casa de Martín de Vargas. Allí es donde se tumba para pensar, cuando la casa está vacía o cuando están todos en sus cuartos. Pero no dedica más de unos segundos a la añoranza. Estira su cama, coloca un pareo que le hace de colcha, y se tumba encima. Se concentra en el rectángulo vertical de cielo que deja ver el ventanuco entreabierto. Piensa en lo que comerá, una ensalada de lechuga y tomate con una lata de sardinillas y algunos frutos secos de postre.

—Soy una ardilla —dice en voz alta aunque no tenga ningún sentido.

Luego piensa que no quiere ser una persona solitaria. Que intentará no serlo. Y luego, que cuando les vea quiere llevarles a la Ciudad Deportiva que está en las afueras. Hay una pista de atletismo y le encanta ir allí, sentarse y mirar la pista vacía. Ha ido poco porque andando son más de tres horas entre la ida y la vuelta. Tal vez si le dura el trabajo pueda comprarse una bici. Jara piensa en Lena, su compañera de gradas vacías en pistas de atletismo, campos de rugby o de fútbol, anfiteatros. Le gusta descubrirlas y enseñárselas. Cuántas veces han estado juntas, sentadas en medio de la nada, mirando la hierba y hablando de cualquier cosa, o limitándose a asimilar el espacio, la libertad de la mirada que no choca contra paredes de edificios, sino que se desboca como esos caballos que al parecer eligen el placer de correr libres incluso antes que el de saciar la sed.

Luego mira las paredes del altillo y piensa en la palabra «situado». Una vez Renata le contó que «situarse» en su generación quería decir también tener una posición, y que se daba por hecho que la expresión aludía a estar bien situado económicamente o a tener una buena posición laboral. En la generación de Jara y en las que vienen «situarse», «lo situado», habla casi de lo contrario: tener en cuenta, integrar y al mismo tiempo hacer visible el lugar desde donde se habla. Es casi lo contrario porque son las posiciones no privilegiadas, los grupos marginados, las situaciones precarias, oprimidas en el tiempo, las que han llamado la atención sobre la necesidad de situar la mirada antes de pretender decir que se posee una mirada neutral. Hay quien juega a ridiculizarlos: dos y dos son cuatro, dicen, cualquier sitio; pero es que la razón es más amplia que una suma, hay ideas complejas y definiciones inquietantes, hay sesgos que afectan a lo que ni siquiera sabes que no sabes, a lo que no miras, a las puertas que cierras cuando alguien aún no ha entrado. A Jara le gustaría explicar que esas paredes forman parte de su pensamiento, de sus proyectos, de sus deseos. Le gustaría contar a las personas que ponen en duda su absurda fuga, empezando por ella misma, por la Jara situada en Martín de Vargas, que los sueños de un mundo con la suficiente protección social para que se favorezca el ejercicio libre tanto de actividades útiles como placenteras, cooperativas, creativas, son perfectos pero no tienen poder, y hace falta tantísimo poder para lograr el reparto equitativo de las tareas socialmente necesarias. Sin poder, ¿adónde va a parar cada conjunto de cuatro paredes y el aire que las circunda y une lo exterior con lo interior?

Se levanta, empieza a preparar su ensalada. No va a hablar de todo esto con ellos cuando estén en las gradas o dondequiera que vayan. Porque sus peroratas se desvían a otros lugares y tampoco quiere perorar cuando se encuentren, quiere escuchar, saber en qué andan, y al fin se da permiso para decirse cuánto les ha extrañado. Sentada a la mesa, admite que no es mejor vivir en esas cuatro paredes que en la casa común. Y no porque sean paredes de un pobre lugar, sino porque ya no cree en la soledad romántica. La soledad puede ser un destino no elegido, o uno que se busca temporalmente para coger fuerzas, o un estado más; pero no una aspiración. La fortaleza espiritual, el aprendizaje del valor, se logran, cree, más en compañía. El roce de los pies hace el camino menos escarpado; si nadie pasa, se borra. Jara respeta la soledad, el tiempo destinado a los preparativos, el que la reflexión necesita para que el viento no la arranque y crezca, dé sombra al camino y albergue pájaros. Piensa que solo los rentistas pueden permitirse el apartamiento para el cultivo del ser, y entonces ese apartamiento requiere haber acumulado mucho trabajo ajeno. El mundo no es un tablero quieto, ni llano, no hay acuerdos políticos que estén libres de lo que no se dice, de la fuerza más o menos escondida que los ampara. ¿En qué puede ser cada pequeña soledad comparable con la del gran Rilke? El poeta pasó, sí, dificultades, fue reclutado durante la primera guerra mundial, pero tuvo también amigos influyentes que intercedieron y lograron su regreso. Ah, Rilke, una princesa le prestó un castillo para escribir sus elegías y más tarde un protector compró otro donde Rilke vivía alquilado para evitarle así pagar la renta. Di, Rilke, por qué todo está revuelto, el poema y la renta no se explican por completo pero tampoco, ay, se pueden separar. Sea como sea, resuelve expeditiva, en un estado de emergencia como el presente no hay tiempo para exigir castillos generalizables. En este presente perentorio, Jara prefiere el roce a la soledad, pero no sabe cómo reunirlo todo, cómo habitar su modestísimo fragmento de castillo, su desván volador aunque esté quieto, cómo curarse en soledad y al mismo tiempo no perderles.

Al verles, abraza primero a Lena, sin decir nada, se quedan quietas, apoyadas la una en la otra; el tiempo pasa y se aprietan y les llegan oleadas de algo que no es solo un estado de calor. Después abraza a Ramiro, a Camelia, a Hugo otra vez. Jara pregunta si les importa que vayan a la Ciudad Deportiva, serán solo diez minutos. En el coche hacen el trayecto casi en silencio, comentando tonterías. Cuando ya están llegando, Jara dice:

—No he mirado las redes. No he visto vuestras fotos ni vuestros comentarios, no sé en qué andáis.

—Todo sigue un poco como siempre, Jara —dice Camelia.

En la entrada de la Ciudad Deportiva, dicen que vienen de Madrid y que les gustaría ver la pista de atletismo. Tras un momento de duda, les dejan pasar.

Jara les guía hasta la pista, hay dos personas corriendo. Suben a lo más alto para no molestar. Jara piensa que podría haberles llevado al castillo, pero luego lo descarta: no han venido a hacer turismo, han venido a verla y ese es el mejor sitio que se le ocurre para hablar.

Nadie rompe el fuego. Miran a las personas correr. Lena dice:

—He visto a Óliver. Ya no es un maldito, ha sacado unas oposiciones.

La risa de Jara, mezclada con la de los demás, se aleja y se integra en el gran murmullo de la vida. Luego, sin poder evitarlo, Jara tiembla. Comprende que había dado por hecho que Martín de Vargas seguiría siempre. Aunque al final tuvieran que ocupar su habitación, pero ese núcleo primordial, esa parte más densa del universo, allí donde es posible existir sin disgregarse, Jara siempre ha imaginado que duraría, que podría aunque solo fuera ir a verles o pedirles hospitalidad una o dos noches.

Enseguida pregunta:

—¿Vas a irte a vivir con él?

—¡Jara! —dice Camelia.

—Echábamos de menos esto —dice Ramiro—. Sin rodeos, a bocajarro. A ver qué dice Lena.

—No lo sé, no tengo ni idea. De verdad. Tal vez quiera probar a estar con él otra vez. Pero no quiero irme de Martín de Vargas, y no le veo viviendo ahí.

Jara no ha prestado demasiada atención a la respuesta. Porque Lena no puede saber lo que sucederá, nadie puede. Pero en cambio la pregunta ha tenido su razón de ser, a pesar de las bromas en el fondo a todo el mundo le ha parecido lógica. Y Jara ve la razón de haberse ido. Piensa que la entenderán. Si cada uno encuentra otro lugar donde irse a vivir, ya sea por una pareja o un embarazo o por acoger a un niño o bien por un trabajo o cualquier otra causa, ella no quiere ser el motivo de que se queden. Sabe que si lo dice en voz alta contestarán: ¿Y por qué no? Le dirán que es mejor que quedarse para compartir el precio de un alquiler. Y que Martín de Vargas 26 tercero C no es solo una dirección postal.

—Estoy contenta con mi trabajo —dice al fin en voz alta. Se corrige y dice—: Estoy contenta con el trabajo. —Luego mira a Ramiro y a Camelia—. No, no me preguntéis por las condiciones. Son un desastre. No es que no me importe. Es que quiero trabajar. Si al final me hacen un contrato, ya os consultaré.

Por el silencio que sigue, Jara comprende que lo ha dicho de una forma áspera, a la defensiva.

—Lo siento —dice—. Siento no haberos dicho adónde iba, haberos preocupado. No haberos dicho ahora lo mucho que os echo de menos.

A Jara le gustan las gradas porque permiten hablarse estando cerca pero sin mirarse. Claro que entre cinco es algo más difícil. Tal vez por eso, tras sus palabras, Ramiro y Lena se acaban de levantar, y se han puesto en la grada de abajo, de frente a Hugo, Camelia y Jara, y han extendido los brazos para formar un abrazo colectivo y bamboleante.

Se sientan en hilera otra vez. La voz pasa entre los cuerpos como corriente de aire, recoge el rumor inconstante de coches a lo lejos, gritos de niñas jugando, el resonar de las zapatillas de las personas que corren en dos de las seis calles de la pista, el golpeteo redondo de la pelota contra la mesa y la raqueta en dos partidas de ping-pong. La voz no escribe las palabras elegidas por Camelia, Hugo, Ramiro y Lena para contar a Jara los destellos, los impactos, el sonido de esos días en cada uno y también en sus gentes queridas. Toma distancia, altura de helicóptero, de avión, de astro. Cabezas de alfiler y luego apenas la variación imperceptible en una mancha de color hasta desaparecer fundidos en un imperceptible punto distante. He allí los cuerpos, las voces y los sueños de cinco organismos con cinco nombres. Pudieron haber muerto a los tres años de edad. Pudieron no haber nacido. Tal vez el accidente, la infección, la bala que segará la vida de uno, dos, o de todos ellos, ya ha partido, no lo saben. Se hablan, comparten también un poco de lo que no dicen, pasan juntos un instante de la vida a cinco vidas, «y dando una parte a nuestra muerte». La conversación se desvía hacia escobas de palo rojo, hacia estropajos verdes y amarillos. Alguien, la voz ya no distingue quién, ha bromeado y ha dicho a Jara que la echan de menos los días de limpieza. Ha habido risas pero también algo como una nube de acero ha caído en medio, ha chocado contra el silencio. Ha regresado el malentendido que, cuando Jara vivía en Martín de Vargas, se agolpaba en la expresión «no tener nada que hacer»: si Jara no tenía nada que hacer, podía limpiar. Fue la propia Jara quien primero lo dijo, aun sin querer decirlo. Porque se sentía mal cuando los demás, después de llevar toda la semana madrugando y de volver a casa a veces muy tarde, se repartían con ella las tareas para la limpieza del sábado por la tarde. ¿Cómo no iba a haber hecho nada ella antes, con todo el tiempo que pasaba en la casa sin que nadie la reclamase, sin tener que entregar apenas trabajos, ni ayudar, por ejemplo, a cuidar a alguien? Al principio se limitaba a cosas menores, cocinaba algo, limpiaba algo especialmente sucio. Luego le dio por limpiar cada día una habitación, incluidos la cocina y los baños. Así llegaba el sábado y apenas quedaba nada que hacer. Pero algunas veces estaba cansada o acatarrada o baja de ánimo y no limpiaba. Y Jara se daba cuenta de que esperaban que lo hubiera hecho. No decían nada, se ponían manos a la obra. Las cosas, sin embargo, no estaban claras.

Fueron Camelia y Ramiro los encargados de sacar el tema: no podía ser que Jara limpiara gratis, o la contrataban y al mismo tiempo le reconocían días para el descanso y lo fortuito, o lo olvidaban y volvían a la situación del principio, sin que Jara se sintiera mal por no hacer nada. Todos sabían que no había solución buena. Pagar a Jara era convertirse ellos mismos en parte de una lógica que combatían: aprovechar las carencias de alguien, o sus diferencias, para librarse de tareas que deberían ser comunes. Jara no quería sentirse atada a eso. Al mismo tiempo, no pagarla era injusto, y ahora, una vez hablado, era inútil pretender seguir como estaban. Tendrían que haberla dejado a su aire, haber renunciado al placer menor de planificar una tarde de sábado, haber aceptado la inseguridad de pedir un favor el día que quisieran no hacer la limpieza y correr el riesgo mínimo de que nadie pudiera, quisiera, o se sintiera con fuerzas para ocupar su lugar. Lo intentaron, pero muchas veces fue complicado.

Poco a poco la nube de acero se fragmenta en limaduras que el viento lleva y al final se disipa, por el afecto, por el efecto de los años compartidos, de las intenciones buenas, tan denostadas cuando son un pretexto o un simulacro pero, en la vida diaria de las gentes comunes, tan constantes y ciertas. Después la voz no alcanza a distinguir si ha sido Jara o Hugo, si ha sido Camelia, Lena o Ramiro o si es solo que entre lo que han ido hablando se distingue el rescoldo de una hoguera de preguntas en cascada. ¿Quién no tiene una diferencia, quién no tiene un dolor, un agujero, un daño recibido? ¿Quién no padeció violencia u omisión, a quién no se le clava aquel recuerdo, quién no tiene una uña menos, un dedo menos, una herida más, una energía sobrante y sin destino, una deuda imposible de saldar? ¿Quién no tiene un si hubiera, un tal vez, una instrucción perdida dentro de la sangre, a quién no le espera un fantasma para beber un tercio de cerveza o un vaso de leche? Y cada persona se ahoga en su tempestad, en su vaso de agua, mide su sufrimiento y cree con insolencia poder decir cuándo, e incluso cuánto, una vida ajena merece o no la pena ser vivida, olvidando que a los humanos, con respecto al merecimiento, solo les ha sido dado conocer algo sencillo y sin embargo duro e intrincado en su proceso: ninguna vida debería sostenerse en el daño de otras.

Parece que es Jara ahora quien toma la palabra, dice, a su rara manera, que no le importa la compasión porque no es cuestión de compasión, dice, quizá, que en las arenas de la historia fulguran amatistas reales y también fragmentos de botellas rotas, pulidos, que brillan como piedras antiguas. Y acaso añade: no se pueden pesar ni medir las diferencias cuando se trata de existir. Yo no puedo pesar la mía, ni vosotros la vuestra. Que no se pueda no es un pretexto para eludir la precisión y promover los cambios. Claro que puede medirse el espacio con que dos coches cierran el paso a una silla de bebé, o el tiempo de sueño malo, inquieto, demasiado caluroso o demasiado dolorido del durmiente. Pero el valor de cada día vivido nadie lo conoce. La vida de quien está a tu lado es radicalmente distinta de la tuya y te pasas mucho tiempo imaginando qué pensará, qué sentirá, y alguna vez aciertas pero casi siempre se te escapa el resplandor de algo que no conoces. Medir no es como imaginar. No hay dimensiones para vuestro paseo, nuestra cita, esta conversación, tampoco para mi esfuerzo loco por preparar cafés o tener una nómina que pague mi techo y mi comida. No, no penséis que es un pretexto para la resignación. Las horas de trabajo claro que pueden medirse, o lo que necesita alguien para existir sin angustia económica; los derechos se miden y han de hacerse respetar. Pero este fogonazo que es haber sido, estar aquí, dejar de estarlo un día para siempre. Eso no se mide. Ese fogonazo contiene también las relaciones, porque estáis en mi vida, porque estamos en nuestras vidas.

Es posible que Jara trastabille ahora. Que luego siga hablando o sea relevada por alguien más, o acompañada en su silencio. Es posible que la voz visite otras gradas, plazas, habitaciones, y alcance a oír lo que se entredice, lo que precede y sigue a esa forma de autopropulsarse propia de los humanos cuando reparan en que no siempre la respiración es el motor por el que avanzan, sino que en algunos momentos han de resumirse, recomenzar y tirar para delante porque si no tiran, si no toman impulso, perderán el fuelle y la alegría, irán aminorando su ser, su capacidad para producir cambios en ellos mismos o en otros cuerpos. Lo que se entredice allí, lo que escucha la voz entre silencios, es que hay un sitio donde sería fácil vivir. Los humanos lo saben, alguien se lo enseñó, o quizá lo descubrieron en una zarabanda de necesidad, de ganas, de apuros, privaciones y violencias. El hecho es que lo saben, hay un sitio donde sería fácil vivir. No está en el monte, el campo, los pueblos, las ciudades, porque no depende de unas coordenadas ni tampoco de un estado de ánimo. No es el lugar del habría que haber hecho tal cosa, o la promesa de un futuro de fraternidad universal. Excepto acaso para quienes borran el mundo de su mente y se sumen en un trance o dormitan, no hay para los humanos nada parecido a un aquí y un ahora planos, desnudos. Cruce de conexiones, recuerdos no llamados, ansia del futuro, soplo de despedida, intensa certidumbre de lo incierto componen cada intervalo.

En el exacto hoy de un vaso junto a otros vasos sobre una mesa de madera renace lo que fuimos y lo que podríamos ser. En ese látigo de luz donde conviven deseos y añoranzas, alienta lo que también ha sido llamado sentido del honor, de la justicia, conciencia no de la propia dignidad, sino de la común. Es ahí, es entonces cuando les viene el recuerdo de un lugar donde no han estado: no lo conocen, no pueden describir con exactitud sus normas, pero saben que hay un sitio donde sería fácil vivir. No lo inventan, tienen atisbos, historias de lo humano, momentos en que cientos de miles de personas dijeron «no» sin esperar siquiera que tendrían el valor para decirlo. La generosidad, como el valor, no son virtudes personales, sino fragmentos desprendidos de ese sitio donde sería fácil vivir.

Jara es la primera en levantarse.

—Mañana madrugáis, madrugamos —dice.

—Sí, volvemos a dejarte y ya nos vamos —dice Hugo.

—Lena, cuida de Renata, ¿vale? De aquella manera, ya sé

que no lo necesita pero cuídala. Cuidadla todos un poco. Tengo un móvil sin internet. Luego os lo doy, por si pasa algo.

—No te preocupes por Renata, está bien, más bien nos cuida ella a nosotros. Jara… —Y Lena duda, y vuelve a dudar pero por fin pregunta—: ¿Podremos venir a verte más?

Jara va delante, caminan en fila india en dirección a la escalera de las gradas. Se vuelve, mira a Lena a los ojos con esa temeridad tan suya y pasan unos segundos largos. Luego dice:

—Sí, sí, claro. Ahora ya me podréis avisar.

En el coche, Jara y Lena se apoyan la una en la otra.

—¿Será verdad eso que dicen, que un instante puede ser equivalente a una vida entera? —pregunta Lena.

—Así que dicen eso —contesta Ramiro.

—Bueno, ya sabes, lo de que puedes pasar diez años con alguien y no amarle y a lo mejor pasas una noche con una persona y sí os amasteis. Rollo, lo sé, afán de desmesura, como si la desmesura no fuera molesta y abusona. Romanticismo barato, lo que quieras. Pero estaría bien, ¿no? Cambiar duración por intensidad. Que un instante nos salve y todo eso.

—Las vidas no se salvan ni se condenan —dice Hugo—. Duran lo que duran, se sobrellevan como se puede, a veces son muy bellas, a veces duelen, a veces parece que se desmigajan y se van. Esto creo que te lo he oído a ti, Lena.

—Sí, vale, pero no me seáis cafres. Admitidlo: estaría bien parar el tiempo, escapar de lo que somos. No me creo que no hayas sentido ese deseo de que un momento redima todo lo demás.

—Ya, es que la suma es lo peor —dice Jara—. En serio. Que haya que sumar. Que, en la vida, todo entre. Que no puedas ir descartando como cuando se hace un ramo: quito este floripondio, quito esta rama medio pocha, coloco esta florecilla un poco más arriba. Pues no, resulta que entra todo. Creo que la obsesión de parar el tiempo, de separar algunos momentos, viene de ahí.

—En realidad —dice Camelia—, seguramente esa obsesión también forma parte de la suma. ¿Por dónde voy ahora, Jara?

Jara les guía hasta la puerta del edificio donde está su altillo. No les invita a subir, ellos tampoco preguntan. Hugo y Lena hacen ademán de bajar del coche para despedirse pero Jara les pide que se queden.

—Me voy a poner moñas si salís ahora. Os quiero mucho. Entra deprisa en el portal. Cuando, desde la escalera, oye el motor volver a ponerse en marcha se le parte el corazón, pero sabe que no va a correr detrás del coche, ni va a rendirse y volver sola mañana o pasado mañana. ¿Por qué usa el verbo rendirse? «No venzas. No te defiendas. No te rindas.» Son los tres últimos artículos de la Constitución de Uzupis, un pequeño barrio de Vilna, la capital de Lituania. Nunca ha ido, lo leyó en la red. La Constitución está pintada y expuesta en varias paredes de las calles. Es divertida, permite un poco de ensoñación, aunque no soluciona los problemas. Los tres artículos finales le parecen al mismo tiempo evocadores y tramposos. «No venzas» está bien, Jara no quiere vencer. Sin embargo, no vencer es dejar que quienes sí vencen sigan haciéndose cargo. «No te defiendas», eso le gusta aún más. Está muy cansada de defenderse. Ha formado parte de grupos de autodefensa, que no es lo mismo que defensa personal porque en ellos no se busca aprender a defenderse una, sino aprender a defender a todas. Dos veces ha tenido que usar lo aprendido y ha sabido soltarse y correr, golpear y correr, y le ha perdido el miedo a lugares por donde antes no paseaba, sino que solo pasaba, demasiado alerta, demasiado rápido. Seguirá paseando despacio, estando alerta no solo por ella. Y aunque todo eso y aunque tanto, no quiere defenderse. Pero entonces el «no te rindas» del artículo final no encaja. La emocionó y lo memorizó precisamente porque no encajaba, porque es posible no querer vencer, no querer defenderse y no querer rendirse. Quiere y a la vez es consciente de que así no funcionan las cosas, para no rendirte tienes que defenderte y que vencer. Pues también está cansada de los finales tristes, cuando se apagan las luces y llega la noche y lo único que queda es irse a dormir anclada en la resistencia, en la certeza de que mañana toca resistir un poco más y pasado también. Así que a veces no se trata de querer y no se trata de pensar, se trata de hacer.

Abre la puerta del altillo, ahí todo es provisional: la habitación, la cama, el ventanuco, los tomates en la nevera, el infiernillo, los pocos libros sobre una caja y el resto en su memoria. Piensa en el viaje de los cuatro. Las relaciones, más leves que un objeto, más frágiles a veces, menos duraderas, no son sin embargo provisionales, sino que se parecen a la respiración de las plantas, sin ella no habría atmósfera ni, por lo tanto, estatuas, ordenadores, orgullo, valentía, abrazos, amistad. Jara se sienta a la mesa, saca un viejo cuaderno y arranca unas hojas. Escribirá a Renata, ya es hora.

Una luna casi llena brilla en el cielo, aunque es de día. Jara no sabe que Renata se ha detenido un momento camino de la casa de unos amigos y ha reparado en esa luna diurna, y ha recordado los ratos en los que Jara y ella, al perforar los folios para poder ponerlos en un archivador, producían montones de diminutos círculos blancos y solían guardarlos en un frasco transparente, al que llamaban de lunas, para usarlos de confeti o para algún trabajo manual de clase. Hay sincronías, momentos en que dos pensamientos coinciden en un punto, entonces se produce una llamada y la persona que la recibe responde: Estaba justo pensando en ti. Según la probabilidad, no es tan raro que suceda, aunque la llamada pertenezca a una de los siete mil millones de personas del mundo, la probabilidad se obtiene contemplando solo al conjunto de personas que por circunstancias diversas están en la órbita de los pensamientos de ambas. La coincidencia entre Renata y Jara, en este momento, pertenece a un ámbito más difícil de medir, el de los sucesos que ocurren pero no se conocen. No llega a conocerse y sin embargo ha sucedido que alguien pensara en otra persona en el instante en que otra la evocaba, le escribía, hablaba en silencio con ella. En el mundo que está detrás de la frente la lluvia no moja y no se encuentran las manos, pero a veces se diría que las mentes se tocan con una pasión urgente y muy carnal. No siempre lo que pasa detrás de la frente es vida interior trucada, escapatoria, forma de no estar donde se debe. Detrás de la frente la realidad existe y hay que vivir ahí también. Sin refugiarse demasiado durante el combate, pero sin refugiarse demasiado poco cuando viene el silencio del día y se reagrupan las fuerzas dispersas.

Escribe Jara a Renata, dice: «Me has querido bien, no sé cómo lo sé y sé que no era fácil, pero a veces atravieso la tierra de lo real y pienso que también yo, pienso que nos hemos querido bien, que no sé dónde se enseña, que hemos podido querernos y que hay miles de personas a quienes ni tiempo les queda para eso. Que te ha tocado alguien muy torpe pero que así, a tientas, a bandazos, con un cariño que buscaba su desembocadura y casi siempre terminaba encontrándola, me has querido bien y eso no se borra nunca. A ti, irónica y elegante a tu manera, una manera que a menudo no encaja en lo que otros llaman elegancia, más que como a una columna de apoyo te imagino como un órgano que va conmigo, un pulmón o un órgano de tubos, un teclado de viento con los únicos sonidos del mundo que nunca hieren, incluso cuando parece que sí, que un poco. El día que yo me vaya ese instrumento quedará, no sé en quién ni cómo pero quedará, porque no es lógico que pueda desaparecer. Pero ahora no me estoy yendo, mamá, no temas por mí». Levanta la cabeza, le extraña haber escrito «mamá», siempre ha llamado Renata a su madre, así se lo enseñó ella; sin embargo, a veces cuando le pasaba algo a cualquiera de las dos, o en momentos emocionantes o divertidos, le salía llamarla mamá y Renata lo oía con naturalidad. «En el remite va mi dirección. No consulto apenas internet, escríbeme una carta cuando quieras y cuéntame en qué andas tú. Ya sabes que han venido los cuatro de casa. Les he dado mi número de teléfono por si hay algo urgente. Perdona que no lo haya hecho antes, quería que me tragara un poco la tierra. Ahora estoy de camarera y no me va mal. No sé si me renovarán o no. En cuanto lo sepa, te digo y, si me quedo, vienes un día tú también. Te abrazo.» Jara dobla la carta, la deja preparada sobre la mesa. El lunes comprará sobres y sellos. Ahora baja a la calle, entra en un locutorio y se asoma a las redes. Pasa rápido por sus cuentas con menciones atrasadas, mira algunas cuentas ajenas. Al salir, se despide del hombre del locutorio.

En las calles medio a oscuras nota el frío en la punta de la nariz; también nota que Lena, Ramiro, Hugo, Camelia, Renata la entienden. Jara no se ha ido para emprender ninguna aventura personal, se ha ido para intentar pisar la tierra sin miedo. Le gustaría tener otra hazaña que contar. La realidad y el deseo nunca son dos estados separados. Por lo general, se vive en el deseo pero a la vez se pisa la realidad, por lo general no se levita. Ha quedado atrás el tiempo de juzgar las opciones sin preguntarse cuáles, aunque lo parecen, no son opciones, sino solo fruto de un margen de elección demasiado estrecho. Si existiera la posibilidad real para todas las personas de pasar una temporada siendo suplentes de las otras, acudiendo a sus reuniones y cuidando de sus gentes sin perder por ello sus derechos. Pero hasta que exista, ella reclama el derecho a clavar sus pasos en la tierra, aportar y recibir. Jara vuelve al altillo, ha sido un largo día. Piensa que ahora, de vez en cuando, llamará a Lena y a Renata y a los demás para charlar un rato. Piensa que tiene ganas de quedar con Mariana. Recuerda que aún hay en la nevera algo del caldo que hizo. Lo tomará caliente y dormirá bien.

El coche avanza internándose en la noche. A su izquierda, altas luces rojas flotan en una oscuridad que oculta las torres y las hélices de un parque eólico. Esta vez, sin consultar, Camelia pone una banda de pop australiano, tal vez para vencer la melancolía de los regresos. Suena uno de sus temas preferidos, los demás lo conocen bien pues lo pone a menudo por las mañanas. Hugo siempre ha supuesto que Camelia lo oye pensando en su hija, pero ahora la letra se adecúa a la historia de ellos con Jara aunque le sobre un poco de melancolía: «Escapemos de las ciudades solitarias, tú y yo estamos más lejos de lo que deberíamos [...]. Y cuando bailamos, todo lo que sentimos es el ritmo de esas ciudades solitarias». Menos mal que la música es bailable y espabila.

—Me alegra que haya conocido a Mariana —dice Hugo—, me ha caído muy bien.

—Sí —dice Lena—, Jara está mucho mejor de lo que imaginaban nuestros miedos. Uf.

—Uf, ¿qué? —pregunta Hugo.

—¿Y si lo hemos hecho mal? No, en serio. ¿Cómo era aquello de no sé quién: «Tu hogar no es donde naciste; el hogar es donde todos tus intentos de escapar cesan»?

—No estoy nada de acuerdo —dice Hugo.

—Ni yo —dice Camelia—. Ni siquiera tú, Lena. Si vamos de frases, me gusta mucho más la famosa de: «No existe algo como la paz interior. Solo hay nerviosismo o muerte. Cualquier intento de probar lo contrario constituye una conducta inaceptable».

Suspiran, ríen.

—Tienes razón —dice Lena.

—Claro que tiene razón —dice Hugo—. A mí eso de que el deseo de escapar cesa me suena a tumba, a estar completamente muerto.

—Pero aun así… —dice Lena—. ¿Y si se sentía cercada de alguna manera?

—O al revés, ¿no? —dice Ramiro—. ¿Y si ha cogido impulso por el tiempo compartido?

—A ver, a ver, que nos disparamos —dice Camelia—. Lo bueno que tenemos es que no somos una familia. Las familias, llegado un momento, tienen que romperse para formar otras. A mí no me parece que Jara haya roto nada. Está buscando, y se nos ha llevado un poco allí, y nos la hemos traído un poco aquí.

—Exacto, exacto —dice Hugo—. Eso de que está aquí no es nada esotérico, ¿a que no, Camelia? Yo sería diferente si no hubiera vivido con Jara: lo esotérico es pensar que alguien se conserva igual a sí mismo todo el tiempo.

—Muy bonito, pero —dice Ramiro— queda la otra parte, la más clarita: Jara se ha ido porque necesitaba trabajar. Está bien aunque, a la vez, joder. Yo muchas veces tengo la sensación de que el trabajo me enferma, así que cuando llega el famoso tiempo libre también eso me lo quita, estoy como un convaleciente. Claro que comprendo que Jara necesite trabajar. Y, al mismo tiempo, qué rabia su situación: no nos lo ha dicho pero podemos suponerlo, sueldo de mierda, horarios de mierda, inseguridad. La trampa del trabajo asalariado.

Callan, en la lista de música de Camelia la lógica es subterránea, ahora suena «Hobo's Lullaby» de Woody Guthrie. Se dejan acompañar por esa canción de cuna para un vagabundo. Lena dice:

—Es que nosotros éramos como un subsidio para ella —dice Lena—. Habría podido volcarse en la asamblea de barrio, en el centro social, y habría seguido sintiendo que le faltaba autonomía. La autonomía y la interdependencia no se oponen, ¿eh?

Parece que Lena va a seguir hablando pero se apoya en el respaldo y mira por la ventanilla. Ve pasar en dirección contraria otros coches con sus historias dentro, mientras suena «Ocho y medio» y la letra le hace pensar en Óliver.

Hugo ha empezado a hablar, en un tono distinto, como si la noche y la música le hubieran llevado también a él a ese otro mundo que está en el suyo, el del amor dichoso y desdichado, cosas que no se rigen solo por lo que debería ser y es o no es, por las pautas de la razón y los intentos, sino por el goce, la atención y el olvido. Camelia baja la música.

—¿Y si nos dispersamos? —está diciendo Hugo—. O sea, que en algún momento va a pasar. No, no sé si va a pasar, quiero decir que puede pasar. De pronto, de pronto te enamoras, otra vez. Y esa persona lo ocupa todo, bueno, no todo, ya lo sé, pero mucho, y por contraste lo demás se hace más pequeño y volveremos a querer irnos, y a veces nos iremos.

—¡Hugo, cuenta, cuenta! —dice Ramiro, y llegan las risas.

—No, bueno sí, vale, hay salseo, aunque está todo en mi cabeza.

—Y en tus poe…

—¡Ni se te ocurra, Lena!

—¡Has vuelto a escribir! —dice Camelia.

—Que no, que eso no es escribir, son tonterías —dice Hugo.

—«Tonterías, son teorías» —canta Camelia, los demás corean el estribillo: «Más madera / yo firmo donde quieras / hoy nadie nos espera / eso está muy bien».

Se quedan pensativos.

Ramiro les saca volviendo a su broma:

—¡Salseo, salseo! ¡Salseo en verso, es lo más!

Hugo mira a Lena exagerando la cara de desesperación.

—Traidora, no me lo esperaba.

—Venga, Hugo, si tú siempre has dicho que no sabes por qué van de sobraos los artistas, que el arte no es suyo, que recogen lo que hay. Son antenas y solo arman y arriman un poquito las cosas que se encuentran. Pues eso vale para todo.

Ni enorgullecerse tanto de lo que hacen, ni al revés. Los poemas de andar por casa tienen su sitio, y tampoco son del todo tuyos, anda, léenos uno que así dejamos de darle tantas vueltas a todo.

—Golpe bajo tras golpe bajo. Y lo peor es que tienes razón. No sé si son poemas, en realidad. Sois… ahhh.

Hugo saca su móvil, busca y lee:

Te diría me he enamorado
como quien se descarga de toda responsabilidad
y no se disculpa al llegar tarde porque tiene
la excusa perfecta
el tren en la nevada
o el diluvio.
Me he enamorado se parece a
no es asunto tuyo
ni mío
sucede
está aquí, no puedo hacerlo desaparecer.
Diría que fue el sonido un poco demasiado agudo de tu
    voz
pero nunca hiriente, como si una vibración de fondo la
    envolviera
y también lo que tu voz decía
algo muy parecido a plantar cara y vivir
diría que fue un gesto
ese momento en que el cuerpo traspasa la distancia de
    seguridad
y el otro cuerpo, en este caso el mío
se aviene con el tuyo
un segundo
cuya intensidad a lo mejor
no creo, quién sabe, en fin, pongamos que
imaginas
diría que fue

el azar
un rasgo de tu cara me recuerda
que te conoceré.

En todo caso si
me hubiera enamorado
sería asunto mío
y no voy a decírtelo
porque este poema
de algún modo discreto y peregrino
aunque nunca lo leas
es
asunto de los dos.

Segundos de silencio.

—Lindo —dice Camelia.

—Gracias —dice Hugo—. Sabes que en algunos ambientes literarios puede ser un insulto, ¿verdad? Pero yo no soy un literato, me hace ilusión que lo digas. ¿Me dais ya permiso para explicaros lo que intentaba decir antes?

—La diáspora —dice Lena.

—Sí, bueno. También la irritación, ¿no? Vamos, que vivir juntos a veces se las trae. Que no somos tan geniales, y compartir piso no siempre es fácil, y nos cansaremos, a lo mejor, digo.

—Eh, eh, eso de dar por hecho algunas cosas… —dice Ramiro—. ¿No somos tan geniales? Hmmm, tendría que pensarlo. Lo que está claro es que llegamos hechos mierda a casa muchas veces. Ya en serio, no lo hacemos mal, estamos atentos, no lo digo por echarnos flores, en general, diría que lo estamos. Vale, hay momentos en que cuesta. No tantos, ¿no? Pero ¿decías esto por Jara? ¿Crees que se ha ido también por nosotros, por la convivencia y todo eso?

—No, sí, un poco —dice Hugo—. Bueno, no sé.

—Nos lo habría dicho —dice Lena—. La conocéis, no habría tenido problema en decirlo. Creo.

—Y yo —dice Hugo—. Es que… no sé.

—Es que es de noche —dice Camelia.

Los demás se ríen de su comentario absurdo en apariencia y ella también, aunque lo han entendido. Es de noche, viajan a la ciudad interminable, el fantasma de las equivocaciones les llama, notan en la nuca y en el cuello los dedos del frío, son suaves pero también hablan de las cabañas que nunca construyeron, de lo que no bailaron, de lo que dejaron sin hacer. Imaginan a Jara poco antes de conciliar el sueño, imaginan los desvelos, los de la gente a la que quieren y los de personas a las que no conocen, un río de desvelos, una corriente eléctrica con picos que alcanzan alturas demasiado afiladas, las noches blancas de los hospitales, la luz que se dispara a cada rato en los pasillos, los anhelos de la adolescencia, quién en verdad duerme en esa ciudad donde ya están entrando, quién no parpadea y se agita la llama, y tiembla por el conflicto y el ímpetu. Suena una música sin letra, un punteo de guitarra eléctrica, Ramiro y Lena se van durmiendo, Hugo apoya la cabeza en la ventanilla y, como Camila, empieza a pensar en las cosas que le esperan en el trabajo al día siguiente.

Mariana se ha acostumbrado a ir casi todas las mañanas al bar, toma un café, si Jara puede charla con ella un rato. Algunas tardes se las ve salir juntas, caminan hacia el parque del lago que a esa hora empieza a vaciarse. A veces Jara le habla de Martín de Vargas, a veces Mariana le habla de Antonio, su pareja, a veces solo miran la luz de los faroles junto a los bancos, el espacio que se crea dentro de la oscuridad, como si farol y banco fueran un interior sin paredes. Se adentran en la noche. Caminan.

Al principio de la vida los finales quedan muy lejos, no se ven pero sí se piensa en ellos, la muerte se presenta a cada rato; la infancia pedalea entre un fulgor de inexistencias posibles, la propia, la de las personas más cercanas. Después la muerte no se olvida, pero sí, un poco, el paso del tiempo. Aunque emerjan los escollos, el tiempo parece un valle casi infinito donde establecerse. Y entonces, un día, el precipicio está ya ahí mismo, nadie se va acercando, nadie envejece, aunque juegue a decirlo con palabras, sino que sucede, un día ya envejeció. Ni Jara ni Mariana han llegado a ese punto, todavía, pero la chapuza vital se las ingenia para empujar el aire, porque en ella residen el fervor de la idea o la caricia, la floración de la materia. No viene nadie, saltan invisibles por el aire las manzanas, sobre el lecho del río se recuestan la calma y la neblina con un aire de discreta levedad, y ellas son, por un instante fúlgido, dos cuerpos que se abrazan despacio como quien baila una música tan, tan lenta que apenas se mueve.

Ya de regreso, Jara querría preguntar por el día de mañana, ¿tendrá trabajo? ¿Dónde vivirá? Querría saber cómo es vivir con planes aunque el destino, el sistema o ambos los desbaraten luego. Canturrea: «Cuando un compañero se queda sin trabajo / el sol no brilla como es debido / el mundo no es lo que pudo haber sido / y el plan del universo se viene abajo».

—¿Te preocupa mucho? —pregunta Mariana—. Quedarte sin trabajo.

—No sé cuánto es mucho para ti. Sí que me preocupa. Odio esos sitios con gente donde se te acerca alguien y pregunta, como quien no quiere la cosa, «¿Qué haces?», aunque en realidad lo que quiere decir es «¿Qué eres?». Sé que ya no pasa tanto, la mayoría de los trabajos que hay es imposible que te den nombre. Pero así crecimos, con la idea de llegar a decir: Soy enfermero, peluquero, química. Yo no soy un cantante folk, soy un cantero que hace canciones, dijo el tipo que compuso lo que estaba cantando. Casi siempre pasa al revés, se es un camarero que escribe o una técnica del Ayuntamiento que hace fotografía en blanco y negro. La cosa es que el ser me importa menos que el estar. Estar sosteniendo tu propia vida.

—¿No quieres que te ayuden?

—No, no, no es eso, me han ayudado mucho. Pero no son mecenas, cualquier día no podrán, no les sobra el dinero. Y yo también quiero poder ayudar. No es un capricho, Mariana. Quiero existir.

Mariana la mira y Jara se ríe.

—Ya, puede que haya sonado un poco dramático. Pero ¿a que lo entiendes? No me lo he inventado, tiene más de doscientos años: ¿Cuál es el primero de los derechos? Existir. La primera ley social es, pues, la que asegura a todos los miembros de la sociedad los medios de existir. Ya ves qué olvidado quedó.

—Sí que lo entiendo, Jara. Es solo que a lo mejor hay otras maneras. Ese horario, el sueldo de pacotilla, no tener contrato, no sé.

—Por algún sitio hay que empezar, y yo torpemente pienso que si me hago cargo de mi vida tendré un punto firme desde donde hacer todo lo demás, entre otras cosas parar esta locura.

El impulso de la justicia y la llamada de lo lejano agitan las hojas de los fresnos que asisten a la conversación. Jara y Mariana perciben su presencia, demoran volver. Un serio pasatiempo, le cuenta Mariana que así oyó una vez describir la vida, una orgía lenta, replica Jara, saben que no van a retener su paso corto por el mundo, ni lograrán capturar lo extraño que es haberse encontrado en el tiempo, ni los secretos que solo conocerán quienes vivieron y murieron en un intervalo compartido del presente. Pero Mariana y Jara aspiran todavía a que entender sea distinto de pactar, y buscan proveerse del discernimiento, la energía, el apero de labranza que hace brotar el verde de lo oscuro.

Han dejado la zona del parque. Mariana lleva unas botas bajas de montaña, pantalones granates y un anorak gris. Jara, deportivas azul marino, parka también azul marino y pantalones negros. Se distingue la expresión de sus rostros mientras avanzan bajo el alumbrado de la ciudad. Sus pasos suceden en una conjunción única de espacio y tiempo, y es así con cada vida.

Ya es miércoles, la semana arrancó en Martín de Vargas algo distinta por el viaje, por saber dónde está Jara y haber hablado con Renata. El lunes fue como si hubieran soplado sobre la niebla, los contornos de las cosas se volvieron más nítidos, más vivos los colores. Pero hoy un poco de la niebla ha regresado. Demasiadas horas, demasiada vida se les va en unas empresas con plantillas divididas en fragmentos tan pequeños que impiden la reconstrucción, y solo queda el miedo a que les barran en la próxima criba. Las fraternidades generadas mediante el trabajo compartido se rompen cuando aparecen los sueldos ocultos, los traslados no justificados, las escalas arbitrarias de autoridad y todas esas formas estudiadas de convertir una plantilla en un conjunto de individuos recelosos, erizados, tristes.

Hugo y Lena se mandan mensajes en su hora de comida solitaria. Querrían levantarse e irse: basta, estamos en una situación de emergencia, no es solo la pandemia, no es solo que haya otras pandemias, es que no podemos seguir haciendo como si no pasara nada mientras arden los hielos, la última energía, el aire, los océanos, las vidas sin futuro de medio mundo y de las generaciones que vendrán. Pero no se levantan, completan su jornada, y llevan en la mano un manojo de flores.

Al llegar, colocan las flores en una jarra de cristal. Preparan la cena junto con Ramiro y esperan a Camelia, que hoy salía tarde. No siempre cenan a la vez, aunque lo intentan. Algo en el aire o en el día vivido hoy lo pide. A pesar de que son casi las diez de la noche cuando llega, Camelia resplandece.

—Ya está decidido —dice—. En las vacaciones de Navidad viene Raquel. ¡Me lo ha pedido ella! No porque esté mal allí, es que le apetecía estar conmigo, y con vosotros, me ha preguntado un montón por todos.

La felicitan, se alegran. Ramiro dice que traerá a Tristán, el hijo de su ex, sí o sí para que se conozcan. Hugo propone planes disparatados para hacer con los dos. Los demás secundan entre risas ante el escándalo exagerado de Camelia, que ríe más que nadie. Luego dice:

—Ojalá venga Jara también.

Parece que un silencio grave va a extenderse sobre la mesa pero enseguida interviene Lena:

—¿Te imaginas? ¡Tenemos que decírselo!

—Sí —dice Ramiro—, aunque, bueno, no me veo yo al dueño del bar cerrando en vacaciones, seguro que es cuando hace más negocio.

—Pero tiene que darle algún festivo —dice Camelia—. O, si no, los días anteriores, o después. ¡O vamos! Las vacaciones de Raquel son largas. Me encantaría que se vieran.

—Lo sé, lo sé. —Ramiro sonríe—. Hablaremos con ella, seguro que encontramos la forma.

—Jara vendrá en vacaciones —dice Hugo—, y si no haremos una excursión nosotros, con Raquel, y con Tristán si puede, Ramiro, y la visitaremos. Hemos vivido tanto tiempo pensando que sabíamos lo que iba a pasar al día siguiente. Y luego vino la pandemia, así que hagamos una vez más como que sabemos, aunque no sea seguro.

Van terminando los huevos fritos con pisto, sacan un poco de queso cortado y manzanas. El tiempo pasa a una velocidad discontinua que los relojes no comprenden. No quieren pensar en mañana, ni en esta noche, porque ahora están ahí. Les gustaría que la necesidad no escribiera sus horarios ni los actos de sus días durante más de cuarenta horas a la semana, pero es así como sucede y tratan de construirse en el marco no elegido de sus vidas, salvando los momentos que son preciosos, planificando sueños; también, manteniendo vivo un estado de disposición, de lento trabajo en el barrio, en las asociaciones, en sus organizaciones. Un día esa actividad se precipitará, por saturación, o por la gota que colma el vaso, por preparación, o por un impulso venido de quién sabe dónde. Entonces, estarán disponibles: no se aferrarán, esperan, al miedo, ni a lo que tienen, porque aman el mundo demasiado como para aceptar la chapuza impuesta, la que no es fruto de la fatalidad, sino evitable.

Recogen la cena, preparan unas infusiones, renuevan el vino, conminan a Hugo para que les lea un poema como quien pide un chiste o comenta una anécdota mientras el día termina, suenan voces y sirenas a lo lejos y, aunque no se oigan, aleteos de pájaros, el paso de los ciervos, el viento entre los álamos, el parpadeo menor de las hojas de las hayas y el ruido de las olas aún más lejos. Hugo lee sin hacerse de rogar, un texto suyo no es nada, no es más que un juego, otro día alguien preparará con tino alguna bebida, o contará una historia o les hará reír con un comentario, visiones efímeras:

—Supongamos —comienza Hugo.

Supongamos que es una debilidad
como la miopía
o cansarse antes de tiempo
por falta de hierro
supongamos que enamorarse locamente
delata un abandono
o una leve distracción
supongamos que es posible excusarse
en un soplo ligero que nos confundió.
Supón entonces
que esta confusión mía
por la que estoy pendiente de hacer brotar en ti
la misma sed

el mismo afán de coincidir, de chocar cuerpo a cuerpo
de hablarse en lo escondido
pasará
y que si hoy
me refugio en una manta
y tengo fiebre
de ti
tal vez mañana vuelva la costumbre
y añore con tristeza
el tiempo en que te necesitaba
porque
al nublárseme el entendimiento
podía soñar con que tu mera presencia
calmaría unas horas
esta vida
sin ley.

Asienten, pero también rebaten el poema: el compás, dicen, el latido dentro de cada pecho, lo excitante de estar vivo forman parte de este mundo. Rechazan que haya en su afirmación credulidad ni beneplácito o dar permiso para que las horas sin ley campen por sus fueros. Zarandean con afecto los ensueños de Hugo, se ríen, le dicen que pase a la acción, que ya va siendo hora, y Hugo se deja provocar. Después acuerdan cosas como comprar café sin demora o llevar a arreglar una lámpara, mientras la voz comienza a disiparse. Una turbulencia crea junto a la ventana abierta pequeñas oscilaciones con aspecto de nubes; desde el aire, antes de convertirse ella misma en aire, la voz contempla por última vez esa obstinación atenta de los humanos y les oye decir: Existiríamos el mar.

AGRADECIMIENTOS

Nombro algunas de las personas y momentos que deambulan, a menudo en sigilo, por esta novela. Carmen Calvo Yunquera, Elihu Gómez Álvarez, Juana de la Puente Lera, Javier López Patarro, Ana Hernando, María Batalla, me contaron sus luchas; en la pequeña azotea sevillana donde se celebra la mejor bienal croquetera autogestionada vi el mar que podríamos existir; rondan palabras escritas, habladas o encarnadas de Justa Montero, Román García Alberte, Natalia Carrero, Bob Pop, Ignacio Pato Lorente, Mariú Gambara, José Durán, Agustín Moreno, Pilar Renedo, Naiara Puertas, Fernando Cembranos, Ana Jiménez Talavera, Constantino Bértolo, Ana Molina Hita, Gonzalo Enríquez de Salamanca, Ignacio Echevarría, Paula Guerra-Librero de Hoyos, Jorge Manzanilla, y de las personas que dieron y dan vida a la Maloca, el equipo de Literatura Random House, los trabajos y los días de Mariú y de Daniel, la alegría de que haya comenzado la vida de Guadalupe Ruiz Sánchez, la poesía de Javier Rodríguez, tantas voces que luego han sido encuentros, o que lo serán, las personas y colectivos que durante lo peor de la pandemia y antes y ahora siguen haciendo, sin llevarse a nadie más débil por delante, el mundo, y todas las que faltan.

Papel certificado por el Forest Stewardship Council®